1

An einem sonnigen Morgen im Mai landete Marcel Klein, der berüchtigte Filmkritiker, am Flughafen von Nizza. Als er das Terminal verließ, war weit und breit kein Taxi zu sehen. Schweißperlen sammelten sich auf seiner Stirn. Mit einer Mappe fächelte er sich Luft zu. Trotz des herrlichen Wetters war er angespannt, ja geradezu gereizt, als könnte er bereits jetzt den Sturm spüren, der sein Leben bald in Schutt und Asche legen würde. Endlich kam ein Wagen. Marcel stieg ein. Während der ruckeligen Fahrt nach Cannes blätterte er in seinem Notizbuch – er sollte sich Fragen für ein Interview ausdenken, aber er war zu müde. Seit fünf Uhr früh war er auf den Beinen, noch dazu hatte er im Flugzeug seinen Fensterplatz aufgegeben, damit eine gestresste Mutter bei ihrer Tochter sitzen konnte. Den Anflug von Selbstlosigkeit hatte er sofort bereut. Ein guter Journalist sollte knurrig sein, wie er fand. Je knurriger, desto besser, das zeichnete den Profi aus. Dabei war Marcel Klein im Grunde nur ein Mensch, der die Kunst des Glücklichseins nie erlernt hatte.

Unerträglich, diese Hitze. Das Fenster klemmte. »*On ne peut pas ouvrir la fenêtre?*«, rief er dem Taxifahrer zu. Der Mann ignorierte ihn, fuhr mit überhöhter Geschwindigkeit in eine Kurve. Marcel fluchte leise. Als das Taxi endlich vor dem Hôtel de Provence anhielt, zahlte er und ging mit seiner Reisetasche durch den malerischen Vorgarten auf den Eingang zu.

Dann sah er sie. Sie trat aus dem Hotel in die Sonne und schaute sich suchend um, hielt eine Hand über ihr Gesicht. Blasser Teint, schwarzes Haar, das ihr in dichten Locken auf die Schultern fiel. Sie war schlank, für Marcels Geschmack sogar ein wenig zu schlank. Was ihm jedoch auf Anhieb gefiel, war die Melancholie, die sie umgab. Wie die meisten Männer fand er den Schmerz schöner Frauen unwiderstehlich.

Sie schulterte ihre Handtasche und ging wieder hinein. Als Marcel das klimatisierte Foyer betrat, füllte sie gerade am Empfangsschalter ein Formular aus. Marcel stellte sich an, in der stillen Hoffnung, sie möge sich umdrehen. Er hatte Sehnsucht nach ihrem Gesicht. Doch sie drehte sich nicht um. Als sie fertig war, ging sie mit ihrem Rollkoffer zum Aufzug und verschwand. Er schaute ihr so lange hinterher, bis ihn der Mann an der Rezeption fragte, ob er ihm helfen könne?

Natürlich. *Désolé.*

Beim Einchecken gab es ein kleines Problem – Marcels Zimmer war noch nicht bereit. Er könne aber sein Gepäck hier abstellen und sich solange ins Bistro setzen. Vielleicht etwas frühstücken?

Marcel nickte und ließ sich den Weg zur Toilette in der Lobby zeigen. Beim Händewaschen schaute er in den Spiegel und war enttäuscht. Er hatte mal gut ausgesehen, aber jetzt? Sein Haarwuchs nahm ab und seine Taille zu. Früher hatte man ihn mit George Clooney verglichen, aber das kam nur noch selten vor. Immerhin hatte er Stil. Heute trug Marcel einen hellen Anzug mit einem schwarzen Hemd und – statt einer Krawatte – einen Schal, den er jetzt dandyhaft über die Schulter warf. Dazu seine Ray-Ban und den Strohhut, mit dem er die Stirnglatze zu verbergen suchte.

Er ging ins Bistro des Hotels. Der Kellner, ein hochgeschossener Mann mit gepflegtem Vollbart, wies ihm den letzten freien Platz zu, einen Zweiertisch auf der Terrasse, im Schatten einer rotweißen Markise. Marcel gab seine Bestellung auf und schaute dem Kellner missbilligend hinterher. Er mochte keine Bartträger. Sein Vater hatte einen Bart gehabt. Gelegentlich hatten darin Eidotter oder andere Essensreste geklebt.

Er blickte auf seine Tissot. In anderthalb Stunden wurde er im Carlton erwartet. Ein neuer Actionfilm mit John Travolta in der Rolle eines Rennfahrers, der in ein Mordkomplott verwickelt wird. Das Übliche eben. Marcel musste hin, obwohl es bei Pressekonferenzen eigentlich nie viel zu holen gab. Man war dort nur ein Ferkel am Trog, umringt von Kollegen, die alle um dieselben Bröckchen wetteiferten. Aber wenigstens gab's da was zu essen. Das war einer der Pluspunkte des Jobs, man konnte sich gelegentlich auf Kosten anderer durchfuttern. Übermäßig viel verdiente man nicht. Und damit war Marcel wieder bei der unerfreulichen Mahnung, die gestern ins Haus geflattert war. Er war mit der Abzahlung eines Kredits im Rückstand, eine Nichtigkeit, aber seine Bank war in letzter Zeit so pingelig. Er überlegte, ob er seine Mutter um eine Finanzspritze bitten sollte, aber sie würde ihm nur wieder Vorwürfe machen. Sie wusste immer alles besser. Also beschloss er, das Thema erst mal beiseitezuschieben. Im Verdrängen unbequemer Wahrheiten war er ein Meister.

Jetzt bekam er seinen Espresso. Allerdings nur lauwarm. Auch das noch. War heißer Kaffee zu viel verlangt? Er war schließlich nicht irgendwer. Er war der »Große Klein«. Der »Promi-Flüsterer«. Vor allem war er Perfektionist. Die Fehler anderer waren unverzeihlich. Er schaute sich nach dem Kellner um.

In dem Moment trat die schöne Fremde auf die Terrasse. Sie hielt nach einem Sitzplatz Ausschau. Das Sonnenlicht ließ ihre Augen tiefgrün aufleuchten. Ihre Blicke trafen sich. Einer Eingebung folgend deutete er auf den freien Stuhl an seinem Tisch. Als sie auf ihn zukam, erhellte ein Lächeln ihr Gesicht.

»Cette place serait-elle libre, Monsieur?«, fragte sie höflich.

»Oui«, sagte Marcel. Seine Schläfen pochten. *»Oui, of course, bien sûr. Yes.«*

»Merci.«

Sie setzte sich mit einer leichten, fließenden Bewegung. Marcel selbst war ungeschickt und daher neidisch auf anmutige Menschen. Sie trug einen schlichten weißen Rock und eine marineblaue Bluse, die oben aufgeknöpft war. Marcel sah in ihrem hübschen Ausschnitt ein kleines, silbernes Kruzifix aufblitzen, auf das er innerlich so reagierte wie ein Vampir in einem Gruselfilm.

Sie hängte ihre Handtasche über die Stuhllehne und überkreuzte die Beine. In ihrer Linken hielt sie ein Festivalprogramm. Marcel schätzte sie auf Ende dreißig oder Anfang vierzig. War sie beim Film? Oder bloß eine Zivilistin?

»Il y a du monde, ce matin«, sagte sie mit einem Blick über die Gartenterrasse – viel los heute Morgen.

Marcel mochte den tiefen Klang ihrer Stimme. *»Oui«*, erwiderte er.

Sie schauten einander kurz an, dann wandte Marcel den Blick verlegen wieder ab. Dabei war er an sich nicht schüchtern. Er stand gerne im Mittelpunkt.

»Le festival, c'est populaire«, sagte er. Es war ihm peinlich, Französisch zu sprechen. Sein Vater hatte in Straßburg gelebt, und obwohl Marcel in seiner Kindheit dort viel Zeit verbracht hatte, war ihm die Sprache fremd.

Dann sagte sie: *»Votre français est horrible.«*

»Sorry. Désolé.« Marcel errötete ein wenig.

»Allez, je vous pardonne.« Sie lachte, glockenhell und gut gelaunt. Dann fragte sie ihn, woher er komme. Aus Amerika?

Marcel schüttelte den Kopf. *»Allemagne. Berlin.«*

Ihr Blick erhellte sich. *»Ah, oui?«*

Diese Reaktion überraschte ihn. In der Regel rief sein Outing als Deutscher keinen übermäßigen Enthusiasmus hervor.

Die Fremde blickte ihn nun unverwandt an: »Dann können wir Deutsch sprechen«, sagte sie mit einem charmanten Akzent. Sie sei Lehrerin am Lycée. Deutsch und Englisch, Letzteres aber nur für die Unterstufe. Ihr Spezialgebiet sei eben Deutsch. Sie liebe die Sprache, vor allem wegen Wim Wenders, dessen Filme sie sehr bewundere.

»Ach? Und woher kommen Sie?«, fragte Marcel, der das Thema wechseln wollte.

Aus Metz kam sie. Und sie freute sich über jede Gelegenheit, ihre Deutschkenntnisse an Eingeborenen auszuprobieren. Sie hielt ihm die Hand entgegen: »Héloïse Becker.«

»Marcel Klein«, sagte er.

Mit gespielter Formalität schüttelten sie einander die Hände. Héloïses Finger waren kalt. Marcel merkte, dass er eine Erektion bekam. Er räusperte sich, schlug unauffällig die Beine übereinander und bemühte sich, an unangenehme, langweilige Dinge zu denken: Eidotter, bärtige Männer, Wim Wenders.

»Was machen Sie hier in Cannes … Monsieur Klein?«

Er quittierte das Filmzitat mit einem anerkennenden Lächeln: *Monsieur Klein* mit Alain Delon und Jeanne Moreau, aus den Siebzigern. Es ging um Betrug und Doppelmoral. Solche Filme machte heute keiner mehr.

Er zuckte die Achseln. »Ach, nichts Besonderes«, erwiderte er. Er müsse einfach nur viel arbeiten: »Und Sie können ruhig Marcel zu mir sagen.«

Dann schwieg er – ein Schachzug, um sie aus der Reserve zu locken. Bei Interviews war er ein alter Hase.

»Und was arbeiten Sie … Marcel?«

»Je suis journaliste.«

»Ah, oui?« Ihre Miene erhellte sich. Wenn die Leute »Journalist« hörten, dachten sie immer an Tim und Struppi. *»Vous écrivez sur …«* Ihre Stimme brach mitten im Satz ab, dann sprach sie auf Deutsch weiter: »Sie schreiben über das Festival? Über Film?«

»Oui, c'est ça.«

Er nippte an seinem inzwischen kalten Kaffee. Vor allem, damit seine Finger etwas zu tun hatten, und weil seine

Erektion nur langsam nachließ. Er überlegte, ob er sich später auf dem Hotelzimmer einen runterholen sollte. Das wäre strategisch klug. Wer will schon vor John Travolta mit einem Ständer auftauchen?

»Und was schreiben Sie?«, fragte Héloïse.

»Na ja, so ... Filmkritiken, Kolumnen, Features und so weiter. Aber in den letzten Jahren habe ich mich vor allem auf Interviews spezialisiert.«

Ihr Blick machte ihn nervös. Marcel fand attraktive Frauen bedrohlich. Immer fürchtete er, etwas Falsches zu sagen. Schöne Menschen gehörten auf die Leinwand, nicht ins Leben.

»Ah, da sind Sie bestimmt oft in Hollywood?« Ihm gefiel, wie sie es aussprach: *»Olly-wut«*.

Er schüttelte den Kopf. »Jetzt nicht mehr. Ich habe lange in L. A. gelebt. Bis vor ein paar Jahren. Aber jetzt wohne ich in Berlin. Ich bin nur noch selten dort.«

»Und hier in Cannes? Sie machen hier Interviews?«

»Ja, genau. Haben Sie von *A Light in the Dark* gehört?«

Ihre Augen strahlten. *»Mais oui.* Der neue Film mit Eva Vargas!«

»Ich gehe morgen Abend zur Premiere«, sagte er.

Jetzt schaute sie ihn neidisch an. Betont beiläufig erzählte er ihr, dass er auch noch ein Round-Table-Interview mit dem ausführenden Produzenten habe ... Steven Spielberg.

»Wie aufregend. Und die Vargas? Treffen Sie die auch?«

Er nickte zögerlich.

»Sie mögen sie nicht?«

»Ein hübsches Gesicht, mehr nicht. *Flavor of the month.* Wenn man den Job eine Weile macht, kennt man das schon.

Schauspieler sind alle gleich. Ich war fünf Jahre mit so einer verheiratet.«

Sie hob die Augenbrauen. *»Ah bon?«*, sagte sie mit plötzlichem Interesse, doch Marcel hatte wenig Lust, über seine gescheiterte Ehe mit Allison zu sprechen.

»Da fällt mir ein Witz ein«, meinte er stattdessen. »Trifft ein Schauspieler einen anderen und sagt: ›Übrigens, ich hab dich gestern im Bus gesehen.‹ Darauf der andere: ›Und? War ich gut?‹«

Héloïse lachte auf, und das Lachen verlieh ihrem Gesicht einen so offenherzigen Glanz, dass Marcel wehmütig wurde. Er hatte schon lange nicht mehr so gelacht. Ihm war etwas abhandengekommen im Lauf der Jahre, obwohl er ein aufregendes Leben führte, durch die Welt reiste und die Stars von Hollywood umschwirrte. Er war unempfänglich geworden für das Schöne. Außer es fand im Kino statt. Als Illusion. Das war sicherer.

Héloïse hingegen wirkte auf ihn unverbraucht. Selbst als ihr Lachen abklang, blieb das wunderbare Leuchten. Er fragte sie, ob sie beruflich in Cannes sei.

»Nein, nur so«, sagte sie. »Das Festival, ich wollte es schon immer sehen.«

»Vous aimez le cinéma.« Es war keine Frage, sondern eine Feststellung. Natürlich liebte sie Kino, sonst wäre sie nicht hier.

»Bien sûr«, sagte sie. *»C'est mieux.«*

»Mieux? Wie meinen Sie das? Besser als was?«

»Mieux que tout«, sagte sie. »Besser als alles. *Le cinéma, c'est la véracité de nos rêves.*« Das Kino ist die Wahrhaftigkeit unserer Träume.

2

Schon in seiner Jugend hatte Marcel Klein sich in Träume geflüchtet. Er war ein unglückliches Kind gewesen. Also schaute er sich Filme an. Dabei ahnte er, dass es auch Menschen geben musste, die ihre Sommernachmittage nicht in dunklen Sälen verbrachten, die stattdessen die Nähe anderer suchten. Für Marcel war Kino mehr als ein Hobby. Es war eine Sucht. Er wollte der Wirklichkeit entfliehen. Umso wundersamer waren ihm die fremden Welten, die mit vierundzwanzig Bildern pro Sekunde vor seinen Augen abliefen.

Marcels Mutter, Miriam, war Schauspielerin, allerdings am Theater, nicht beim Film. Sein Vater René, ein eleganter, großgewachsener Mann, besaß eine Kette chemischer Reinigungen im Elsass. Die »Kette« – *R. Klein Pressing, laver et plier* – bestand aus nur drei Filialen. Das Hauptgeschäft lag in der Straßburger Altstadt, in der Rue des Orfèvres. Im Erdgeschoss war die Reinigung, im ersten Stock Renés Büro. Dort saß auch seine Sekretärin, die mollige Valérie, die deutlich mehr Geschäftssinn hatte als ihr Chef. René Klein, ein Hasardeur alter Schule, träumte von Expansion, über das Elsass hinaus, bis nach Lothringen und sogar ins ferne Saarland. So hatte alles angefangen.

Bei einem Geschäftsessen in Saarbrücken mit einem dicken deutschen Investor im schwarzen Pelzmantel hörte René immer wieder ein entzückendes Lachen durch das Restaurant perlen – das Lachen Miriams.

Zu fortgeschrittener Stunde ließ er, stets der Charmeur, eine Flasche Champagner an den Nebentisch bringen. Man stellte Stühle zusammen, kam ins Gespräch.

Die gebürtige Berlinerin Miriam entstammte einer deutsch-jüdischen »Künstlerdynastie«, wie sie es nannte. Surrealisten, Kubisten, Dadaisten. Allesamt verkannt, glücklos, entartet. Viele von ihnen fanden den Tod in den Vernichtungslagern deutscher Kunstbanausen, anderen war die Flucht nach London oder Zürich gelungen, wo sie weiterhin verkannt wurden.

René Klein kam ebenfalls aus einer jüdischen Familie, allerdings einer gutbürgerlichen, in der man sich von der Kunst fernhielt wie von einer ansteckenden Krankheit. Die Kleins waren seit Generationen im Elsass ansässig. Auch von ihnen hatten nur wenige überlebt.

An diesem Abend also tranken René und Miriam auf das Schicksal, das ihre Wege in Saarbrücken zusammengeführt hatte, jener Wiege westlicher Zivilisation. Das konnte nicht nur ein Zufall sein, hier war die Fügung am Werk. Man rauchte, man trank Rotwein, man tanzte eng umschlungen zu Mireille Mathieu.

Miriam trat im Staatstheater Saarbrücken auf, in einer undankbaren Nebenrolle als Sekretärin in einer Boulevardkomödie. Doch sie hielt sich für die nächste Romy Schneider. René mietete für sie eine kleine Dachwohnung im Nauwieser Viertel an. Dort verbrachte René gelegentlich die Nächte. Vorgeblich wollte er sich hier um die neue Dépendance kümmern, in Wirklichkeit jedoch um die hübsche Miriam, die hin und weg war von ihrem René mit seinem dunklen Haar und dem gepflegten Bart. Als ihr Theaterengagement auslief, wollte sie ihm nach Straßburg folgen, aber René fand immer wieder Gründe, wieso das gerade jetzt keine so gute Idee war. Warum nicht erst mal in Saarbrücken bleiben, meinte er, wo doch alles so gut lief? Miriam war verwirrt, aber sie fügte sich.

Schließlich fand sie eine Stelle beim Saarländischen Rundfunk. Allerdings nicht als Schauspielerin, sondern als Sekretärin, diesmal in echt. Besonders gut war sie nicht in dem Job. Sie konnte nur mit zwei Fingern tippen und fauchte am Telefon nicht selten die Anrufer an.

Dann wurde sie schwanger. René war wenig erfreut und drängte sie zu einer Abtreibung, aber Miriam zögerte die Entscheidung hinaus. Warum, das hätte sie nicht sagen können. Sie hatte lediglich das unbestimmte Gefühl, dass sie es bereuen würde. René beschwor sie: Ein Kind? Ausgerechnet jetzt? Er müsse sein Geschäft aufbauen. Später vielleicht, ja?

Doch Renés Bitten hatte den gegenteiligen Effekt. Miriam gefiel es, bekniet zu werden. Sie dachte an die einsamen Nächte, die sie in der kleinen Dachwohnung verbrachte. Wie oft hatte René sie schon versetzt, wie oft einen angekündigten Besuch verschoben? Doch jetzt wollte er etwas von ihr. Er lächelte, flirtete, strahlte. Es war fast wie am Anfang. René gab ihr Geld für die Abtreibung, aber Miriam kaufte davon einen Plattenspieler. Einen Grundig.

Als er davon erfuhr, kam es zum Streit. René war nervös. Die Zeit wurde knapp, bald wäre es zu spät. Schlimmstenfalls müsse man nach Forbach, zu einem »Spezialisten«, der nicht so viele Fragen stellte, René kannte da einen. Doch Miriam blieb standhaft. Endlich fand sie den Mut auszusprechen, was sie bereits seit Wochen wusste – dass sie das Kind auf jeden Fall behalten wollte.

René war fassungslos. »Ist nicht dein Ernst!«

»Doch«, erwiderte Miriam. »Und willst du wissen, warum?«

»Nein. Es interessiert mich auch nicht.«

»Weil jedes jüdische Baby ein Tritt in die Eier der Deutschen ist«, sagte Miriam.

Das imponierte René. Gerührt nahm er ihre Hand in die seine. »Das hast du schön gesagt.«

Miriam schaute ihn mit großen Augen an. Sie war eine hübsche Frau. Sie war klug und witzig und voller Leben. Mit ihr konnte man Pferde stehlen. Früh am nächsten Tag gingen die beiden zum Standesamt und heirateten.

Sieben Monate später kam der kleine Marcel zur Welt. Anfangs herrschte Euphorie. Miriam liebte ihr Kind, auch wenn sie sich eigentlich eine Tochter gewünscht hatte. Aber das war kein Problem, die rosa Babykleider tauschte René einfach bei Karstadt um.

Marcel hatte Koliken. Niemand wusste so recht, was das eigentlich war, auch nicht der Kinderarzt. Marcel schrie ganze Nächte lang. Miriam gab sich Mühe, aber trotz der bedingungslosen Liebe, die sie ihrem kleinen Marcel entgegenbrachte, war sie überfordert.

Von ihrem Mann kam kaum Hilfe. Renés Geschäfte liefen schlecht, er stand unter Druck. Ständig pendelte er hin und her. Doch selbst wenn er in der Stadt war, kam er selten zu seiner kleinen Familie. Er zog um die Häuser. Die Grenzstadt Saarbrücken war bekannt für ihre Bordelle, immerhin mussten hier jede Nacht anspruchsvolle Franzosen verköstigt werden.

Miriam wusste es oder ahnte es zumindest. Ihr Mann betrog sie und ließ sie wochenlang mit dem Baby allein. Allmählich schlief Marcel besser, aber er war weiterhin schwierig, hing ständig an ihrem Rockzipfel. Sie opferte sich auf, bis sie innerlich abgezehrt war. Sie begann sogar die Tipparbeit beim Rundfunk zu vermissen, was sie nie gedacht hätte. Und die Bühne war für sie in unerreichbare Ferne gerückt. In Zeitlupe zerschellten ihre Träume an den Klippen der Wirklichkeit. René schien mittlerweile jedes Interesse an ihr verloren zu haben. So trank sie hin und wieder heimlich ein Glas Rotwein. Dann noch eines. Und noch eines.

Als Marcel zwei Jahre alt war, wollte Miriam die Aufmerksamkeit ihres Mannes mit einem halbherzigen Selbstmordversuch erzwingen. Sie schluckte eine Handvoll Schlaftabletten, aber das war ein Eigentor – von nun an sah René sie als schwach an. Er nahm sie kaum noch wahr. Zu sehr war er damit beschäftigt, seine Reinigungen in die Insolvenz zu treiben.

Schon früh entwickelte Marcel eine eigenwillige, ungesunde Bindung zu seiner Mutter. Sie war sein Ein und Alles, er vergötterte sie. Den Vater sah er ohnehin nur selten. Doch je mehr seine Mutter trank, umso mehr entfernte sie sich von ihm. Sie trank die Nächte hindurch und schlief dann tagsüber. Sie trank mit Freunden, später mit Liebhabern, drehte gern die Musik auf: Reinhard Mey, Supertramp oder Rod Stewart. Marcel konnte dann nicht schlafen. Er lag im Bett und starrte still an die Decke.

Die Jahre vergingen. Marcel war ein Schlüsselkind, er hatte viel Auslauf, er kaufte ein, er kochte. Und kaum war er alt genug, zog es ihn ins Kino. Der Moment, in dem der Vorhang aufging, jener Moment der Erwartung war für ihn heilig. Von seinem Taschengeld kaufte er sich Kinokarten und Eiskonfekt. Das Eis schmolz immer viel zu schnell, aber die Kinokarten klebte er sorgfältig in ein Notizbuch, in dem er auch seine Gedanken über die gesehenen Filme verzeichnete. Im UT-Kino sah er die wesentlichen Action- und Horrorstreifen der frühen Achtziger: *Freitag der 13.*, *Rambo*, *Delta Force* und wie sie alle hießen. Die Kassiererin, eine Rentnerin, die sich zu Hause langweilte und ein bisschen schwarzarbeiten wollte, drückte ein Auge zu und ließ ihn auch dann in den Saal, wenn die Filme ab sechzehn oder gar ab achtzehn waren.

Doch sein Herz schlug für die Sommerferien – da wurden im Passage-Kino an der Bahnhofstraße sechs Wochen lang Filmklassiker gezeigt: *Fenster zum Hof*, *Frankenstein Junior*, *Spider-Man gegen den goldenen Drachen*, *Es war einmal in Amerika*, *Zwölf Uhr mittags*, *Dracula jagt Mini-Mädchen* … Jeden Tag etwas anderes. Und jeden Tag saß Marcel in der ersten Reihe und starrte verzückt auf die weiße Leinwand, die sich mit herrlichen Träumen füllte.

3

Jetzt saß er an einem Tisch in Cannes, schaute einer schönen Frau in die Augen und malte sich seine eigenen herrlichen Träume aus. Dann stellte er ihr die alles entscheidende Frage:

»*Quel est votre film préféré?* Ihr Lieblingsfilm?«

Von der Antwort hing viel ab. Wim Wenders war noch zu verzeihen, aber wenn sie ihm jetzt beispielsweise mit Fassbinder käme, wäre er gezwungen, aufzustehen und zu gehen.

Doch zu seiner Erleichterung sagte Héloïse, ohne nachzudenken: »*Les temps modernes.*«

Marcel atmete auf. *Moderne Zeiten,* ein Glück! Dagegen war nichts einzuwenden. Ganz im Gegenteil. Wer Chaplin nicht mag, hat einen schlechten Charakter. Wann hatte er den Film eigentlich das erste Mal gesehen? Vermutlich beim Schauspielstudium, als er frisch mit Allison zusammen war.

»*Chapeau*«, sagte er zu Héloïse.

Ihr Lächeln blendete ihn. Er rührte nervös in seinem Kaffee. Doch das klirrende Geräusch, das der Löffel dabei machte, irritierte ihn, also legte er ihn auf die Untertasse. »Aber warum *Modern Times*? Warum nicht ... *je ne sais pas ... The Kid* oder *Circus*? *The Great Dictator*?«

Die Antwort kam sofort: »Kein Film hat das zwanzigste

Jahrhundert besser erfasst als *Les temps modernes*. Es ist eine Prophezeiung, aber gleichzeitig brüllend komisch.«

»Haben Sie eine Lieblingsszene?«

Héloïses Lächeln wurde noch breiter. »Erinnern Sie sich an die … wie sagt man … *en allemand*? Die, äh, *manifestation*?«

»Die Demo?«

»*Oui, merci.* Die Arbeiter marschieren die Straße entlang.«

»Je me souviens.«

»Dann kommt ein Lastwagen. Hinten ist eine rote Fahne, als Warnsignal.«

»Und die Fahne fällt runter«, sagte Marcel.

»Ja. Der Tramp kommt zufällig vorbei und hebt sie auf. Er will sie dem Fahrer zurückgeben und läuft hinter dem Lastwagen her, schwenkt die Fahne.«

Marcel musste grinsen. »Und die Demonstranten denken, der Tramp ist einer von ihnen, ein Kommunist. Ohne es zu merken, wird Chaplin zum Anführer einer Arbeiterbewegung.«

»*Voilà!* Und dafür kommt er ins Gefängnis. Dabei wollte er doch nur die Fahne zurückgeben.« Héloïse beugte sich vor. »Aber wissen Sie, was das Beste ist?«

»Sie werden es mir sicher gleich sagen.«

»Woher wissen wir, dass die Fahne rot ist? Der Film ist schwarz-weiß.«

»Der Kontext?«

»Mais oui«, sagte sie. »Wir meinen, eine Farbe zu sehen, die gar nicht da ist. *C'est génial!*«

»C'est Chaplin«, stimmte er ihr zu.

Ein Räuspern ließ Marcel zusammenfahren. Der schöne Kellner stand mit einem Kaffee am Tisch, herbeigezaubert durch einen Wink von Héloïse. Er stellte die Tasse ab und fragte, was Madame wünsche.

Sie wünschte zwei Eier und ein Brötchen mit Butter und Marmelade. Als der Kellner nickte, lächelte ihn Héloïse ein wenig zu lang an. Marcels Neid erglühte zur Eifersucht. Er beugte sich scheinbar konzentriert über seine Unterlagen, blätterte aber nur hin und her, machte mit seinem teuren Montblanc bedeutungslose Notizen. Innerlich kämpfte er gegen ein unerklärliches Gefühl von Verletztheit an. Er war erleichtert, als der Kellner endlich ging.

»Ich traue ihm nicht«, sagte Marcel.

»Pourquoi pas?«, fragte Héloïse. Die plötzliche Schärfe in seiner Stimme nahm sie nicht wahr. »Warum nicht?«

»Der Bart«, sagte Marcel. *»C'est dégueulasse.* Männer mit Bärten haben immer etwas zu verbergen, meinen Sie nicht auch?«

»Ah oui?« Verschmitzt fügte sie hinzu: »Und Sie? Haben Sie auch etwas zu verbergen?«

»Ich?«

»Ja. Sie.«

Marcel lachte gekünstelt und starrte auf seine Hände. Er fühlte sich ertappt. Noch vor wenigen Sekunden war er angriffslustig gewesen. Jetzt wurde es ungemütlich.

Ihr schien klar zu werden, dass etwas nicht stimmte, dass Marcel nicht mitmachte bei ihrem Scherz. »Ist … ist alles in Ordnung?«

Er nickte, ohne den Blick von ihr abzuwenden. »Sie machen sich lustig über mich.«

Héloïse bemühte sich um ein Lächeln. *»C'est que vous êtes drôle.«*

»Sie haben nicht die geringste Ahnung.« Marcel hatte heiter klingen wollen, doch sie konnte die Wut hören, die in seinen Worten mitschwang, so klar und rein, dass sie erschrak.

Marcel sah ihre Reaktion und schämte sich. Sein Ärger war verflogen. Er wandte den Blick ab. »Es tut mir leid …«

Einige Sekunden saßen sie beide betreten am Tisch. Dann schaute Héloïse mit einer übertriebenen Geste auf ihre Uhr und sagte, sie müsse jetzt wirklich los. Marcel stammelte ein paar hilflose Worte, aber es gelang ihm nicht, sie aufzuhalten. Mit vollendeter Höflichkeit empfahl sie sich, nahm ihre Handtasche und ging.

Marcel schaute zu, wie sie aus seinem Blickfeld verschwand. Er sackte in sich zusammen. Er überlegte, ob er ihr hinterhergehen sollte, besann sich dann aber eines Besseren.

Wieder ein Räuspern. Vor ihm stand der Kellner mit einem Tablett. Gewandt trug er Héloïses Frühstück auf: *»Et voilà, m'sieurs-dames.«*

Marcel fuhr sich mit der Hand über das Gesicht. Er tat so, als blende ihn die Sonne, in Wirklichkeit wollte er nicht gesehen werden in seiner Scham. Der scheinbar wohlwollende, unterschwellig jedoch spöttische Blick des Kellners brannte sich ihm ein. Er wusste, dass der Mann ihn verachtete, dass er heimlich über ihn lachte. Wie könnte es auch anders sein? Nichts auf der Welt ist so amüsant wie die Verzweiflung anderer.

4

Sein Chef rief in genau dem Moment an, als Marcel vor dem Badezimmerspiegel erfolglos versuchte, zu masturbieren. Fluchend zog er die Hose hoch und griff nach dem Handy. Er hatte Dampf ablassen wollen, aber die misslungene Begegnung mit dieser Héloïse hing ihm nach. Normalerweise ging es bei ihm schnell. Allison, seine Exfrau, hatte sich in Los Angeles immer darüber beschwert, dass der Sex mit ihm so »effizient« sei. So »deutsch«.

Er nahm den Anruf entgegen. »Ja?«

»Marcel?«, fragte Thilo Sondermann. »Alles in Ordnung, Alter? Du klingst so gehetzt.«

»Ach so, ja …« Marcel räusperte sich. »Ich war … äh … im Stress.« Er wurde auf einmal von einem diffusen Schuldbewusstsein geplagt. Wie so oft, wenn er mit seinem Chefredakteur sprach. »Läuft bei euch in Berlin?«

»Das übliche Irrenhaus«, sagte Thilo. »Und du? Partys und Schampus?«

Marcel lachte gekünstelt. Er klemmte das Handy zwischen Ohr und Schulter, dann knöpfte er die Hose zu. Während Thilo die Planung für das nächste Heft erläuterte, wusch sich Marcel die wohlriechende Lotion, die es in Hotels immer gratis gab, von den Händen. Zufällig erhaschte er einen Blick im Spiegel. Sein Anblick beschämte ihn jedes

Mal. Der junge Mann, der er einst gewesen war, war kaum noch zu erkennen. Er war sich selbst ein Fremder.

»… und wegen *A Light in the Dark …*« Thilo hatte gerade mit den Publicityleuten des Studios gesprochen, es gab grünes Licht für das *One-on-one* morgen mit Eva Vargas.

»Supi«, meinte Marcel mit sarkastischem Unterton und verließ das Bad. »Mal sehen, was die so beizutragen hat zum kulturellen Dialog.«

»Werd nicht rotzig«, mahnte Thilo lachend. »Die Kleine ist die halbe Miete. Die machen wir aufs Cover. Titelstory, acht Seiten.«

»Ja, schon klar. So was geht immer. Weltkrieg und so.«

Marcel ging durch das Hotelzimmer und suchte seine Unterlagen für heute zusammen. Das Zimmer war karg. Ein Bett, zwei gepolsterte Stühle und neben der Balkontür ein schmuckloser Tisch, auf dem seine Olivetti-Schreibmaschine stand. Aber wenigstens gab es eine Minibar, dem Herrn sei gedankt.

»Besser Weltkrieg als Superhelden«, sagte Thilo. »Und wann ist das RT mit Spielberg? Der ist zwar nur als Producer dabei, aber egal, ist halt Spielberg.«

»Morgen. Keine Sorge, ein paar gute O-Töne bringe ich dir mit.« Er schaute zu den drei neonfarbenen Pop-Art-Porträts, die über seinem Bett hingen, die Heilige Dreifaltigkeit des Kinos: James Dean, Humphrey Bogart und Audrey Hepburn. Wo war sie, die Audrey Hepburn von heute? Warum waren die Stars alle so … so fad?

»Wir stecken mitten in der Abgabewoche«, sagte Thilo abschließend, »also tipp bitte gleich alles ab und mail es uns rüber, okay? Nicht wie damals in Toronto, als du …«

»Fick dich!«, unterbrach Marcel. »Toronto!«

Thilo lachte. »Und nicht so viel saufen!«

Marcel grinste und beendete das Telefonat. Er griff nach seiner Aktentasche, verließ das Zimmer, fuhr mit dem Aufzug nach unten und … erstarrte.

Denn am Empfangsschalter sah er Rudi Müller, seinen Erzfeind. Müller war ein im Solarium gebräunter Erfolgsmensch, der die Arbeit von unbezahlten Praktikantinnen erledigen ließ und dann nur noch seinen Namen unter die Artikel setzte. Und natürlich das Geld kassierte.

Dass Müller offenbar auch im Hôtel de Provence wohnte, war zwar unschön, aber nicht weiter überraschend. Die Studios brachten die Journalisten gerne am selben Ort unter, das machte es für alle einfacher. Marcel wollte sich vorbeischleichen, aber ihre Blicke trafen sich. Beide zwangen sich zu einem übertriebenen Lächeln.

»Rudi, mein Lieber.«

»Marcel, mein Guter.«

Die Kontrahenten fielen sich in die Arme, klopften sich auf den Rücken und lachten laut. Müller fragte, ob Marcel nachher noch zur PK mit Scorsese komme, dem diesjährigen Jurypräsidenten, der heute die Filmfestspiele offiziell eröffnen sollte. Marcel winkte ab. Um Gottes willen! Marty Scorsese! Der Giftzwerg! Er hatte Marcel mal bei einem Interview vor versammelter Mannschaft beschimpft, woraufhin Marcel vor Schreck sein Mikro hatten fallen lassen. Ein Schmock!

»Na, dann sehen wir uns gleich bei *Big Boy* II?«, fragte Müller.

»Aber ja doch«, sagte Marcel und lächelte den Feind

strahlend an. Lächeln konnte er. So hatte er sich bisher immer gut durchs Leben gemogelt. Lächeln bis zum Umfallen.

Er winkte zum Abschied, dann floh er ins Freie, durch den Vorgarten des Hotels. Auf der Rue Molière wurde er von einer Geräuschkulisse empfangen – wütendes Hupen, knurrende Autos, knatternde Vespas. Er ging in Richtung Croisette, vorbei an prunkvollen Apartmenthäusern des Fin de Siècle. Schweißtropfen standen auf seiner Stirn. Beim Gehen nahm er den Hut ab und fächelte sich Luft zu. Eine Hitzewelle hielt die Côte d'Azur umschlungen.

Die Menschenmenge wurde dichter. Marcel bog um eine Ecke und war plötzlich auf der Croisette, der berühmten Promenade, die man aus dem Fernsehen kannte. Er kämpfte sich durch in Richtung des Festival-Palais, ein schmuckloser Klotz aus weißem Beton und blauen Glasfronten. Zu seiner Linken lag der Strand mit den Beachclubs, wo die Menschen unter Sonnenschirmen saßen und Rosé tranken. Das tiefblaue Meer funkelte hinter ihnen, darüber der unendliche Himmel … Jedes Mal ein hinreißender Anblick, obwohl Marcel, der schon ein paar Mal in Cannes gewesen war, immer so tat, als sei er abgebrüht.

Die Leute um ihn herum waren beladen mit Tüten und Taschen, Papieren und Prospekten. Die Filmfestspiele zogen eine bunte Menagerie an, die Komparsen des Metiers. Marcel liebte und hasste sie, die Jungs und Mädels von den Studios und Produktionsfirmen, die vom Verleih und den Kinoketten, die großen und kleinen Macher, und natürlich die Starlets … Jede Menge Starlets, die in freizügiger Kleidung für die Kameras posierten. Er schlängelte sich durch das Gewühl verschwitzter Körper. Ihm kam das alles wie ein Fiebertraum vor … die Sonne, der Lärm, die halbnackten Girls, die Paparazzi, die Fans, die Cosplayer – die Fauna des Festivals.

Plötzlich versperrte ein Mann ihm den Weg. Auf dessen Schulter krallte sich ein Äffchen fest, das Marcel anfauchte. Erschrocken trat er zurück, bevor das Mistvieh noch auf die Idee kam, ihn mit Kacka zu bewerfen. In solchen Momenten beneidete er die Filmstars um ihre Limousinen und Privatjets, die sie vor dem Pöbel schützten. Er hingegen war umwabert von fleischgewordenem Surrealismus – von Fellini, von Buñuel. Und offenbar auch von Affen.

5

Als er endlich seinen Presseausweis hatte, ging er weiter zum Carlton. Vor dem Eingang huschten die Türsteher beflissen zu den Luxusschlitten. Marcel betrat den protzigen Belle-Époque-Palast und ließ das Gedränge hinter sich, atmete wieder klimatisierte Luft. Im Foyer lungerten attraktive Menschen auf unbequemen Sofas und tippten auf ihren Smartphones. Man sprach im Flüsterton. Der Klassenfeind war überall. Marcel wusste, dass er niemals dazugehören würde. Er war ein ewiger Zaungast.

Am Empfang erkundigte er sich nach der Pressekonferenz zu *Big Boy* II. Der Concierge verwies ihn in den Grace-Kelly-Konferenzsaal im ersten Stock – benannt nach der legendären Schauspielerin, die ihren Weltruhm vor allem Alfred Hitchcock verdankte und die mit ihrem Auto bei Monaco in einen Abgrund gestürzt war. Posthum hatte man sie dadurch geehrt, dass man das Krankenhaus, in dem sie gestorben war, nach ihr benannte. Und offenkundig auch einen Konferenzsaal im Carlton. Eine kurzhaarige junge Dame rief den Aufzug herbei und hielt Marcel die Tür auf. Als sich die Aufzugstür schloss, war er erleichtert, allein zu sein. Die Unterwürfigkeit der Angestellten war ihm peinlich.

Im ersten Stock begrüßte ihn ein Pappständer mit dem

Filmplakat zu *Big Boy II* – John Travolta lehnte sich verschwitzt und mit Knarre in der Hand an einen roten Ferrari. Das Filmplakat wies den Weg zur ›Hospitality Suite‹, dem Nervenzentrum bei solchen Veranstaltungen. Der weiche Teppich im Gang dämpfte Marcels Schritte. Im Vorraum des Konferenzsaals drängelten sich schon die Kollegen. Sie umringten einen Schreibtisch, hinter dem zwei Praktikantinnen verkrampft lächelnd die Namen der Teilnehmer auf einer Liste abhakten. Marcel kannte ihren Typus – jung, weiß, sexy und gestresst. Sie lebten in ständiger Angst vor ihren Chefs und vor den Pranken der Journalisten, die oftmals einen Tick zu lang auf Schulter oder Rücken verharrten.

Hinter den beiden stand Stevie Hoang, ein gutaussehender, etwas einfältiger Typ in einem weißen Anzug und Schlupfschuhen ohne Socken, was Marcel ekelhaft fand. Stevie Hoang war früher mal US-Korrespondent bei einem britischen Kinomagazin gewesen, aber dann war er zur dunklen Seite der Macht übergelaufen. Es hatte sich wohl gelohnt, denn jetzt leitete er die Publicity-Abteilung des Studios. Er strahlte Marcel an. *»How are you? How was your flight?«*, fragte er, wollte es dann doch nicht so genau wissen. Er hakte Marcels Namen auf der Liste ab und gab ihm eine Geschenktüte vom Gabentisch hinter ihm. Es war üblich, die Journalisten mit kleinen Aufmerksamkeiten zu bestechen. ›Swag‹ nannte man das. Meistens war es Tinnef: Basecaps, Notizblöcke, Thermosflaschen und so weiter. Marcel schaute in die Tüte. Diesmal handelte es sich um ein T-Shirt und einen Spielzeug-Ferrari, versehen mit dem Titel des Films. Marcel schaute sich das Plastikauto enttäuscht an.

»For your kids«, sagte Stevie Hoang lächelnd. *»You have kids, don't you?«*

Marcel schüttelte den Kopf. Kinder waren eines der großen Streitthemen in seiner Ehe gewesen. Er bedankte sich und ging in den Konferenzsaal.

Fünfzig Klappstühle standen präzise aufgereiht vor einem Podium, ganz hinten im Saal war das allseits beliebte Büfett. Auf einem Flatscreen an der Wand liefen Ausschnitte aus *Big Boy* II: Autoverfolgungsjagden, Schusswechsel und natürlich Travolta, der in Zeitlupe vor Explosionen wegrannte.

Ein paar Kollegen standen herum und unterhielten sich. Auch Rudi Müller war bereits hier. Sie warfen sich einen gequälten Blick zu und wandten zeitgleich den Kopf ab. Die anderen konnte Marcel besser leiden. Yoko aus Japan, María aus Spanien, Didier aus Belgien (ausnahmsweise nüchtern), der blinde Sérgio aus Brasilien und natürlich die alte Francesca aus Italien. Marcel gehörte zu einer internationalen Clique, die sich alle paar Wochen bei Filmfestspielen und Presseveranstaltungen traf, sogenannten ›Junkets‹. New York, Los Angeles, Berlin, Venedig, Toronto, sie reisten um die ganze Welt. Für Marcel waren seine Kollegen schemenhafte Gestalten, die nur kurz in seinen Fokus gerieten und danach, wenn er wieder ins normale Leben zurückkehrte, unscharf wurden. Dennoch, oder vielleicht gerade deswegen, war es immer eine Freude, sie zu sehen. Man umarmte sich, man aß und trank gemeinsam, man tratschte über das Kino und die Branche. Man war Mischpoche.

Marcel begrüßte die anderen mit unbeholfenen Umarmungen, dann suchte er sich einen Sitz vorm Podium. Wer nah am Geschehen war, konnte die meisten Fragen abfeuern, dementsprechend hart umkämpft war die erste Reihe. Da er heute spät dran war, musste er sich mit der zweiten begnügen. Er ließ seine lederne Aktentasche seufzend auf den Sitz plumpsen, um sein Revier abzustecken. Dann prüfte er sein Handwerkszeug: Das schwarze Moleskine-Notizbuch, das Diktiergerät … Marcel benutzte noch immer ein Tonbandgerät mit Minikassetten. Es gefiel ihm, ein bisschen aus der Zeit gefallen zu sein, für ihn zeigte das eine besondere Hingabe, einen Hauch von Beständigkeit in einer schnelllebigen Welt. Marcel öffnete das Notizbuch, in dem er normalerweise seine Fragen notierte, und starrte betrübt auf die leere Seite. Na gut, dachte er. Dann ist das halt so.

Er klappte das Notizbuch zu und ging ans Büfett. Es zog ihn zu den Croissants. Wann ist man schon mal in Frankreich? Die Deutschen können keine Croissants backen. Sie backen Hörnchen. Das ist nicht dasselbe.

Er nahm gerade den ersten Biss, als er eine vertraute Gestalt sah: Roberto ›La Bestia‹ Croci, ein Kollege aus Mailand, der für die italienische *Vogue* unterwegs war, Mitte fünfzig, mit einem sympathischen, verknitterten Gesicht. Ein Typ wie Humphrey Bogart, nur etwas pummeliger.

Roberto telefonierte, winkte Marcel aber begeistert zu: »*Ciao! Professore!*« Dann widmete er sich wieder dem Gespräch. Den Spitznamen ›La Bestia‹ hatte sich Roberto selbst gegeben, er inszenierte sich gerne als unberechenbarer Anarcho-Reporter im Stil von Hunter S. Thompson. Bei einem Gruppeninterview in Beverly Hills hatte er etwa Joaquin Phoenix als ein »totales Arschloch« bezeichnet, woraufhin er ein paar Monate auf der schwarzen Liste des Studios stand. Jetzt schnauzte La Bestia genüsslich in sein Handy, warf mit Worten wie *»cazzo«* und *»puttana«* um sich. Marcel schaute amüsiert zu. Schimpfende Italiener sind immer lustig. Im Hause seines Vaters war der Umgang mit Konflikten ein anderer gewesen – stiller, zivilisierter. Man fraß alles so lange in sich hinein, bis man irgendwann an einem Herzinfarkt krepierte.

La Bestia beendete das Gespräch, dann fielen sie sich in die Arme. Roberto sprach passables Deutsch, er war einige Jahre für die Tageszeitung *La Repubblica* in Berlin stationiert gewesen. Wie sich herausstellte, wohnte auch er im Hôtel de Provence. Marcel freute sich schon auf die Absacker am Abend.

»*Come stai?* Wie laufen die Geschäfte?«, fragte er seinen Kumpel.

Roberto zuckte die Achseln. Die Situation sei schwierig, die Auflage sinke. Marcel nickte, seit Jahren schon hing dieser Schatten auch über seinem Leben. Die Printmedien kämpften ums Überleben. So hatte Marcel sich in den letzten Jahren verstärkt um Fernsehaufträge bemüht, aber außer ein paar Einspielern bei Provinzsendern wie HR3 und Radio Bremen TV war nicht viel dabei rumgekommen. Das eine oder andere Mal hatte man ihn zu einer Kultur-Talkshow eingeladen, das half dem Renommee, gelegentlich hatte er sogar fürs *Morgenmagazin* Promis interviewt, aber es war nie besonders gut gelaufen. Er brauchte Zeit und Raum, um den Stars ihre Geständnisse zu entlocken. Bei einem dreiminütigen Feature war so etwas nicht möglich. Und er weigerte sich beharrlich, für irgendwelche trashigen Kabelsender auf roten Teppichen rumzustehen und gute Laune zu versprühen. Immerhin hatte er noch seinen Stolz!

Nein, sein Metier war der Print. Seit einigen Jahren war er beim Hochglanzmagazin *Hollywood,* genoss in der Redaktion eine erfreuliche Sonderstellung. Angefangen hatte es nach seinem Schauspielstudium in Los Angeles. Er war damals wegen seiner Frau Allison in Kalifornien hängengeblieben und schlug sich ein paar Jahre lang mehr schlecht als recht mit kleinen Rollen durch. Ein Shootingstar war er nicht gerade. Um halbwegs über die Runden zu kommen, gab er Tennisunterricht. Aber nebenbei hatte er immer geschrieben, immer an kleinen Texten, Gedanken, Fragmenten gearbeitet.

Als sein Vater überraschend an einem Herzinfarkt gestorben war, reiste er zur Beisetzung nach Straßburg und verarbeitete seinen Schmerz und seine Trauer in einem zutiefst persönlichen Text, der vom *Zeit Magazin* als Reportage abgedruckt und später sogar für den Deutschen Journalistenpreis nominiert worden war.

Die Preisverleihung würde Marcel nie vergessen. Er hatte in einem Ballsaal des Hotel Adlon in Berlin gesessen und sich billigen Champagner hinter die Binde gegossen. Eine Ewigkeit hatte er an seinem Tisch schmoren müssen, bevor man die Gewinner bekannt gab. Der Preis für die »Beste Reportage« sollte an dem Abend von keinem Geringeren als Carl Bernstein überreicht werden, der weniger bekannten Hälfte des legendären Reporterduos, das seinerzeit den Watergate-Skandal aufgedeckt hatte. Woodward hatte Karriere gemacht, Bernstein hingegen trat noch immer auf der

Stelle und verdiente sich mit Auftritten wie diesem ein Zubrot. So hatte er auf der Bühne gestanden und mit unbeholfenen Fingern den Umschlag geöffnet. Marcels Herz hatte in seiner Brust wild gehämmert. *And the winner is …*

Dann war Applaus ausgebrochen. Wer letztlich gewonnen hatte, daran konnte sich Marcel später nicht mehr erinnern. Er selbst war jedenfalls leer ausgegangen. Dabei war er gerade im Begriff gewesen, aufzustehen und sich voll falscher Bescheidenheit zu verbeugen, als ihm dämmerte, dass es gar nicht sein Name war, den er da gehört hatte. Er lief rot an und setzte sich wieder, grinste breit und spendete zähneknirschend Beifall. Immerhin bekam er einen Trostpreis – eine Sonderedition der gesammelten Werke von Carl Bernstein.

Den Rest des Abends betrank er sich. Als er einige Stunden später den Saal verließ und die marmorne Hotellobby betrat, sah er Bernstein, der gerade zur Toilette rannte. Marcel wollte sich das Buch signieren lassen, aber Bernstein winkte unwirsch ab und verschwand auf dem Klo. Marcel hob nur die Schultern, ging hinaus in die Kälte und rief ein Taxi.

Er hatte zwar nicht gewonnen, aber immerhin war sein Name ein paar Wochen lang in aller Munde. So kam es, dass er eine E-Mail seines alten Kumpels Thilo Sondermann erhielt, den er als Vierzehnjähriger bei Fantasy-Rollenspielen im damaligen West-Berlin kennengelernt und mit dem er zwei Jahre lang ein kleines fotokopiertes Fanzine herausgegeben hatte. Sie waren über die Jahre in Kontakt geblieben. Thilo, der jetzt bei einem großen Verlagshaus tätig war, hatte von der Nominierung gehört und Marcels Reportage gelesen. Er suchte für das neue Kinomagazin *Hollywood* einen Mann in L. A. Das Angebot kam genau zur rechten Zeit für Marcel. Das Geld wurde knapp. Marcel war dankbar für den Job. Und ohne es zu ahnen, hatte er seine Bestimmung gefunden.

Die Marke *Hollywood* lief eine Weile lang sehr gut, das Magazin war liebevoll gestaltet, hatte tolle Fotos und konnte mit viel Insiderwissen punkten. Besonders Marcels witzige und einfühlsame Interviews waren ein Hit. Seine Texte waren eine Ansage: Es geht auch anders. Es geht auch besser!

Einige Jahre später, nach seiner Scheidung, war Marcel nach Deutschland zurückgekehrt und machte als freier Mitarbeiter bei *Hollywood* weiter. Er verdiente nicht schlecht, hatte eine schöne Wohnung in Berlin Mitte und trug Anzüge von Hugo Boss, dem Nazi. Die Lehrjahre in Los Angeles lagen lange hinter ihm, er hatte es geschafft. So wirkte es zumindest von außen. Wenn da nicht die Schulden wären, das ewig überzogene Konto und vor allem das beschissene Finanzamt. Erst vor ein paar Monaten hatte er einen Kredit aufnehmen müssen, um seine Steuerschulden zu begleichen, und jetzt war er mit den Rückzahlungen im Verzug. Überall Baustellen!

Immerhin ging es nicht nur ihm so. Der gesamten Branche stand das Wasser bis zum Hals. Trotz der stets forcierten Champagnerlaune herrschte bei den Junkets mitunter ein gewisser Galgenhumor.

Mit einem plötzlichen Händeklatschen riss Stevie Hoang die Journalisten aus ihren düsteren Gedanken: *»We're ready!«*

Marcel und Roberto nahmen ihre Plätze ein. Es ging los.

6

Bei der Pressekonferenz musste Marcel immer wieder an Héloïse denken. Auf dem Podium sprach John Travolta über wahnsinnig wichtige Dinge, doch für Marcel klang das alles wie das entfernte Plätschern eines Bachs. Es kam ihm vor, als hätte er sich verirrt und wäre am falschen Ort. Der Film interessierte ihn nicht, die Kollegen nervten ihn. Die betagte Signora Francesca aus Rom, wie immer im Hippielook der Sechziger, hob ihre zittrige Hand. Seit Ewigkeiten schon schrieb sie für *La Stampa,* dabei gehörte sie längst ins Altersheim. Man reichte ihr ein Mikro: Signor Travolta, wie ist Ihre Meinung zu Visconti? Marcel stöhnte innerlich auf.

Die deutschen Kollegen, allen voran Rudi Müller, beklagten sich wie immer über Gewaltverherrlichung im amerikanischen Actionkino. Marcel kannte das schon. Fast alle Promi-Interviews waren langweilig. Genau das war es, was Marcel von der Konkurrenz abhob. Er ging bei seinen *One-on-one*-Interviews viel tiefer. Darauf war er stolz.

Doch heute war er einfach nicht bei der Sache. Während Travolta auf dem Podium redete, stellte er sich vor, Héloïse langsam zu entkleiden, ihre Bluse aufzuknöpfen, den BH runterzuziehen und mit seiner Zunge … Plötzlich drückte ihm jemand ein Mikro in die Hand. Offensichtlich glaubte man, er hätte sich gemeldet, dabei hatte er nur die Arme ausstrecken und sich Luft zufächeln wollen.

Nun also hielt er das Mikro, und John Travolta schaute ihn erwartungsfroh an. Marcel stammelte ein paar Sekunden hilflos vor sich hin, dann fragte er Travolta, wie es sich denn anfühle, »eine Legende zu sein«.

Offenbar gut. Der Star grinste, lehnte sich zurück, faltete die Hände über den Bauch und erklärte, dass es überhaupt nicht darauf ankomme, ob er eine Legende sei oder nicht, er wolle lediglich seinen Job ordentlich machen ... *you know*?

Später, als die Tortur vorbei war und alle ihre Sachen packten, kam Travolta überraschend auf Marcel zumarschiert, umarmte ihn, flüsterte ihm ins Ohr, dass er die Frage »süß« gefunden habe. Zum Abschied gab er ihm ein kleines Küsschen.

Verwirrt und geschmeichelt ging Marcel aus dem Konferenzsaal und verließ das Carlton. Er schob sich durch die Menschenmenge zum Palais, um sich mit seinem Kumpel Micha Sokolow zu treffen, einem Filmverleiher aus München, der jedes Jahr die Pilgerfahrt nach Cannes machte. Er simste Micha an und erhielt ein Daumen-hoch-Emoji.

Der *Marché du Film* fand im Untergeschoss des Palais statt, einer gigantischen Messehalle ohne Fenster. Es war die Besenkammer von Cannes, aber hier wurde das eigentliche Geld verdient. Überall Poster mit Monstern, Knarren und Girls. Hier trafen sich Low-Budget-Produzenten aus aller Welt, um ihre B-Filme zu verkaufen: Actionstreifen, Softpornos, trashigen Horror und billig inszenierte Science-Fiction.

Micha Sokolow war ein schlaksiger Typ, der ein bisschen

an George Harrison erinnerte. Sie fielen sich in die Arme. Die beiden waren alte Weggefährten aus L. A., hatten wilde Zeiten erlebt. Jetzt war Micha Familienvater, lebte in einem hübschen Haus in Pullach und hatte einen fünfjährigen Sohn namens Theo, benannt nach Theodor Herzl, ein aufgewecktes Kerlchen, mit dem sich Marcel prächtig verstand. Er übergab Micha die Geschenktüte vom Studio: »Hier«, sagte er. »Für den jungen Zionisten.«

Micha schaute in die Tüte und holte das Spielzeugauto heraus. »Ob das gut ankommt …«, meinte Micha zweifelnd.

»Was? Wieso?«

»Dinosaurier gehen immer. Aber die Rennfahrer-Phase ist gerade ein bisschen am Abklingen …«

»Scheiß drauf, dann gib's mir wieder.«

Marcel griff nach dem Ferrari, aber Micha hielt ihn fest. Wie zankende Kinder.

»Nein, nein, ich nehm's ja, lass gut sein!«

Marcel überließ ihm das Spielzeugauto.

»Wann kommst du uns besuchen?«, fragte Micha. »Wir haben die Garage hinterm Haus umgebaut. Die ist jetzt ein kleines Gästehaus, für Airbnb.«

Marcel sagte, er wisse noch nicht, was der Sommer bringe. Dabei war er immer gerne bei Micha und seiner Familie, er fühlte sich bei ihnen wohler als bei seiner Mutter. Sie waren die Art von Mischpoche, die er sich immer gewünscht hatte. »Apropos Pläne. Hast du heute Abend schon was vor?«, fragte er Micha.

Der checkte sein Handy und sagte, dass er einen Termin habe, den er gerne absagen würde. Also lud Marcel seinen

Kumpel zu einem Empfang ein, der vom Studio für *Big Boy* II organisiert wurde. Micha nahm dankend an und erzählte Marcel dann von einem Horrorfilm, dessen Deutschlandrechte er soeben eingekauft habe: *Legbiters – die Wadenbeißer.*

»Wie bitte?«, fragte Marcel.

Micha erklärte den Plot: Es ging um Zwerge, die in Wirklichkeit Vampire waren. »Sie sind so klein, die Vampire, dass sie nicht an den Hals kommen, also beißen sie dir in die Wade.«

»Im Ernst jetzt?«

»Ich sag's dir, bei der richtigen Vermarktung wird das ein Kultfilm.«

Micha Sokolow hatte, ebenso wie Marcel, am Strasberg Institute in West Hollywood ein Schauspielstudium absolviert, dort hatten sie sich kennengelernt. Die Dritte im Bunde war Allison gewesen. Drei verlorene Seelen, die sich auf Anhieb gut verstanden. Gemeinsam hatten sie sich die Nächte um die Ohren geschlagen, in Canter's Deli, im Boardner's oder dem Good Luck Room. Sie waren mit Michas Jeep die Pazifikküste bis nach San Francisco gefahren und später mit demselben Jeep in einem kleinen Wüstenkaff stecken geblieben. Sie hatten die Nächte zum Tag gemacht und kiloweise Kokain geschnieft. Irgendwann hatte Marcel Allison geheiratet, Micha war als Trauzeuge dabei gewesen. Das war jetzt sieben Jahre her. Die Ehe war geschieden. Micha war vor Jahren schon nach München zurückgekehrt und hatte sich in eine Moderedakteurin von der *Süddeutschen* verliebt, eine kluge, nette Frau namens Sophia. Die wilden Zeiten waren vorbei. Marcels Jugend verblasste. Erst nach der Scheidung war ihm klar geworden, wie glücklich, wie unbeschwert diese Zeit gewesen war – die Tage des Staunens.

7

Am Abend teilten sich Marcel und Micha ein Taxi nach Mougins, einem malerischen Rentnerparadies außerhalb von Cannes, wo der Empfang zu *Big Boy* II stattfand. Am Eingang eines teuren Bistros marschierte Stevie Hoang nervös mit einem iPad und Bluetooth-Kopfhörern auf und ab. Marcel begrüßte ihn und stellte seinen Freund Micha als einen »wichtigen Vertreter der deutschen Filmbranche« vor, was Stevie Hoang mit einem sonnigen Lächeln akzeptierte. Schließlich war die Spesenabrechnung nicht sein Problem, und er musste ja das Feuilleton handzahm halten. Journalisten waren käuflich. Leute wie Stevie Hoang waren die Käufer. Dabei wechselte nicht etwa Geld die Hand, damit keine zarten Egos zu Schaden kamen, sondern es gab luxuriöse Auslandreisen und gutes Essen. Und zu dem üblichen Swag kamen gegen Jahresende noch Luxusuhren und ähnliche Petitessen hinzu.

Marcel und Micha bahnten sich ihren Weg durch den engen Raum, an dessen Ende ein langer Tisch für die Journalisten gedeckt war. Die Ersten saßen bereits da und tranken. Die beiden Freunde zwängten sich auf ihre Plätze zwischen Roberto und Jenny Wong, einer schlanken Kanadierin mittleren Alters, gehüllt in ein eng anliegendes Etuikleid. Jenny verdankte ihre Figur einem strengen Sportprogramm und dem ausschließlichen Verzehr von Obst. Marcel begrüßte sie mit Küsschen auf die Wange. Gelegentlich ließ er ihr eine Hauptrolle in seinen sexuellen Fantasien zukommen. Vor einigen Jahren waren sie sich bei einem Setbesuch in New Orleans nähergekommen. In einer eiskalten, vom Tropenregen verfleckten Studiohalle am Rand eines Bayous hatten sie stundenlang miteinander geflirtet, während Harrison Ford vor der Kamera stand und sich nicht mehr an seine Dialoge erinnern konnte. Im Anschluss hatten Marcel und Jenny gemeinsam ein Casino auf einem Mississippidampfer besucht. Irgendwann stellte Marcel fest, dass nicht er es war, der ihren Atem schneller werden und ihre Wangen erröten ließ, sondern der einarmige Bandit. Jenny war spielsüchtig. Marcels Hand an ihrem Hintern nahm sie nicht einmal wahr. Also ging Marcel allein zurück ins Hotel Monteleone an der Royal Street, und Jenny verzockte ihr Geld. Gesundgestoßen hatte sich an diesem Abend niemand.

Nachdem Marcel am Tisch ein paar Takte mit ihr gesprochen hatte, fiel ihm auf, dass er ausgerechnet Rudi Müller gegenübersaß. Während des Essens musste Marcel ständig dessen Spitzen über sich ergehen lassen – sein Auftritt bei der PK mit Travolta war nicht gerade glorreich gewesen, das wusste er. Marcel tröstete sich damit, dass die Fragen der anderen auch nicht viel besser gewesen waren. Um Journalist zu werden, bedurfte es keiner sonderlichen Qualifikation. Die Branche war bevölkert von Sozialversagern. Die meisten von ihnen verdienten kaum Geld, brüsteten sich aber mit dem Prestige, das ihnen der Job angeblich verlieh. Sie waren verhinderte Künstler, nicht wenige hatten das eine oder andere Drehbuch in der Schublade. Jenny Wong hatte sogar eine Autobiografie geschrieben. Auch Marcel war einige Zeit mit einem unveröffentlichten Roman hausieren gegangen. Es war die Geschichte eines begnadeten und extrem erfolgreichen Reporters, der sich im Edeka in der Rosenthaler Straße eine Packung Kekse kauft. Natürlich gab es da noch allerhand Subtext, die Kekse als Symbol für die Vergänglichkeit, *le temps perdu* und so weiter. Die Geschichte entfaltete sich in Rückblenden, bis der Held am Ende ekstatisch reinbiss in den Schokokeks. Seltsamerweise war das Manuskript von allen großen Verlagen abgelehnt worden.

Am Nebentisch dozierte ein korpulenter Österreicher in einem Hawaiihemd über den gesundheitlichen Nutzen von Fleischsalatbrötchen. Micha Sokolow kam mit ihm ins Gespräch, wie das in Cannes so lief. Der Mann hieß Dietmar Flott und entpuppte sich als Pornoproduzent. Bald schon zog er seinen Stuhl an den Tisch der Journalisten. »Ich mache keine Pornos«, sagte er. »Ich mache Erotik.«

»Was ist der Unterschied?«, wollte Marcel wissen.

»Bei Pornos geht's ums Abspritzen. Aber bei der Erotik geht's ums Vorspiel, um den Aufbau, also das, was sich vorher abspielt.«

»Also nix mit Abspritzen?«

»Ja, doch, auch«, gab Flott zu. »Aber eben nicht nur. Halt mit Stil, verstehst?«

Flott lud Marcel und Micha für den nächsten Abend zu einer Party auf einer Jacht im Vieux Port ein, gesponsert von *Adult Video News*, dem Branchenfachblatt für Schweinkram. Unter dem Siegel der Verschwiegenheit verriet er ihnen, dass wohl auch Ron Jeremy kommen würde.

»Wer?«, fragte Marcel.

Dietmar Flott (»Einfach nur Dietmar, okay?«) schaute ihn verblüfft an. »Mensch! Ron Jeremy!«

»Muss man den kennen?«, fragte Marcel.

»Aber hallo! Der hat den längsten Pimmel der Welt! Ein Genie!«

»Ist nicht wahr!«, sagte Micha.

Flott (»Mensch! Einfach nur Dietmar! Hab ich doch gerade gesagt!«) erklärte, dass er gerade einen Film mit besagtem Ron Jeremy produziert habe – sein Einstieg in den Mainstream. Es handelte sich dabei um einen Low-Budget-Horrorfilm, bei dem sich das gigantische Glied des Genies verselbstständigte und als fleischfressendes Monster durch die Gegend wuselte. Micha Sokolow erkundigte sich nach den deutschen Verleihrechten.

Als der Kellner mit der Dessertkarte kam, winkte Marcel ab und bestellte stattdessen einen Espresso. Seine Gedanken schwirrten wieder zu der schönen Deutschlehrerin aus dem Hotel, was ihn ärgerte.

»Stimmt was nicht?«, fragte ihn Micha. Offenbar hatte Marcel etwas zu trübselig in seine Espressotasse gestarrt.

»Nein, nein, alles bestens. Nur … ich hatte heute Morgen eine etwas verunglückte Begegnung …« Er erzählte Micha kurz die Szene auf der Terrasse. Die Scham über sein Verhalten hallte nach. Er hatte die leidige Tendenz, immer dann bissig zu werden, wenn ihm Menschen zu nahe kamen. Das war auch in seiner Ehe ein Problem gewesen.

Micha lachte. »Typisch. Der große Klein poltert wie immer durchs Leben …«

»Auf jeden Fall hab ich sie in die Flucht geschlagen.«

»Sag mal … hast du dich etwa verguckt?«

»Ich?«, entrüstete sich Marcel. »Ich kenn sie ja gar nicht.«

»Kann ja trotzdem sein, oder?«, sagte Micha und legte ihm seine Hand auf die Schulter. »Alter Schwerenöter.«

»Eine blühende Fantasie hast du«, meinte Marcel knurrig und wischte Michas Hand weg, konnte aber einen Anflug von Zuneigung nicht unterdrücken. Dann sah er den Kellner und bestellte schnell noch zwei Whiskey.

Auch die Kollegen waren bereits betrunken. Didier erzählte von seiner Einladung zu einem Filmfestival in Riad vor ein paar Jahren. Die Saudis freuten sich immer über positive Berichterstattung, vor allem wenn örtliche Gepflogenheiten wie Peitschenhiebe oder Handabhacken nicht erwähnt wurden. Also flog ihn die saudische Filmkommission extra aus Brüssel ein und reservierte eine Suite in einem Sieben-Sterne-Hotel. Doch Didier, ein leidenschaftlicher Trinker, hatte mehrere Flaschen billigen Wodkas im Gepäck, die er vor dem Abflug im Carrefour gekauft hatte. Das war in Saudi-Arabien streng verboten, und Didier verbrachte die Nacht statt im Sieben-Sterne-Hotel in einem Gefängnis, wo er fürchten musste, nähere Bekanntschaft mit den örtlichen Gepflogenheiten zu machen.

Alle lachten über diesen Schwank aus Didiers Leben, nur Marcel nicht. Er verstand den Ernst der Lage – er kannte sich aus mit der Sucht – und wusste, dass kein gesunder Mensch freiwillig einen Koffer voll Wodka nach Saudi-Arabien mitnimmt. So was tat man nur, wenn das Leben ohne Alkohol nicht mehr zu ertragen war.

Endlich kam der Kellner mit dem Whiskey.

8

Als das Taxi vor dem Hôtel de Provence hielt, war es fast drei Uhr morgens. Marcel war so betrunken, dass Micha und Roberto ihm beim Aussteigen helfen mussten. Micha fuhr zu seinem eigenen Hotel weiter, und Roberto verabschiedete sich im Hotelgarten von Marcel, der noch ein Weilchen an der frischen Luft bleiben wollte. Er ließ sich auf eine Marmorbank auf der Terrasse sinken.

Ihm war schwindlig. Er atmete ein paarmal tief durch, dann suchte er in der Jackentasche unbeholfen nach dem Päckchen Gauloises, das er sich im Restaurant gekauft hatte – eigentlich wollte er mit dem Rauchen aufhören, aber heute Abend war er schwach geworden. Er fand eine Zigarette und steckte sie sich zwischen die Lippen.

Auf der Straße sah er einen alten Mann mit Baskenmütze vorbeischlurfen. Warum war der Typ nicht im Bett?, fragte sich Marcel. Er musste an seinen Vater denken. Wäre er noch am Leben, dann wäre er etwa im selben Alter.

René Klein war kurz vor Kriegsende in einem Flüchtlingslager in Basel zur Welt gekommen. Der Großteil der Mischpoche war von den Deutschen ausgerottet worden. Natürlich hatte René an Emigration gedacht, nach Israel oder in die USA. Aber stattdessen war er ins Elsass zurückgekehrt, hatte sich verbissen an einer Heimat festgeklammert, in der er unerwünscht war. Allen Widerständen zum Trotz war es ihm gelungen, mit Fleiß und Chuzpe ein Geschäft zu gründen. Er hatte sich mit der Reinigung eine Existenz aufgebaut.

Im Leben seines Sohnes war René kaum präsent gewesen. Marcels Liebe zum Kino sah er als eine Schwäche. Auch für Journalismus hatte er wenig übrig. Alles erstunken und erlogen, pflegte René Klein zu sagen. Man konnte es ihm nicht verdenken – er hatte die Wirklichkeit gesehen, die sich hinter der Fassade verbarg.

Marcel zog an seiner Zigarette und ließ den Rauch in den Nachthimmel aufsteigen. Er fragte sich, was sein Vater von ihm halten würde, wenn er ihn jetzt sähe. Wahrscheinlich nicht viel. Marcel war ein Mann von knapp fünfzig, aber auf eine große Karriere konnte er nicht zurückblicken, er hatte keine Kinder, keine Familie. Abgesehen von seiner anstrengenden Mutter.

Sein Vater war verstorben, ohne dass sie jemals richtig miteinander geredet hätten. Und mit seiner Mutter tat er nichts anderes als reden. Dennoch waren sie sich fremd. Sein einziger Versuch, eine dauerhafte, innige Beziehung zu leben, seine Ehe zu Allison, war gescheitert. Seitdem ließ er sich treiben.

Er schaute sich in dem nächtlichen Garten um. Das Mondlicht lag auf den Blumen wie feiner Silberstaub, der Himmel war fast wolkenlos. Marcels Blick glitt die Fassade des Hotels entlang. Die Sterne spiegelten sich in den schwarzen Fenstern. Eines davon war offen. Eine Frau lehnte sich an eine Balustrade und schaute auf das Meer, den dunklen Horizont, wo die Lichter ferner Schiffe funkelten. Es war

Héloïse. Ihre Haut wirkte in der Nacht noch blasser. Marcel sah ihre Augen glänzen. Sie weinte.

Er schaute fasziniert zu ihr hinauf. Da er im Schatten saß, konnte sie ihn nicht sehen. Nach einigen Minuten trat sie wieder in ihr Zimmer und schloss das Fenster. Marcel genierte sich ein wenig, er spürte, dass er einem Augenblick beigewohnt hatte, der nicht für ihn bestimmt war.

Schließlich stand er auf, ging mit tapsigen Schritten zur Eingangstür des Hotels und klingelte. Der Nachtportier, der ihm öffnete, wünschte Marcel einen *bonjour.* Kaum zu glauben: In der Dunkelheit war ein neuer Tag geboren worden. Bald würde es hell werden, bald würde sich ein weiteres Mal die gleißende Sonne über die Welt ergießen und die Nacht vertreiben.

9

Héloïse Becker erwachte mit Kopfschmerzen. Das passierte ihr in letzter Zeit häufiger. Sie hatte schlecht geschlafen, fühlte sich schwach. Nach dem Duschen nahm sie die Bluse, die sie gestern getragen hatte, von der Stuhllehne. Schon wieder musste sie an Marcel denken, sehr zu ihrem Ärger. Was wusste sie schon über ihn? Ein unangenehmer Typ. Wie er sie angeblafft hatte! Und doch war er im Laufe des gestrigen Tages immer mal wieder in ihren Gedanken aufgetaucht. Sie legte die Bluse in den Wäschesack und schlüpfte in ein schlichtes dunkelblaues Kleid. Es war neun Uhr morgens, und sie hatte ein volles Programm. Sie schloss ihr Zimmer ab und ging hinunter.

Als sie ins Foyer trat, erstarrte sie. Da war er. Eine Begegnung wollte sie auf jeden Fall vermeiden. Also setzte sie ihre Sonnenbrille auf – ein übergroßes Modell im Stil der Siebziger – und ging hastig auf den Ausgang zu, in der Hoffnung, Marcel würde sie nicht bemerken. Er sprach in sein Handy und ging unruhig auf und ab. Diese Unruhe war Héloïse von Anfang an aufgefallen, obwohl er bemüht gewesen war, sie zu überspielen. Heute Morgen sah er schlimm aus. Blass, übernächtigt, offensichtlich verkatert. In seiner Linken hielt er eine Espressotasse, an der er gelegentlich nippte. Noch war er in sein Telefonat vertieft. Er stand mit dem Rücken zu ihr. Sie ging auf die Glastür zu. Aber bei dem Versuch, diese aufzudrücken, fühlte sie eine plötzliche Schwäche in den Beinen. Ihr war schwindlig. Fast wäre sie gestolpert, konnte sich gerade noch fangen. Nur die Sonnenbrille fiel klappernd auf den Boden. Von außen wehte ihr die Hitze des Tages entgegen. Obwohl es erst Mai war, sollte es heute 34 Grad werden.

Dann war es schon wieder vorbei. Sie blickte sich nach der Brille um und sah auf einmal direkt in die hungrigen Augen von Marcel. Héloïse spürte, wie sie errötete. Seine Augen tasteten ihren Körper ab, als wäre sie nackt. Früher hatte Grégoire sie auch so angeschaut.

Marcel ließ sein Telefon sinken, kam auf sie zu, hob ihre Sonnenbrille auf und übergab sie ihr mit einem freundlichen *»Bonjour«*.

Sie lächelte ihn übertrieben strahlend an, wie immer, wenn sie nervös war. Er küsste sie zur Begrüßung auf beide Wangen. Sie ließ es zu. Sie konnte seinen Atem auf ihrer Haut spüren, einen Duft nach Mundwasser. Dann trat er einen Schritt zurück. Sie war erleichtert. Als sei er etwas, was glühte.

Er sagte, er freue sich, sie wiederzusehen. Ob alles in Ordnung sei? Wirklich? Was sie denn heute vorhabe?

Sie erzählte von dem indischen Dokumentarfilm, den sie sich ansehen wollte. Über Dilip Kumar, der in den Fünfzigern in zahllosen Bollywood-Klassikern aufgetreten war. Sein Film *Devdas* hatte sie zu Tränen gerührt, als er vor Jahren mal im Fernsehen lief. »Dilip Kumar verliebt sich in ein Mädchen aus einer niederen Kaste. Eine herrliche Geschichte, aber das Ende ist entsetzlich traurig.«

»Die schönste Liebe ist die verbotene«, meinte Marcel trocken.

Sie wandte verlegen den Blick ab.

Dann fragte er: *»Avez-vous déjà eu un café, Héloïse?«*

»C'est gentil. Mais je dois y aller, merci«, sagte sie.

»S'il vous plaît. Juste un petit café.«

Es gefiel ihr, dass er nicht lockerließ. Bis der Dilip-Kumar-Film anfing, blieb ihr noch Zeit. Eigentlich hatte sie sich die Boutiquen in der Rue d'Antibes anschauen wollen, aber das konnte warten.

Als sie nickte, erhellte sich seine Miene. Gemeinsam gingen sie an den geschwungenen Mahagonitresen. Der Barkeeper war der attraktive Bärtige, der sie gestern früh auf der Terrasse bedient hatte. Marcel bestellte mit finsterem Blick zwei Kaffees, für sich ein Glas Wasser, *sans gaz*.

Dann zog er einen Barhocker für Héloïse heran. Der Hocker machte ein Kratzgeräusch, und Marcel verzog fast unmerklich das Gesicht. Sie nahm Platz, legte ihre Sonnenbrille auf den Tresen, stellte ihre Handtasche daneben. »*À propos.* Sie sollten sich schämen.«

»Schämen? Wofür?«

»*Mais alors!* Ihr Verhalten gestern.«

Er zuckte mit den Schultern. »Ach was. Wir sind doch beide erwachsen.«

Die Antwort irritierte sie. Sie war froh, dass der Kaffee kam, und warf dem Kellner einen Blick zu, der Marcel nicht entging.

Mit gespielter Heiterkeit sagte er: »Sind Sie verliebt?«

Héloïse musste lächeln, so absurd schien ihr der Gedanke. »Unsinn. Er könnte mein Sohn sein.«

»Sie haben Kinder?«

»Das geht Sie nichts an.«

»Also nein.«

Sie warf ihm einen warnenden Blick zu.

»Aber Sie sind verheiratet?«, fuhr Marcel unbeirrt fort.

»Ich muss Sie bitten, mir keine Fragen zu stellen.«

»Warum nicht?«

»Wenn Sie mir Fragen stellen, verderben Sie mir die Laune.«

»Es ist mein Beruf.«

»Ich bin kein Filmstar.«

»Sie könnten einer sein.«

Jetzt lachte sie: *»Charmeur!«*

»Ich meine es ernst.«

»Laissez tomber«, sagte sie. »Das passt nicht zu Ihnen.«

»Was passt nicht?«

»Komplimente sind immer gelogen«, sagte sie.

Zu ihrer Überraschung wandte Marcel plötzlich den Blick ab. Als er wieder das Wort ergriff, war seine Stimme sanfter als bisher. »Es tut mir leid.«

»Wie bitte?«

»Ich hab mich Ihnen gegenüber … sagen wir mal, etwas … na ja … unangemessen verhalten.«

»Allerdings.«

»Je suis désolé.«

Sie nahm seinen Kniefall an, so zähneknirschend er auch dargeboten wurde: Im Grunde sei ja nichts passiert, meinte sie großmütig. *Tout va bien.*

Er nickte, kramte ein Alka-Seltzer aus seiner ledernen Aktentasche und ließ es zischend ins Wasserglas fallen. Er trank mit großen, gierigen Schlucken, so wie er scheinbar alles maßlos übertrieb.

»Was steht denn heute bei Ihnen auf dem Programm?«, fragte sie, um das Thema zu wechseln.

Mit merklicher Erleichterung erzählte er ihr von den diversen Pressevorführungen und Interviews, die für heute geplant waren, unter anderem den Round Table mit Steven Spielberg. »Den Film habe ich noch nicht gesehen … *A Light in the Dark*. Die Premiere ist heute Abend. Die anderen Interviews finden erst morgen statt.«

»Die anderen?«

»Ja, man macht zu einem Film eigentlich immer mehrere Interviews, die brauchen wir für die Story. Die verschiedenen Darsteller … und James McKay, der Regisseur, was weiß ich … Aber morgen hat Spielberg keine Zeit mehr, er ist nur heute in Cannes. Er muss in den Schneideraum, glaube ich. Er fliegt heute extra für die Premiere ein.«

»Ich habe keine Karte mehr bekommen«, sagte Héloïse. »Leider. Alles ausverkauft.«

»Warum kommen Sie nicht einfach mit mir?«

Sie schaute ihn verblüfft an. »Das … das kann ich nicht.«

»Warum? Ich darf einen Gast mitbringen.«

Sie hatte ihre Gründe. Allen voran Grégoire. Mit einem fremden Mann auszugehen wäre ein Verrat.

Doch Marcel ließ nicht locker. »Sie würden mir einen Gefallen tun. Wenn Sie mir einen Korb geben, muss ich einen Kollegen von mir mitnehmen, Didier, das habe ich ihm gestern versprochen. Aber der hat Mundgeruch.«

Héloïse lachte, dann nickte sie. Marcel nahm ihr das Festivalprogramm ab, zückte seinen Füller und schrieb seine

Handynummer auf. Dann schob er ihr das Heft zurück. Sie schaute auf die Nummer. Daneben hatte er etwas geschrieben: *»Why not?«*

Zum Abschied setzte er sich seinen Hut auf, tippte an die Krempe und lächelte. Als er die Lobby verließ, suchten ihre Augen noch einige Sekunden nach ihm.

10

Als Marcel sieben Jahre alt war, trennten sich seine Eltern. Der Grund war die langjährige Affäre von René Klein mit seiner Sekretärin Valérie, von der Miriam wortwörtlich Wind bekam – sie roch eines Tages beim Einschlafen Valéries unverwechselbares Parfüm. Miriam sprang aus dem Bett und begann mit einem Verhör. René bekannte sich sofort schuldig.

Der kleine Marcel hatte die Sekretärin immer verdächtig gefunden. Sie war ihm gegenüber einfach viel zu freundlich gewesen, wenn er zu Besuch war. Als wollte sie sich seine Gunst erkaufen. Sein Vater zog wieder ganz nach Straßburg und ließ Marcel einfach in Saarbrücken zurück, wie einen alten Koffer, den er nicht mehr brauchte. Nachts weinte der kleine Marcel unter der Decke. Er träumte davon, dass sein Vater bei ihm war und ihn in den Armen hielt. Aber er wachte jeden Morgen allein auf. War es seine Schuld? Hatte er etwas falsch gemacht? Hatte er ihn verärgert? Etwas anderes konnte er sich nicht vorstellen.

Miriams Herz war schon lange in Scherben, aber noch schwerer wog jetzt ihr verletzter Stolz. Sie suchte ihr Heil im Vergessen, ihren Trost im Rotwein. »In der Liebe gibt's nur Sieger und Verlierer«, pflegte sie zu sagen. Da sie unbedingt als Siegerin dastehen wollte, lachte sie sich Männer an.

Marcel empfand ihre Liebschaften als Verrat. Also ging er auf Distanz. Er war wütend auf sie. Und ging, sooft er konnte, ins Kino.

Jedes zweite Wochenende verbrachte er in Straßburg bei seinem Vater und Valérie, einer fülligen Elsässerin. Man saß in altmodischen, muffig riechenden Cafés: Was macht die Schule? Aha. Soso. Und sonst? Hast du eine Freundin? Nein? Schade. Du machst was falsch. Du solltest draufgängerischer sein. Übrigens, du bist etwas moppelig geworden, findest du nicht? Willst du noch eine *chocolat chaud*? Wieso, warum denn nicht? Was ich dich schon immer fragen wollte, warum rennt ein fescher Bub wie du immer nur in versiffte Kinos? Sitzt ewig im Dunkeln, statt was Anständiges zu tun. Du vergeudest dein Leben. Mach doch mal Sport! Tennis oder so. Immer nur Filme schauen, das ist doch nichts. Schlecht für die Augen. Alles nur Lügenmärchen!

Marcel war zwölf, da hatte seine Mutter die Nase voll von Saarbrücken und zog mit ihm wieder in ihre Geburtsstadt: Berlin. Der kleine Marcel verlor nicht nur alle seine Freunde, sondern den Halt seiner gewohnten Umgebung. Von den Unterhaltszahlungen ihres Mannes mietete sich Miriam eine kleine Wohnung in Charlottenburg. Berlin war ein Ungetüm – riesig, laut, unübersichtlich. Allein schon das Spinnennetz der U-Bahn-Linien verursachte ihm Schwindel. Er hatte das Gefühl, seine Kindheit für immer zurückgelassen zu haben. In der Schule war er der »Neue«, wurde gehänselt. Mit dreizehn rauchte er heimlich seine erste Zigarette im Jungenklo. Mit vierzehn trank er Bier. Er wollte aus seinem Leben fliehen. So gesehen hatte Berlin auch sein

Gutes, nämlich die Kinos: das Babylon, das Delphi, der Zoo Palast! Hier konnte er im Dunkel und in den Geschichten versinken. So hielt er durch, bis er volljährig war und sein Abitur hatte. Endlich konnte er weg. In Amerika wollte er sich neu erfinden.

11

Über der Bucht von Cannes ging die Sonne unter. In der Ferne konnte Marcel die Île Sainte-Marguerite sehen. Er trug einen dunkelblauen Anzug von Alexander McQueen, den er sehr mochte. Schade, dass McQueen sich erhängt hatte.

Immer wieder schaute Marcel auf seine Uhr und sein Handy. Von Héloïse keine Spur. Auch keine Nachricht. Er lehnte sich an die steinerne Brüstung, die die Croisette vom Strand trennte. Wie immer war die Promenade voller Flaneure. Marcel stand abseits vom Getümmel, in der Nähe des Palais. Hinter ihm ertasteten Scheinwerfer das tiefe Blau des Abends. Die ersten Sterne waren bereits zu sehen. Es war ein Freitag, und Marcel musste daran denken, dass jetzt der Sabbat anbrach. Ein anständiger Mann wäre bei seiner Familie. Marcel hatte es jahrelang versucht, als er noch mit Allison in Los Angeles gelebt hatte. Auch das eine Rolle, die nicht zu ihm passte. Brav und gehorsam hatten er und Allison am Schabbes die Kerzen angezündet und ein paar Gebete runtergerattert, und danach waren sie sich meist über irgendwelche Kleinigkeiten in die Haare geraten. Der liebe Gott, der die Welt erschaffen und den Menschen das Leid und das Lachen geschenkt hatte, verlangte von seinem auserwählten Volk viele Opfer, aber keines davon so mühevoll wie das Gebot, jeden Sabbat mit der Familie zu verbringen.

Jetzt fuhr sich Marcel mit den Händen über das Gesicht und meinte sofort, die Stimme seines Vaters zu hören: *Lass das!* Wo blieb sie nur?

Als er sich umwandte, sah er zwei Frauen im Minirock auf sich zukommen. Sie waren mit Kunstblut beschmiert und verteilten Werbeprospekte für einen Horrorfilm. Ein indischer Schocker über eine sexy Vampir-Lady: *»She wants every night new men!«*, verkündete das Deckblatt. Die beiden ließen nicht locker, bis er ein Prospekt genommen hatte.

Marcel hatte einen anstrengenden Tag hinter sich, war von einem Termin zum nächsten gehastet. Für ein richtiges Mittagessen war keine Zeit geblieben, nur für ein labbriges Brötchen mit einer Scheibe Käse und einem freudlosen Gürkchen.

Und dann das Interview. Steven Spielberg war für Marcel ein Idol, schon von Kindheit an. Spielberg hatte ihm das Träumen beigebracht. Entsprechend hatte er heute vor der Pressekonferenz Herzklopfen gehabt. Der Maestro war mit einem Helikopter eingeflogen und von einer Limousine zum Junket gebracht worden, und dann saß er Marcel leibhaftig gegenüber – ein freundlicher Gentleman, leger in Designerjeans und Kaschmirpulli gekleidet, mit grauweißem Bart und einem leicht verschmitzten Lächeln. Nachdem Marcel ihn zuerst peinlich gelobt hatte (*»I love your early work«*, so was will nun wirklich niemand hören!), hatte er Spielberg gefragt, ob das nicht alles nur Lug und Trug sei, was er da mache. Marcel hatte die Blicke der anderen Journalisten auf sich gespürt. Spielberg blinzelte ihn verwirrt an. Wie er das meine?

Na ja, stammelte Marcel. Ob das Medium Film an sich nicht irgendwo auch immer … eine Lüge sei?

Nein, meinte Spielberg. Geschichten erzählen, das sei doch keine Lüge! Ganz im Gegenteil! Die menschliche Fantasie sei eine Gabe und ein Geschenk – ein Geschenk, das wir alle teilten.

Eine gnädige Antwort auf eine dämliche Frage. Als das Gespräch vorbei war und Spielberg wieder mit dem Hubschrauber entflog, saß Marcel noch eine Weile an dem leeren Tisch im Konferenzsaal und starrte vor sich hin, während die Kollegen den Raum verließen. Er fühlte sich kraftlos. Als existiere er nicht, als wäre er nicht Teil der Welt.

»Bonsoir.« Marcel hörte eine vertraute Stimme. Er drehte sich um. Héloïse kam auf ihn zu. Sie trug ein schlichtes schwarzes Abendkleid, ähnlich wie Audrey Hepburn in *Frühstück bei Tiffany*. Ihre Augen waren mit schwarzem Lidstrich katzenhaft geschminkt. Sie hielt ihm die Wange zum Kuss hin.

»Vous êtes venue«, sagte Marcel mit einem Aufwallen von Euphorie, das ihn sofort betreten machte.

Ohne darüber nachzudenken, griff er nach ihren Händen. Noch im selben Moment bereute er es, aber zu seiner Erleichterung ließ sie es zu. Sie schauten einander im Abendlicht an. Sein Herz raste. Schließlich zog sie ihre Hände zurück, fast zärtlich, ohne ihn abzuweisen. Sie machte eine kleine, ironische Bemerkung, an die er sich später nicht mehr erinnern konnte. Er erinnerte sich nur noch an ihre roten Lippen.

»Wollen wir?«, fragte Marcel mit einem Lächeln und deutete in Richtung des Palais.

»Ich gehöre ganz Ihnen«, sagte Héloïse und hakte sich bei ihm ein.

Gemeinsam gingen sie zum roten Teppich und waren auf einmal mitten im Gedränge. Ein bulliger Wachmann hielt eine warnende Hand hoch: Bis hierhin und nicht weiter. Marcel zeigte seinen Presseausweis. Sesam, öffne dich. Der Wachmann nickte und geleitete die beiden zu einem Absperrband, das den Pressebereich vom Proletariat trennte. Jetzt waren sie etwas abseits des roten Teppichs, unter lauter Journalistenkollegen. Héloïse strahlte Marcel an wie Aschenputtel auf dem Ball.

Dann sah er Roberto, der bei einem Kameramann ein paar Meter weiter stand und mit einem Blatt Papier einen Weißabgleich machte. Marcel navigierte Héloïse zwischen Scheinwerfern und Kabelsalat in seine Richtung und stellte die beiden einander vor.

»Machst du heute auch den roten Teppich?«, fragte Roberto.

»Um Gottes willen! Ich muss nur den Film besprechen.«

»Du Glücklicher!«

Alle Journalisten hassten diese Art von Einsatz – stundenlang stand man sich die Beine in den Bauch, bekam nur belanglose Zitate und schrie sich die Kehle heiser, damit sich die Promis einem zuwandten. Marcel hatte so etwas einmal mitgemacht. Nie wieder, das hatte er sich geschworen.

Jetzt mischte sich der italienische Kameramann ein. *»Roberto! Sta arrivando!«*

Es wallte ein ungeheurer Lärm auf: Eva Vargas schritt

mit cremefarbenen Highheels auf den Teppich, vermutlich von Jimmy Choo, wie Marcel dachte. Sein Blick glitt ihren Körper entlang nach oben: ein langes weinrotes Abendkleid, das links den Blick auf ihr braungebranntes, durchtrainiertes Bein freigab. Elie Saab? Gut möglich, das wäre ganz ihr Stil. Ihr schwarzes Haar hing in einem losen Zopf über die rechte Schulter. Sie drehte sich kokett um. Die Menge schrie. Eva Vargas ertrug das Blitzlichtgewitter mit stoischem Lächeln. Das war keine geringe Leistung. Die zahllosen Kamerablitze verwirrten die Sinne. Und doch: Marcel beneidete die Stars. Sie bekamen jeden Tag das, wonach er sich sehnte – die Bewunderung von Menschen, die er nicht leiden konnte.

Die Kameraleute und Fotografen riefen Eva Vargas zu, sie solle mal hierhin und dorthin schauen, jetzt nach rechts, noch ein bisschen, nein, verdammt, doch nicht so! Den Kopf nach oben bitte, jetzt! Sei nicht so, du bist doch ein Profi, oder nicht? Etwas netter bitte, nicht so streng, etwas süßer, jetzt lächeln, verdammte Scheiße, sei doch nicht so zickig, bitte *lächeln*!

»Unglaublich«, meinte Héloïse, »wie die mit ihr reden.«

Marcel zuckte die Achseln. »So ist das nun mal. Wir haben einen Job zu machen, da kann man nicht zimperlich sein.«

Héloïse deutete auf den roten Teppich. »Da ist James McKay!«

Roberto wies seinen Kameramann an, die Mühle auf den Regisseur zu richten. Dieser trug einen grau karierten Smoking-Sakko und einen dazu passenden Schottenrock. Mit diesem Look huldigte er, nicht zum ersten Mal, seinen schottischen Wurzeln. Roberto rief McKay zu, er solle verdammt noch mal in die beschissene Kamera schauen, *cazzo*!

James »Jimmy« McKay galt als das neuste Hollywood-Wunderkind. Sein erster Film, *The Lonely Hours,* war ein Überraschungshit gewesen, und sein Nachfolgewerk, *A Light in the Dark,* wurde fieberhaft erwartet. Marcel hatte keinen Zweifel, dass der Film schlecht sein würde. Der sogenannte ›Fluch des zweiten Albums‹, unter Musikern gefürchtet, galt auch im Filmgeschäft – das zweite Werk war meist ein Reinfall. Schon das Thema fand Marcel doof. Eine Holocaust-Story. Schon wieder!

Der Regisseur und die Diva schritten Arm in Arm auf dem roten Teppich auf und ab, schauten mal hierhin und mal dahin. Bei den Dreharbeiten waren die beiden sich nähergekommen, hieß es. Die Gerüchteküche wurde durch Fotos angeheizt, auf denen man McKay und Vargas in zueinander passenden T-Shirts in einem Starbucks am Sunset Boulevard sehen konnte, wie sie gemeinsam Frappuccinos kauften. Für die Fans war der Fall klar. Wer im Partnerlook frühmorgens mit verschlafenem Blick Kaffee bestellt, der hat geschnackselt. Doch bislang hatten die beiden sich nicht öffentlich zu ihrer Beziehung geäußert. Es war ein Rätsel.

Jetzt aber geschah etwas, was die Gerüchte ein für alle Mal aus der Welt schaffen sollte. Mitten auf dem roten Teppich, vor allen Kameras, packte Jimmy McKay seine Muse am Nacken und zog sie mit einer kräftigen Bewegung zu sich. Dann, unter tosendem Applaus und dem Johlen der Menge, küsste er den Star leidenschaftlich.

12

Marcel saß neben Héloïse im Grand Théâtre Lumière. Für ihn war es schon immer einer der schönsten Momente: die Sekunden, bevor sich der rote Vorhang zur Seite schiebt und der Film anfängt. Kino war mehr als nur Unterhaltung. Es war eine »Kathedrale«, wie Marty Scorsese ihm in einem Interview mal gesagt hatte – eine »religiöse Erfahrung«. Sinn und Zweck des Kinos, so Scorsese, war weniger, die Story zu erzählen, als ein Gefühl »ehrfürchtigen Staunens« zu wecken. Marcel bezweifelte, dass er heute in einen solchen Zustand versetzt werden würde.

Eva Vargas spielte eine junge Französin im Zweiten Weltkrieg, im besetzten Paris. Als sie sich verplaudert und aus Versehen die jüdische Nachbarsfamilie verpetzt, wird diese fast vollständig ermordet, nur die kleine Tochter überlebt. Eva Vargas versteckt das Mädchen bei sich, aber die Sache fliegt auf, und die Kleine wird von den Nazis verschleppt. Eva Vargas kommt zur Strafe in ein Arbeitslager, wo sie eine Liebesbeziehung mit dem Lagerkommandanten hat und wundersamerweise die Nachbarstochter wiederfindet. Am Ende opfert Eva Vargas ihr Leben für das Mädchen. Es ist ein Tod, wie ihn sich Schauspieler immer wünschen – die Hand zur Sonne ausgestreckt, untermalt von opulenter Musik.

Als die Vorstellung vorbei war und die Worte *The End* auf der Leinwand erschienen, brandete Applaus im Saal auf. Die Ersten erhoben sich, bald griff der Gruppenzwang um sich: Die Standing Ovations wollten kein Ende nehmen. Nur Marcel weigerte sich. Er war schon immer ein Nonkonformist gewesen. Es ziemte sich für einen Meinungsmacher nicht, sich hinreißen zu lassen. Dazu kam, dass er den Film wirklich schrecklich fand. Ein moralischer Affront!

Doch er merkte beunruhigt, dass Héloïse drauf und dran war, ebenfalls aufzustehen. Sie tat es nur deshalb nicht, weil sie seinen finsteren Blick sah. Sie klatschte nun etwas zögerlicher.

Als der Applaus endlich verebbte und die Menge sich zerstreute, bahnten sich Marcel und Héloïse einen Weg Richtung Ausgang. Die Sonne war untergegangen. Am Horizont verglühten die letzten Streifen Tageslicht.

Marcel war froh, endlich wieder die klare Luft zu atmen, die ihnen vom Meer zuwehte. Schweigend gingen er und Héloïse die Croisette entlang. Nach einigen Minuten fragte er sie nach ihrer Meinung.

Sie lächelte ihn an und nannte den Film ein *chef-d'œuvre*. »*Et vous?*«, gab sie zurück. »Wie hat er Ihnen gefallen?«

»Im Ernst?«, fragte Marcel. »Ein *Meisterwerk*?«

»Hat er Sie denn kein bisschen berührt?«

»Na ja …«

»Nicht mal das Ende? Als sie sich opfert?«

»Oscar Wilde hat mal gesagt, sinngemäß, man muss schon ein Herz aus Stein haben, wenn man bei einer großen Tragödie nicht lacht.«

Jetzt lachte Héloïse. »Er hat aber auch gesagt, dass ein Leben ohne Liebe wie ein Garten ohne Sonne ist.«

»Sind wir bei der Liebe?«, fragte er und schaute sie direkt an. Sie spielte nervös mit ihrer Handtasche. Marcel wusste, dass er zu weit gegangen war. »Ich mag es nicht«, sagte er abrupt, »wenn am Ende die Hauptfigur stirbt.«

»Wir sterben alle«, meinte Héloïse.

»Nicht im Kino. Ein guter Film sollte mit einer schönen Frau enden, die in die Kamera lächelt.«

»*À propos.* Ist Ihnen vorhin am roten Teppich etwas aufgefallen?«

»Was denn?«

»Als Jimmy McKay sie geküsst ... als er Eva geküsst hat ...«

»Ja ... Sehr leidenschaftlich.«

»Allerdings.« Sie grinste ihn an. »Das war gespielt.«

»Wie kommen Sie darauf?«

»Er hat ihr die Hand in den Nacken gelegt und sie an sich gezogen. Das war zu gewollt ... für die Kameras.« Sie beugte sich zu Marcel: »Er hat ein schlechtes Gewissen.«

»Meinen Sie?«

»Ich bin mir sicher. Er betrügt sie.«

Ihre Theorie gefiel Marcel – Jimmy McKay betrügt Eva Vargas? Das wäre mal eine Story.

»*Regardez ...*« Héloïse deutete in Richtung einer Strandbar unterhalb der Promenade, deren Lichterketten einladend funkelten. Sie schlug vor, dort einen Drink zu nehmen. Vielleicht könne man auch eine Kleinigkeit essen?

13

Sie nahmen auf einem Korbsofa Platz, mit Blick über das Meer. Die Strandbar war erleuchtet von Lichterketten und Fackeln. Ein DJ spielte leise Trancemusik. Auf dem schwarzen Wasser spiegelten sich die Lichter der Jachten im Vieux Port. Héloïses Finger betasteten das Wachs der Kerze auf dem Tisch zwischen ihnen. Das Kerzenlicht erhellte ihr Gesicht, und die Flamme tanzte in ihren Augen.

»Wie war eigentlich der Dokumentarfilm?«, fragte Marcel. »Über Dilip Kumar?«

»Fantastique!«, schwärmte sie. Im Übrigen sei es gar nicht direkt um Dilip Kumar gegangen, sondern um einen Fanclub in einem Blindenheim im Norden Indiens. Die Blinden liebten den Star abgöttisch und konnten seine Bewegungen auf der Leinwand anhand seiner Geräusche exakt mitverfolgen. Es war nicht sein Abbild, das sie bewunderten, sondern seine Stimme, das Knarren seiner Lederschuhe, das Knistern seiner Anzüge. Sie liebten seinen Klang.

»Ein sehr sinnlicher Film, sehr traurig … aber auch hoffnungsvoll«, sagte Héloïse. »Und Sie? Was war heute Ihr Highlight?«

Er wisse gar nicht, ob es ein Highlight gegeben habe, sagte er, diese Pressekonferenzen seien oft so vorhersehbar. Es sei verdammt schwierig, ein gutes Interview zu führen.

»Schwierig?«, hakte sie nach. *»Pourquoi?«*

»Na ja, es … Es ist eine Kunst. Ein Interview ist wie ein erstes Rendezvous. Alles ist möglich, aber es kann auch alles schiefgehen. Man hat … was? Zehn? Fünfzehn Minuten? Man hat kaum Zeit, die Person, die einem gegenübersitzt, zu entschlüsseln. Man muss charmant sein, witzig.«

Er setzte sich aufrecht hin und lächelte Héloïse gelöst an, die Hände übereinandergefaltet. »So«, sagte er. »So muss man sitzen. Ganz entspannt. Am besten versteckt man das Aufnahmegerät unter einem Notizbuch oder so, das macht sonst die Leute nervös.«

Ein junger Kellner im Bodybuilder-Look kam, um ihre Bestellung aufzunehmen. Marcel entschied sich für eine Flasche Champagner der mittleren Preisklasse, *Charles Heidsieck Rosé Réserve*. Die Champagner-Sektion auf der Weinkarte war überschrieben mit *»Nos bulles de bonheur«* – unsere Perlen des Glücks. Zum Essen bestellte er den Schwertfisch, *Espadon à la provençale*. Héloïse wollte eine *Bouillabaisse* mit *Rouille,* jener herzhaften Knoblauchsoße, die zur Fischsuppe gehört wie die Sonne zu Marseille.

»Heute Abend sind Sie mein Gast«, sagte Marcel zu Héloïse. In Wirklichkeit ging das Abendessen natürlich auf Kosten der Redaktion. Dem Herrn sei gedankt für das Spesenkonto.

»Bei einem Interview«, nahm er den Gedankenfaden wieder auf, »geht's um Schlüsselmomente … um Psychologie. Man muss vorher gründlich recherchieren, muss sich in sein Gegenüber vertiefen. Aber wenn's so weit ist, dann muss alles ungezwungen klingen. Man muss schnell nachhaken, Spuren nachgehen. Man muss überraschen, auch mal aus dem Abseits kommen, mit einer vollkommen unerwarteten Frage nachsetzen. Man muss tänzeln oder auch mal ablenken. Komplimente sollte man sparsam einsetzen, höchstens um den anderen etwas geschmeidiger zu machen, um ihn in Sicherheit zu wiegen. Vorsicht, ja? Lob schadet dem Menschen. Besser ist es, auch mal ein bisschen anzuecken. Konflikt geht immer. Aber mit Respekt, ist ja klar. Ein gutes Interview ist … ich sag mal … intim. Es ist geistreich, spannend, tiefgründig. Es hat eine Struktur, Dramaturgie. Am Ende schließt sich ein Kreis. Das Interview ist die größte aller Künste. Es ist das Erlernen eines Menschen.«

Der Kellner kam mit dem Champagner, öffnete ihn mit flinken Händen, schenkte ein und stellte anschließend die Flasche in einen Eiskübel. Marcel und Héloïse prosteten einander zu. Der Champagner war herrlich. Héloïse forderte ihn auf weiterzusprechen, was Marcel gerne tat.

»Bei meinem ersten großen Artikel, da ging's um … also, um eine *Chewra Kadischa*. Sagt Ihnen das etwas? Das hatte natürlich nichts mit Film zu tun, aber …«

»Eine was?«

Marcel erklärte: Eine *Chewra Kadischa* war eine jüdische Begräbnisgesellschaft, eine gemeinnützige Vereinigung, die sich der Verstorbenen annahm.

Héloïse schaute ihn verdutzt an. »Und darüber haben Sie geschrieben?«

»Ja«, sagte er. »Als mein Vater … als er … als er gestorben ist.« Er spürte eine Trockenheit im Hals und nahm noch einen Schluck Champagner.

Marcel erzählte, dass er die Beerdigung minutiös beschrieben hatte: den muffigen Geruch in der Eingangshalle des jüdischen Friedhofs in Cronenbourg, den grauen Teppich im Vorraum, die verfleckten Mauern des Gebäudes, das verlebte Gesicht des Rabbis, seine dünnen Lippen ... Und natürlich auch die Details der Totenwäsche.

»Die *Chewra Kadischa*«, so Marcel, »reinigt die Körper der Verstorbenen nach rituellen Vorschriften ... da gibt es strikte Auflagen.«

Sie sah ihn aufmerksam an.

»Auf Hebräisch heißt das *Tahara*«, fuhr er fort. »Die Totenwäsche, das gehört dazu. Die Verstorbenen sollen gereinigt vor Gott treten. Ich habe mit allen gesprochen in der Gemeinde und ...«

Die Stimme versagte ihm plötzlich. Er starrte einen Moment lang in sein Champagnerglas, auf die kleinen Bläschen, die an die Oberfläche trieben und dort vergingen.

»Ist alles in Ordnung?«, fragte Héloïse.

»Als mein Vater gestorben ist ... ich hatte nicht die Zeit, mich zu verabschieden, wissen Sie? Wir hatten Probleme miteinander gehabt, und dann war es plötzlich zu spät.«

»Je comprends.«

Er zögerte. »Ich habe damals mitgemacht, bei der *Tahara*.«

»Sie haben ihn gewaschen? Seinen Körper?«

Er nickte und hob die Schultern. »Ich hatte das Gefühl, irgendetwas tun zu müssen.«

»Hat es geholfen?«

Sie wurden von dem Kellner unterbrochen, der mit dem Essen kam. Es duftete köstlich, mediterran, nach Knoblauch, Paprika und Safran. Der Kellner schenkte noch etwas

Champagner nach, dann verschwand er im Dunkel. Marcel und Héloïse begannen zu essen. Plötzlich legte sie ihr Besteck zur Seite und schaute ihn an. »Ich muss Ihnen etwas gestehen.«

»J'écoute.«

»Wissen Sie noch … als Sie mich gefragt haben, ob ich verheiratet bin?« Sie griff nach ihrem Champagnerglas und leerte es mit einem Schluck. »Mein Mann heißt Grégoire.«

Marcel sagte nichts.

»Er ist Apotheker«, fuhr Héloïse hastig weiter. »Ich habe ihn verlassen.«

Marcel nickte, aber er schwieg noch immer.

»Sagen Sie doch was!«, rief Héloïse.

»Warum?«

»Wie bitte?«

»Warum haben Sie ihn verlassen?«

Sie atmete tief durch, lehnte sich in ihrem Sitz zurück und ließ den Blick über die Nachbartische schweifen, an denen zufriedene Menschen saßen. Marcel meinte, in Héloïses Augen so etwas wie Abscheu zu erkennen. »Ich kann darüber nicht reden.«

»Ist das der Grund, warum sie geweint haben? Gestern Nacht?«

Sie blinzelte ihn verwirrt an. *»Pardon?«*

»Am Fenster? Ich habe sie gesehen …«

»Spionieren Sie mir etwa nach?«

Er lachte. »Machen Sie sich doch nicht lächerlich.«

»Was bilden Sie sich eigentlich ein«, sagte sie scharf, »mich zu beobachten?«

Er hielt ihrem verärgerten Blick stand »Ja, klar«, spöttelte er. »Ich bin besessen von Ihnen. Ich denke nur noch an Sie. Ist es das, was Sie hören wollen?«

Jetzt wirkte sie verletzt, und seine Worte taten ihm leid. Aber es war zu spät. Héloïse schwieg. Ohne viel Appetit pickten sie eine Weile in ihren Gerichten.

»Köstlich, nicht wahr?«, meinte schließlich Marcel und deutete mit der Gabel auf ihre Teller.

»Sie haben nicht das Recht, sich ein Urteil zu erlauben«, sagte sie mit erstickter, trauriger Stimme. »Sie wissen nichts über mein Leben.« Sie funkelte ihn an. »Ich bin Ihnen nichts schuldig. Rien!«

»Mais vous êtes ici, ce soir, avec moi ...« Er wollte besänftigend nach ihrer Hand greifen, aber sie zog sie zurück.

»Ich liebe ihn«, meinte sie trotzig.

»Wen?«, fragte Marcel, ebenfalls bockig. »Dilip Kumar?«

»Nein! Grégoire!« Sie knüllte ihre Serviette zusammen und warf sie in seine Richtung. Dann stand sie auf und ging.

Marcel schaute ihr nach. Héloïse wurde zu einer Silhouette im Dunkel. Über ihr funkelten die Sterne und spiegelten sich auf der glatten schwarzen Meeresfläche. Das milchige Mondlicht ließ alles wie einen Traum erscheinen. Die Perlen des Glücks waren geplatzt.

14

Eine halbe Stunde später betrat Marcel die Lobby seines Hotels. Auf dem Weg zum Aufzug sah er Roberto mit ein paar Kollegen an der Hotelbar sitzen. Erleichtert schloss er sich ihnen an. Auch sein alter Weggefährte Sérgio aus São Paulo war dabei. Ein seltenes Vergnügen. Ein paar Jahre war es her, da hatte sich Sérgio darüber beschwert, dass in letzter Zeit so viele Filme einen schwarzen Fleck mitten im Bild hätten. Irgendwann war der Fleck von der Leinwand in die Wirklichkeit gewandert. Er befand sich nämlich auf Sérgios Netzhaut und wurde immer größer. Die Ärzte waren machtlos. Nach Jahren in Los Angeles wurde Sérgio Vater. Mit Frau und Tochter war er wieder in die Heimat zurückgekehrt. Das Augenlicht hatte er fast vollständig verloren. Trotzdem war er noch immer im Metier tätig. Marcel fand es unbegreiflich – ein blinder Filmkritiker? Aber Sérgio beharrte darauf, die Filme *fühlen* zu können. Wer weiß? Vielleicht war Sérgio genauso aufnahmefähig wie die Dilip-Kumar-Fans im Blindenheim. Außerdem musste man einen Film nicht zwangsläufig gesehen haben, um ihn zu besprechen. Marcel hatte es auch nicht immer ganz so eng genommen.

Da fiel ihm eine Geschichte ein. Marcel ließ eine Runde Pastis kommen und erzählte, wie er einmal in einem Horrorfilm das Gemetzel nicht mehr ertragen konnte. Er war nicht der Einzige. Als im Film eine junge Frau mit einer Kreissäge in zwei Hälften getrennt wurde, übergab sich eine Zuschauerin in der hinteren Reihe.

Eine Angestellte des Kinos, ein pickliger Backfisch, hatte einfach ein rosafarbenes Pulver über das Erbrochene gestreut, worauf die eklige Masse binnen weniger Sekunden vollständig ausgetrocknet war. Sie konnte alles mit Besen und Kehrblech entsorgen. Marcel ging aus dem Kino und schrieb seine Rezension, obwohl er nur den ersten Akt gesehen hatte. Egal. Er wusste, was er sagen wollte: zum Kotzen.

Die Runde lachte, man prostete sich zu. Auch Marcel lachte, er fühlte sich beinahe fröhlich. Wenn da nicht eine unterschwellige, hartnäckige Beklommenheit gewesen wäre – der Gedanke an Héloïse und an das misslungene Abendessen. Also trank er. Ein Glas um das andere, bis spät in die Nacht.

Ein Fehler, wie er am nächsten Morgen feststellen musste.

Es war das beharrliche Surren seines Handys, das ihn weckte. Die Sonne brannte ihm in die Augen, und er presste sich das Kissen aufs Gesicht. Er fühlte sich wie Christopher Lee am Ende von *Dracula,* als er im Sonnenlicht zu Asche zerfällt.

Mit der rechten Hand tastete er auf dem Nachttisch umher, bis seine Finger das Handy über die Kante stießen. Mit einem dumpfen Geräusch landete es auf dem Teppich. Marcel beugte sich über die Bettkante. Auf dem Display stand der Name seiner Kontaktperson beim Studio, Leila al-Hashimi. Doch im selben Moment war der Anruf weg. Marcel fluchte und wälzte sich aus dem Bett. Ächzend griff er nach dem Handy und rief zurück.

Leila wollte wissen, ob er bald da sei.

Er rieb sich die Augen. *»Yes, sorry. A meeting.«* Er schaute auf die Uhr und sah, dass er verschlafen hatte – er hätte bereits vor einer Stunde in der Hospitality Suite sein sollen. Mist! *»Don't worry, I'm on my way.«*

Das erste Interview, sagte Leila, ein Gruppengespräch mit Jimmy McKay, habe er bereits verpasst, er habe weder auf SMS noch auf Anrufe reagiert. Marcel entschuldigte sich wortreich. Leilas Stimme war eisig. Nun stand das *One-on-one* mit Eva an, und die Zeit wurde knapp. Er würde bald »an Deck« gebraucht werden.

Das war machbar. Zum Hôtel Martinez brauchte er zehn Minuten. Er sprang aus dem Bett. *»Coming!«*

Er beendete den Anruf und ging unter die Dusche. Das heiße Wasser ließ ihn erleichtert aufseufzen. Das Problem waren seine Kopfschmerzen. Er trocknete sich ab, fummelte ein paar Aspirin aus dem Necessaire und schluckte sie mit lauwarmem Leitungswasser.

Im Schlafzimmer schlüpfte er schnell in eine Hose und ein frisches Hemd und packte seine Unterlagen ein. Als er das Notizbuch aufschlug, stellte er fest, dass er keine einzige Frage vorbereitet hatte. Nun war es zu spät. Er stopfte das Notizbuch, sein Diktiergerät, sein Handy und ein paar Stifte in die lederne Aktentasche, dann zog er ein gutes Sakko an. Zu guter Letzt legte er den Seidenschal um, setzte die Ray-Ban auf und stülpte den Hut über. Er war gefechtsbereit. Wenn da nur nicht diese schrecklichen Kopfschmerzen gewesen wären, dieses wilde Pochen in den Schläfen.

Ganz zu schweigen von der Übelkeit. Er hatte nichts gegessen. Aber das musste warten.

Er rannte die Treppe hinunter und hinaus ins gleißende Sonnenlicht. Die erdrückende Hitze des Tages traf ihn wie ein Schlag, und er fühlte sich schwach. Aber er hatte keine Wahl. Er ging schnellen Schritts in Richtung Croisette. Die Menschenströme kamen ihm heute geradezu bedrohlich vor. Er kämpfte sich tapfer weiter.

Als er am Hôtel Martinez ankam, klingelte sein Handy erneut. Schon wieder Leila. Wo er denn bleibe?

»I'm here!«, rief er ins Telefon. *»I'll be right up.«*

Er hastete an einem schnurrbärtigen Portier vorbei durch die Lobby. Und dann rutschte er auf dem glatten Marmorboden aus. Einen Augenblick lang verschlug es ihm den Atem. Er war schwerelos. Aber nicht lang. Er kam hart auf und stieß einen Schrei aus. Der Inhalt seiner Aktentasche ergoss sich über den Boden. Die Hotelgäste schauten ihn verächtlich an. Der Portier mit dem Schnurrbart kam auf ihn zu, das Gesicht zu einer Art griechischer Tragödienmaske verzerrt. *»Monsieur«*, gurrte er pflichtbewusst und erkundigte sich nach Marcels Befinden.

Damit war es nicht weit her. Marcel wollte sich aufrichten, aber ein heftiger Schmerz durchzuckte sein Steißbein. So musste er ein paar Sekunden lang breitbeinig auf dem kalten Marmorboden sitzen bleiben. Unwirsch verlangte er nach seinem Handy, das der Portier ihm ebenso unwirsch brachte. Er schickte eine SMS an Leila – *I'm downstairs! Almost there!* Endlich ließ der Schmerz nach, und der Portier half Marcel auf die Beine. Er taumelte zum Aufzug und fuhr in den vierten Stock.

Als er die Hospitality Suite erreichte, sprang eine dralle Frau mit einer dunklen Lockenmähne vom Stuhl. Leila al-Hashimi leitete die internationale Öffentlichkeitsarbeit für das Studio. Sie umarmte ihn steif – er verzerrte vor Schmerz das Gesicht – und gab ihm Luftküsschen. Schmatz, schmatz!

»Marcel! *Where have you been?*« Als sie seine Miene sah, fragte sie erschrocken, ob alles in Ordnung sei.

Er winkte ab. Alles okay, knurrte er, er sei lediglich in der Lobby ausgerutscht. Leila tauschte einen besorgten Blick mit ihrer Kollegin – kann man fürs Ausrutschen verklagt werden?

Sie lächelte ihn verkrampft an. Vor vielen Jahren, nach seiner Scheidung, aber noch vor der Rückkehr nach Berlin, hatte er Leila, die er wahnsinnig attraktiv fand, auf ein misslungenes Date eingeladen. Er hatte irrigerweise geglaubt, Chancen zu haben. Sie hatte die Einladung nur angenommen, weil sie in ihrem Job die Journalisten nicht verprellen durfte. Und Marcel war dem klassischen Irrtum der Männer aufgesessen: Nur weil eine Frau schön ist, heißt das noch lange nicht, dass sie deswegen scharf auf dich ist. So war das Abendessen bei einem Inder am Sunset Boulevard in Silver Lake qualvoll schleppend verlaufen, geprägt von Fehlkommunikationen und Missverständnissen. Am Ende hatte Marcel seine Hand auf ihre nackte Schulter gelegt und ihren schockierten Blick falsch gedeutet. Als er sich zu einem Kuss vorgebeugt hatte, war sie geschickt ausgewichen und hatte so getan, als müsse sie husten. Ein Moment der Peinlichkeit, der Marcel wie eine Ewigkeit vorgekommen war. Seitdem war die berufliche Beziehung angespannt.

Leila plapperte wild drauflos. Man hatte sich ja ewig

nicht gesehen! Wann das letzte Mal? O Gott, ja, bestimmt bei der Sache in Las Vegas? Marcel nickte. Jedes Jahr veranstalteten die amerikanischen Kinobetreiber ein ausschweifendes Fest im Caesar's Palace in Las Vegas.

»*We need you on deck!*«, befahl sie.

»*Okay*«, sagte Marcel und griff nach einem Croissant auf dem Büfett.

»*Now!*«, schnauzte ihn Leila an und marschierte los. Er humpelte ihr hinterher, durch einen breiten Gang.

Hier und da sah er Kollegen, die nervös vor Hotelzimmern auf und ab gingen und sich mit ihren Fragen vertraut machten. Marcel lächelte, schüttelte Hände, ging weiter.

Schließlich kamen sie an eine Zimmertür, die nur angelehnt war. Ein um den Türknauf gebundenes Handtuch verhinderte, dass sie ins Schloss fiel.

»*Wait here*«, sagte Leila und zeigte auf einen Stuhl neben der Tür. Pflichtschuldig nickte Marcel und nahm mit einem Ächzen Platz. Leila klopfte, dann huschte sie, ohne auf eine Antwort zu warten, lautlos ins Zimmer.

Als sie ein paar Sekunden später wieder herauskam, gab sie das »Daumen hoch«-Zeichen und flüsterte ihm zu, es dauere jetzt nur noch ein Minütchen. Dann tippte sie auf ihrem Handy herum.

Marcel nickte, lehnte seinen Kopf gegen die Wand und schloss die Augen. Er hörte ein Rauschen in den Ohren. Sein Kopf schmerzte noch immer, aber es ging schon ein wenig besser. Alles nur eine Frage der Zeit. Viel schlimmer war sein Steißbein. Es ärgerte ihn, dass er ausgerutscht war. Der Schmerz demütigte alle, die Großen wie die Kleinen. Ein deprimierender Gedanke. Schmerz als der große

Gleichmacher. Marcel aber wollte nicht gleich sein. Schon als Kind hatte er gehofft, er sei etwas Besonderes. Doch anstatt sich im Blitzlicht der Paparazzi zu sonnen, war er ein kleiner, missgünstiger Schreiberling geworden und zerpflückte die Leistungen anderer.

Auf einmal piepte Leilas Handy, und sie zuckte zusammen. Dann schaute sie zu Marcel. *»You're on.«*

Marcel bedankte sich, erhob sich ächzend und ging durch die Tür. Vor ihm tat sich eine riesige Suite auf. An den Wänden hing moderne Kunst, die Bilder sahen aus wie die Kritzeleien unbegabter Kinder. Im Schlafzimmer der Suite war das Bett nicht gemacht, auf den Kissen und Decken stapelten sich Teller, auf denen Marcel noch Überreste von Hamburgern und Pommes frites ausmachen konnte. Es roch nach abgestandenem Essen und Zigarettenrauch. Leila betrat hinter ihm den Raum und setzte sich auf einen Stuhl nahe der Tür – es war Sitte, dass bei Einzelgesprächen immer jemand dabei war.

Eva Vargas saß auf einem Sofa-Arrangement, rauchte eine Zigarette und schaute durch das Fenster auf das Mittelmeer. Sie nahm Marcel nicht zur Kenntnis.

Marcel legte sein Croissant, das er nach wie vor in der Hand hielt, auf einen Beistelltisch, ließ sich in eine Sofaecke sinken und kramte schwerfällig sein Diktiergerät hervor.

»How are you?«, fragte er.

Statt zu antworten, zog Eva Vargas an ihrer Zigarette und blies den Rauch gelangweilt an die Decke. Heute war sie ironisch leger gekleidet, in einem losen T-Shirt, schwarzen Yogahosen und *Hello-Kitty*-Schlappen.

Er stellte sich vor. Marcel, der Name. Marcel Klein.

Endlich wandte sie sich ihm zu. Er sei aus Deutschland, nicht wahr?

»Yes. Germany«, sagte Marcel. Deutschland war ein wichtiger Absatzmarkt für Kinofilme. Zumindest noch. Denn die Kinokultur wurde durch die Streamingdienste immer weiter zersetzt. Eva Vargas rang sich nun ein Lächeln ab und fragte, ob es ihn störe, wenn sie weiterrauche? Tat es nicht. Ganz im Gegenteil – er bat sie sogar um eine Zigarette. Sie nickte und schob ihm ihr Päckchen zu. Mittlerweile war das Rauchen fast überall streng verboten, aber ein Filmstar durfte alles.

Er beugte sich vor, damit Eva ihm Feuer geben konnte, eine intime Geste. Seine Kopfschmerzen ließen nach. Die Zigarette half. Plötzlich waren ihm auch seine Schmerzen egal. Ihm war alles egal. Es war ihm auch egal, dass er keine Fragen vorbereitet hatte. Er würde auf seinen Instinkt vertrauen, in den Flow eintauchen.

Offensichtlich fand Eva es sympathisch, dass er mit ihr rauchte. Sie lächelte ihn auf einmal umwerfend an. Dann sprang sie auf.

»Would you like a drink?«

Marcel nahm das Angebot dankbar an. Alkohol war jetzt genau das Richtige! Sie ging an die Hotelbar. Er bat sie um einen Campari Soda.

Leila vom Studio blickte besorgt vom Handy auf, wagte es aber nicht zu unterbrechen. Eva machte sich an die Arbeit. Sie mixte den Cocktail, schnitt sogar ein Zitronenscheibchen. Sich selbst machte sie einen Wodka Martini – harter Stoff, wie Marcel fand. Und plötzlich ergab alles Sinn. Eva war betrunken! Ihre Gesten waren zu glatt, als versuche sie, einen Hauch von Tollpatschigkeit zu überspielen. Vielleicht war sie sogar Alkoholikerin, so wie Didier. Immerhin war es erst elf Uhr morgens. Marcel war mit sich zufrieden. Er wusste jetzt etwas über sie.

Als sie fertig war, kam sie mit den Drinks zum Sofa.

»*I really need this*«, sagte Marcel. »*Almost broke my neck downstairs.*«

»*Oh yeah?*«

Er erzählte ihr kurz von seinem Malheur, stellte es als witzigen Slapstick dar. Das funktionierte. Eva lachte auf. Sie stießen an und tranken.

Jedes Interview ist eine Verführung. Und diese Verführung fing ausnehmend gut an. Es konnte gar nicht mehr schiefgehen.

Und dann ging es plötzlich schief. Marcel schaltete sein Diktiergerät ein. Schlagartig machte sich in seinem Kopf eine beunruhigende Leere breit. Eva, die ihn fordernd anschaute, wurde nach einigen Sekunden des Schweigens nervös. Doch er sagte nichts. Ihm fiel nichts ein. Absolut nichts.

Dann gab er sich einen Ruck. Er suchte Halt in den üblichen Fragen: Wie sie zu dem Projekt gekommen sei (ihr Agent habe ihr das Drehbuch geschickt), wie die Dreharbeiten gelaufen seien (ein Traum), wie die Zusammenarbeit mit Spielberg gewesen sei (so toll! Eine Ehre, mit ihm zusammenzuarbeiten).

Marcel spürte, dass ihm die Situation entglitt. Eva zog sich zurück, wurde unpersönlicher, distanzierter. Marcel beschloss, vorzupreschen. Er beugte sich vor, blickte sie unverwandt an. Und dann sah er, dass sie auf ihrem Brustbein einen kleinen roten Pickel hatte, an derselben Stelle, wo Héloïse das irritierende Silberkreuz trug. Er ermahnte sich, auf keinen Fall dort hinzuschauen. Der Pickel war radioaktiv.

Aber er konnte nicht anders.

Eva fröstelte es auf einmal, sie bemerkte Marcels Blick und zupfte an ihrem T-Shirt, um ihren Ausschnitt zu verbergen.

Es war alles vorbei. Marcel stammelte unbeholfen vor sich hin. Was hätte wohl jemand wie Roberto in seiner Situation gemacht? Ohne sich dessen richtig bewusst zu werden, stellte er eine Frage, die selbst ihn überraschte – er deutete auf das mittlerweile leere Martiniglas: *»Are you an alcoholic?«*

Eva zuckte zusammen, als hätte er sie geohrfeigt. *»What?«*, fragte sie entrüstet und verlangte zu wissen, warum, in Gottes Namen, er ausgerechnet *sie* für eine *Alkoholikerin* hielt. Was das denn bitte schön solle?

Stammelnd wollte Marcel erklären, dass es nur ein Witz gewesen sei, eine ironische Bemerkung. Eva war aufgebracht. Immer wieder entschuldigte er sich, aber es war zu spät. Leila sprang von ihrem Stuhl auf und brach das Interview ab. Und dabei hatte er noch keinen einzigen brauchbaren Satz aus Eva rausbekommen. Er ging auf sie zu, aber sie wich erschrocken vor ihm zurück. Seine üblichen Fragen über Sexismus in Hollywood und #MeToo konnte er sich jetzt wohl schenken, nachdem er ihr ins Dekolleté gestarrt hatte.

Und dann machte er den letzten, großen, fatalen Fehler. Ehe Leila eingreifen konnte, setzte er alles auf eine Karte. Ihm fiel Héloïses Bemerkung vom Vorabend ein … Also fragte er Eva danach: Wie stehe sie zu den Gerüchten, dass Jimmy McKay sie betrüge?

Eva starrte ihn einen Moment lang an. Leila gefror mitten in der Bewegung. Dann brach Eva in Tränen aus, wandte sich ab und lief aus der Hotelsuite. Leila warf Marcel einen todbringenden Blick zu und hastete dem weinenden Star hinterher.

15

Es war zweifellos das katastrophalste Interview seiner Karriere. Nachdem Eva schluchzend aus dem Zimmer gerannt war, blieb Marcel beklommen sitzen. Sein Verstand konnte das, was eben geschehen war, nicht recht verarbeiten. Stattdessen schwirrten seine Gedanken von einem belanglosen Thema zum nächsten. Vielleicht sollte er sich mal wieder was zum Anziehen kaufen? Er hatte kaum noch was. Wie ein Clochard lief er rum. Und Micha Sokolow … Der gute, alte Micha! Er durfte nicht vergessen, ihn nachher anzurufen. Vielleicht sollten sie heute Abend gemeinsam auf die Porno-Party von diesem Dietmar Flott gehen?

Er erinnerte sich wieder daran, dass er Hunger hatte. Sein Blick fiel auf das Croissant, das er vorhin vom Büfett mitgenommen hatte. Er biss hinein, lehnte sich auf dem Sofa zurück, schlug die Beine übereinander und schaute versonnen auf das Meer.

So fand ihn Leila vor, als sie panisch ins Zimmer gestoben kam – Marcel saß entspannt kauend da und wischte sich ein paar Krümel von der Hose.

Sie schrie ihn an. Was zum Teufel hier eigentlich passiert sei?

Langsam kehrte er zur Erde zurück. Er schaute Leila an. Sie war doch selbst dabei gewesen. Was gab es noch zu sagen? Statt zu antworten, hob er bloß die Schultern. Er hatte jetzt den Blick eines Soldaten, der auf dem Schlachtfeld Schreckliches gesehen hat.

Leila erklärte ihm mit bebender Stimme, Eva sei außer sich und müsse von Assistentinnen und Maskenbildnerinnen getröstet werden.

Marcel stellte sich dumm. Zugegeben, das Interview sei suboptimal verlaufen … Aber doch nur, weil Eva mit seinen Fragen nicht klargekommen sei. Schade, aber … *so what?* So was komme eben vor.

Leila ließ sich damit nicht abspeisen. Sie setzte sich vorsichtig aufs Sofa, weit weg von Marcel. Mit sehnigen Händen strich sie sich den Rock glatt.

Dann fragte sie ihn, worauf genau er denn vorhin angespielt habe.

Angespielt? Marcel blinzelte verwirrt. Wie?

Die Frage mit Jimmy McKay? Dass er eine Affäre habe?

Ach was! Ein Missverständnis.

Leila räusperte sich. Es sei nämlich so, sagte sie, dass Jimmy McKay und Eva Vargas sich gerade verlobt hätten, hier in Cannes.

Wirklich? Das sei ja … toll, meinte Marcel. *Masel Tov!*

Ja, ja, erwiderte Leila unkonzentriert. Deswegen sei dieser Vorwurf jetzt gerade besonders heikel. Sie bat Marcel, kurz hier zu warten. Dann stand sie auf und ging raus. Marcel fühlte sich auf einmal einsam, so wie früher, wenn ihn seine Mutter im Kindergarten absetzte.

Er wollte Leila schon folgen, da schob sich ein Herr von der Security vor die Eingangstür. Er sagte nichts. Marcel sagte auch nichts. Sie blickten einander nur still und feindselig an. Der Wachmann sah aus wie der Terminator, ein rosiger Kerl in Massivbauweise, dessen Muskeln aus seinem Anzug quollen.

Marcel trat in die Suite zurück und begann nervös auf und ab zu tigern. Er griff nach seinen Gauloises.

»Veuillez bien respecter l'interdiction de fumer«, sagte der Wachmann.

»Fuck you«, knurrte Marcel und funkelte seinen Gefängniswärter an. Doch dessen Blick machte ihm Angst. Er steckte brav die Zigarette weg.

Nach einigen schier endlosen Minuten trat der Typ zur Seite und gab den Blick auf Leila frei. Marcel schaute sie an wie ein verschrecktes Häschen. Er fürchtete ihren Urteilsspruch.

»It's fine«, sagte sie zu seiner Erleichterung. Leila erklärte, sie habe mit Eva und »ihren Leuten« gesprochen, und Miss Vargas sehe von einer Anzeige ab. Anzeige? Marcel war verwirrt. Leila nickte ihm freundlich zu. Ja, wegen sexueller Belästigung?

»What?«, stotterte Marcel. »Sex…?« Er wagte kaum weiterzusprechen.

Leilas Stimme war streng. Zwar habe Marcel beim Interview Miss Vargas in unangenehmster Weise in den Ausschnitt gestarrt, aber darüber werde man hinwegsehen. Vorerst. Das Wort hing im Raum.

»Aha. Okay«, sagte Marcel. Er fragte, ob er jetzt gehen dürfe.

Noch nicht. Leila zog ihn beiseite und flüsterte ihm etwas zu. Eva habe sich bei seiner Redaktion beschweren wollen, aber sie, Leila, habe ihr das ausgeredet. Denn schließlich wisse sie, wie wichtig der Artikel über den Film in der *Hollywood* sei. Aber, und das sei ganz entscheidend, sie und das Studio legten *sehr* großen Wert darauf, dass die Redaktion *keine* unangemessenen Fragen abdrucke. Also nichts über Alkoholismus. Und erst recht nichts über angebliche Affären von Jimmy McKay. Marcel versprach es hoch und heilig. Dann war er frei.

Als er das Hôtel Martinez verließ, merkte er, dass seine Finger zitterten. Er fühlte sich, als habe er soeben eine Nahtoderfahrung gemacht. Die Sonne war ein bisschen heller, das Leben ein bisschen bunter. Er war glücklich, daran teilhaben zu dürfen. Und dennoch: Wie er sich so durch die Menschenmenge schob, die im Sonnenschein flanierte, war er der Einzige, über dem eine Wolke hing.

Vielleicht sollte er mal schnell bei Cucinelli ins Schaufenster gucken? Warum nicht? Es war ja nicht weit. Er mochte eben die schönen Dinge. Gute Anzüge, Budapester Schuhe oder silberne Manschettenknöpfe … was man halt so braucht, *n'est-ce pas*? Zwar war ihm die *Schmatte* von Cucinelli mitunter zu altherrenhaft, aber ein kurzer Blick würde ja nicht schaden, oder?

Er schadete doch. Am Eingang der Boutique lachte ihn ein schlichtes weißes, gut geschnittenes Baumwollhemd an. Der Stoff war leicht und hauchdünn. Perfekt für den Sommer. Ihm war zwar klar, dass er eine Dummheit beging, aber es konnte ja niemand von ihm verlangen, wie ein Mönch zu leben, oder? Die Verkäuferin begrüßte ihn mit einem verführerischen Lächeln, der übliche Trick. Er fiel immer wieder darauf rein. Marcel ließ sich das Hemd zeigen und noch eines in Hellblau. In der Umkleidekabine bedrückte es ihn, wieder einmal sein Spiegelbild ertragen zu müssen. Aber immerhin sah er in dem Hemd recht annehmbar aus. Auch das hellblaue war nicht schlecht. Und der Preis? Beide zusammen für nicht mal neunhundert Euro? Ein Schnäppchen. Er ließ sie einpacken. An der Kasse wurde es spannend. Ob seine Kreditkarte bereits zu weit überzogen war? Offenbar nicht. Der kleine Drucker knatterte beruhigend und spuckte eine Quittung aus. Marcel verließ die Boutique mit einem Gefühl der Euphorie.

Doch als er beim Hotel ankam, klingelte sein Handy: Es war Thilo Sondermann. Immerhin der verantwortliche Redakteur im Sinne des Presserechts.

Das war wohl unvermeidlich. Marcel trat in den Vorgarten, wo es etwas ruhiger war, dann atmete er tief durch und nahm den Anruf entgegen.

»Marcel?«

»Hey! Na? Wie geht's? Alles locker bei euch?«

Thilo räusperte sich. »Na ja, könnte besser sein. Eben hat jemand angerufen, wegen dem Junket vorhin ... diese Leila?«

»Ja?«, sagte Marcel. Seine Kehle war wie ausgedörrt.

»Ist was passiert? Also, beim Interview, meine ich ...«

Marcel unterdrückte einen Hustenreiz. Er blickte nach oben, in den offenen blauen Himmel. »War alles okay«, sagte er dann und bemühte sich, seine Stimme lapidar zu halten. »Wieso?«

»Na ja, weil die vom Studio angerufen hat ...«

»Und? Was hat die gesagt, was passiert ist?«, fragte Marcel. »Die vom Studio?«

»Das wollt ich ja gerade von dir hören.«

»Na ja, du weißt ja, wie das ist …«, meinte Marcel ausweichend.

»Nein«, sagte Thilo. »Ich weiß es eben nicht. Was war denn los?«

»Gar nichts«, gab Marcel etwas patzig zurück. »Manchmal gibt's eben … also manchmal hat man eben keine Connection zu … zum Gesprächspartner, meine ich. Keine Chemistry.«

Thilo erwiderte nichts. Die Stille machte Marcel nervös. Dann sagte der Chefredakteur: *»Chemistry?«*

Marcel spürte, wie unangenehm Thilo dieses Gespräch war. Die beiden Männer kannten sich schon lange. Sie waren mehr als nur Kollegen.

»Sag mal«, sagte Thilo jetzt, »hast du dich in irgendeiner Weise … und bitte entschuldige, aber ich muss dich das leider fragen … Also hast du dich irgendwie, na ja … unangemessen verhalten?«

»Ich? Unangemessen? So ein Quatsch!«, polterte Marcel im Brustton der Überzeugung.

»Also«, nuschelte Thilo gequält, »gab's da irgendwie ein Missverständnis?«

Marcel holte tief Luft. »Thilo, du kennst mich. Meine Fragen sind gut … Ich bin ein Vollprofi.«

»Das weiß ich ja, aber …«

»Dann weißt du auch, dass nicht jeder damit umgehen kann. Ich bin direkt, das weißt du. Ich bin ehrlich, immer knallhart ehrlich!«

»Ich weiß.«

»Und manchmal …«

»Ja?«

»Manchmal gibt's eben Leute, die … die damit nicht umgehen können.«

Wieder schwieg Thilo. Marcel hörte seinen Chefredakteur schnaufen. Was das wohl bedeutete? War es ein Wutschnaufen? Ein Schnaufen der Verzweiflung? Oder ein befreites Aufschnaufen, dass die Sache bald vorbei sein würde?

»Du hast sie nicht etwa … und noch mal sorry, dass ich das fragen muss, echt jetzt … aber hast du sie irgendwie belästigt?«

»Wie bitte?«, sagte Marcel jetzt laut und entrüstet. »Quatsch! Leila war die ganze Zeit im Zimmer. Was denkst du, wer ich bin? Irgend so ein Perverser? Hältst du mich für jemanden, der Frauen belästigt?«

»Jetzt sei doch nicht so«, meinte Thilo. »Ich muss dich das fragen, wenn ich so einen Anruf kriege …«

»Was hat die denn gesagt?«

»Ja, nichts, nur dass Eva irgendwie … na ja, dass sie aufgebracht war … und die haben sich eben gewundert, ob da nicht … also, angeblich hättest du ihr in den Ausschnitt …«

»Unsinn!«

»Ich weiß, aber es ist … weißt ja, #MeToo und so …«

»#MeToo? Das ist doch …!«

»Aber jetzt mal ehrlich, hast du ihr auf … also hast du sie angestarrt oder nicht?«

»Sag mal, haben die dir ins Hirn geschissen?«

»Leila hat halt gesagt …«

»Ach was! Leila! Diese blöde Fotze hat nicht die mindeste Ahnung, wie sehr ich Frauen respektiere.«

Daraufhin schwieg Thilo, und Marcel beschlich das Gefühl, vielleicht ein bisschen zu weit gegangen zu sein. Als er

Thilos Stimme wieder hörte, war da auf einmal eine gewisse Kühle. »Du sagst also, du hast dich in keiner Weise unangemessen verhalten, entspricht das so den Tatsachen? Ich muss dich das fragen, weil die Rechtsabteilung …«

Rechtsabteilung? Jetzt wurde es Marcel mulmig. »Ja«, erwiderte er kleinlaut. »Ich war wie immer. Eiskalt, professionell, direkt. Aber die … die konnte halt mit meinen Fragen nicht umgehen.«

»Was, äh … was hast du denn gefragt?«

Das Pochen in Marcels Schläfe nahm wieder zu. Er fühlte sich in seiner Ehre gekränkt, und aus diesem Gefühl der Beleidigung heraus beschloss er, dass Angriff die beste Verteidigung sei. »Weißt du was, Thilo? Das hab ich echt nicht nötig. Ich geh jetzt hoch, tipp das Gespräch ab und schicke es dir, und du wirst sehen, es ist sensationell! Das ist nämlich der Grund, warum Leila angerufen hat. Das und nichts anderes. Weil ich meinen Job gut mache, und weil ich eben auch einer Eva Vargas nichts durchgehen lasse. Ich hab die nämlich voll genagelt!«

»Wie bitte?«

Marcel konnte spüren, wie er rot anlief. »Also, genagelt im übertragenen Sinne. Nicht buchstäblich, ist ja wohl klar. Im Sinne von mit Fragen … also, mit guten Fragen, äh, gelöchert …«

»Aha«, sagte Thilo trocken und bat Marcel, ihm den fertigen Text so schnell wie möglich zukommen zu lassen. Heute noch!

»So machen wir's«, sagte Marcel überschwänglich. »Dann hast du's schwarz auf weiß.«

Marcel beendete das Telefonat. Doch statt auf sein Zimmer zu gehen, setzte er sich schnurstracks an die Hotelbar und gönnte sich einen Pastis. Kaum hatte er den geleert, bestellte er einen zweiten. Seine lauernden Kopfschmerzen waren nun vollends weg – die Lösung lag vermutlich im Alkoholkonsum, wie so oft im Leben. Dann rief er Micha Sokolow an und verabredete, nachher mit ihm zu der Porno-Party zu gehen. Die Schrecken des Tages verblassten langsam.

16

Nachdem Marcel in seinem Zimmer sicherheitshalber noch die Whiskeyfläschchen aus der Minibar weggeputzt hatte, war er wieder voller Zuversicht. Er legte sein Sakko über die Sessellehne, packte die beiden Hemden aus und zog sie noch einmal über. Nicht schlecht, wie er fand. Das hellblaue behielt er an. Er bestellte beim Room Service ein Kännchen Kaffee und eine Flasche Rosé. Dann setzte er sich an seine Olivetti, fädelte das Papier ein und griff zum Diktiergerät. Er spulte die Minikassette zurück und hörte sich das Interview an.

Vielleicht war sein Optimismus etwas verfrüht gewesen. Beim Wiederhören wirkte das Gespräch noch schlimmer. Und es würde höchstens eine halbe Seite füllen. Die Redaktion brauchte aber mindestens drei. Er fluchte leise, lehnte sich im Stuhl zurück und fuhr sich mit den Fingern durchs Haar.

Ein Klopfen an der Tür. Das musste der Room Service sein. Als er sich aus dem Stuhl erhob, meldete sich sein Steißbein zu Wort, ein kurzer Schmerz, der ihn kalt erwischte. Er riss die Tür auf. Vor ihm stand Héloïse.

Sie schaute ihn schüchtern an: *»Bonjour.«*

»Bonjour«, erwiderte er. Seine Stimme klang ruppiger, als er beabsichtigt hatte.

»Ist alles in Ordnung?«, erwiderte sie auf Deutsch, mit ihrem charmanten französischen Akzent.

»Bestens. Was kann ich für Sie tun?«

»Ich … Ich wollte mich entschuldigen«, sagte sie zögerlich und mit einer Spur von Misstrauen. »Wegen gestern?«

»Okay.« Er überkreuzte die Arme. »Dann von mir aus. Bitte.«

»Bitte was?«

»Sie wollten sich entschuldigen.«

Sie schaute ihn unverwandt an. »Im Ernst? *Comme ça?*«

»Ich warte.« Er sah, wie sich ihr Gesicht rötete. Er hatte das dringende Bedürfnis, sie zu demütigen, und das ausgerechnet jetzt, wo sie Frieden schließen wollte. Eine innere Stimme schrie, er solle sich verdammt noch mal am Riemen reißen, aber er konnte nicht anders.

»Hier?«, fragte Héloïse. »Auf dem Gang?«

»Pourquoi pas? Ici, maintenant.«

Sie funkelte ihn an. *»Je suis désolée«*, sagte sie knapp. Und dann: *»Voilà.«*

Marcel gab ein gehässiges Lachen von sich. »So nicht. Eine Entschuldigung muss von Herzen kommen.«

»Va te faire foutre!«, erwiderte sie scharf: Fick dich! Dann drehte sie sich um und ging.

Marcel spürte die Wut wieder in sich aufwallen. Er hastete ihr nach. Ohne sich vollends bewusst zu sein, was er da tat, packte er sie am rechten Oberarm. Sie wand sich aus seinem Griff, drehte sich um und fuhr ihm mit den langen Fingernägeln über die linke Wange. Er keuchte vor Schmerz und taumelte zurück. Es brannte höllisch! Er presste seine Hand ans Gesicht. Er spürte Blut. In Héloïses Augen sah er

Entsetzen über das, was sie gerade angerichtet hatte. Sie kam auf ihn zu, flüsterte eine Entschuldigung, aber er stieß sie von sich.

In dem Moment sahen sie eine alte Dame mit einem pummeligen Dackel am Ende des Gangs stehen. Die Dame schaute sie schockiert an. Héloïse rief ihr auf Französisch zu, dass alles in Ordnung sei, kein Grund zur Sorge, *tout va bien*! Marcel fügte hinzu, sie solle sich gefälligst verpissen. Die Dame lief rot an. Der Hund bellte. Hastig verließ sie den Tatort, den renitent kläffenden Dackel mit sich zerrend. Marcel starrte ihr hinterher. Mit seinem blutverschmierten Gesicht sah er aus wie ein Monster aus einem Horrorfilm.

Héloïse zeigte auf Marcels offene Zimmertür. *»Vite.«*

Er nickte. Gemeinsam suchten sie in seinem Zimmer Zuflucht. Er schloss die Tür hinter sich und ging ins Bad. Im Spiegel sah er, dass Héloïse ihn nicht schlecht erwischt hatte. Fluchend drehte er den Wasserhahn auf und beugte sich so gut es ging darunter, ließ kaltes Wasser über die Wunde laufen.

Sie trat zu ihm. *»Laissez-moi faire«*, sagte sie. Sie griff nach einem frischen Waschlappen, hielt ihn unter den Wasserhahn und wies Marcel an, sich zu setzen. Er nahm auf dem Toilettendeckel Platz. Vorsichtig betupfte sie die Kratzwunde. Beide schwiegen. Das einzige Geräusch war ihr gemeinsamer Atem.

Sie trat einen Schritt zurück und betrachtete seine Wange. *»Pas si grave«*, sagte sie. Ein kleiner Kratzer, mehr nicht. Doch Marcel blutete noch immer. Er griff nach einer Rolle Toilettenpapier, riss ein paar Blätter ab und presste sie an seine Backe. Ihm fiel nichts Besseres ein. Und er hatte nichts, womit er die Wunde desinfizieren konnte.

»Es tut mir leid«, sagte sie.

Marcel hob die Schultern. »*Merci.* Mir auch.« Sein Blick huschte unruhig umher, so wie immer, wenn er Fehler eingestehen musste. »Ich hätte Sie nicht packen dürfen. Das war sehr … wie sagt man … *coquin*?«

Sie lächelte. »Ungezogen? Ja, kann man so sagen. Dann hätte ich Sie nicht kratzen müssen.«

In dem Moment wusste Marcel, dass sie ihm vergeben hatte. Er schaute sie an, und sie hielt seinen Blick. Auf einmal waren alle Scheu und alle Scham verflogen. Vor ihnen lag Neuland, gleichermaßen verheißungsvoll und bedrohlich. Einem Impuls folgend griff er nach ihrer Hand, brachte sie an seine Lippen und küsste ihre Handfläche. Sie schaute ihm dabei zu. Ihr Mund war halb offen. Ihr Atem ging jetzt ein wenig schneller. Ihre Augen glänzten unter der Badezimmerbeleuchtung.

Mit einem Ruck wandte sich Héloïse ab. Sie atmete tief durch und verließ das Badezimmer. Er stand auf und folgte ihr. Sein Körper glühte.

Héloïse ging gespielt teilnahmslos durch das Zimmer, betrachtete dieses und jenes, ließ die Fingerkuppen über die Tischplatte gleiten, als würde sie ihr Revier abstecken. Mit Erstaunen nahm sie seine Olivetti zur Kenntnis.

»Eine Schreibmaschine?« Sie wollte ablenken.

Er setzte sich auf die Bettkante. Die Schreibmaschine war ihm jetzt gerade vollkommen egal. Er wollte etwas ganz anderes. Und sie, kein Zweifel, wollte dasselbe. Die Begierde stand ihr ins Gesicht geschrieben. Aber sie hatte

Angst. Nur deswegen zog sie diese Show durch – weil sie sich vor ihren Gefühlen fürchtete.

»Nicht irgendeine«, sagte er. »Ein Sammlerstück.«

»Warum schreiben Sie nicht am Computer, wie jeder normale Mensch?«

»Eine Schreibmaschine zwingt zur Ehrlichkeit.«

Er stand auf und ging an den Tisch. Um das Schweigen zu überbrücken, griff er nach dem Päckchen Gauloises, das neben der Schreibmaschine lag. Er bot ihr eine an.

»Ich rauche nicht«, sagte sie.

»Wirklich?«

Sie griff nach der Zigarette. *»Jamais«*, sagte sie.

Er zündete ein Streichholz an und hielt es ihr hin. Sie beugte sich mit der Zigarette im Mund vor. Einen Moment lang war ihr schönes, melancholisches Gesicht erleuchtet. Dann ging sie an das Balkonfenster, öffnete es und trat auf die kleine Loggia. Sie lehnte sich an die Balustrade und schaute hinab in den Garten. Gelegentlich zog sie mit trägen, genießerischen Bewegungen an ihrer Zigarette und ließ den Rauch zwischen ihren Lippen entweichen.

Marcel trat nun ebenfalls auf den Balkon, lehnte sich neben sie. Er rückte näher an sie heran. Sie rührte sich nicht. Mit sanften Fingern öffnete er den obersten Knopf ihrer Bluse. Sie atmete schwer. Er sah das kleine Kruzifix an ihrem Hals. Héloïse bemerkte seinen Blick und umschloss es mit der Hand.

Er wollte sie an sich ziehen, um sie zu küssen, doch sie spannte ihre Muskeln an. Mit einer Kopfbewegung deutete sie auf seine blutige Wange. »Bitte nicht. Du machst mir Flecken.«

Er wollte gerade etwas erwidern, als es an der Tür klopfte. *»Room Service«*, sagte eine gedämpfte Stimme von außen.

Marcel atmete aus, ging wieder ins Zimmer und machte auf. Ein kräftiger Mann mit einem Tablett stand davor, darauf das vorhin bestellte Kännchen Kaffee und die Flasche Rosé. Der Mann riss die Augen auf, als er Marcels Gesicht sah. Er fragte, ob mit Monsieur alles in Ordnung sei. Marcel winkte ab und wies ihn an, das Tablett auf den Tisch zu stellen. Anschließend bat Marcel um ein Desinfektionsspray und ein paar Pflaster, *s'il vous plaît*?

»Bien sûr, Monsieur, tout de suite.«

Als die Tür wieder zuging, schloss Héloïse den Knopf an ihrer Bluse. Der Moment war vorbei.

»Es tut mir leid«, sagte sie und ging zur Tür. »Ich hätte nicht kommen dürfen.«

»Wegen Grégoire?«, fragte er.

Sie nickte, dann stand sie einen Moment schweigend und unschlüssig in der Tür. Er hob den Blick nicht mehr, denn er wollte nicht sehen, wie sie ihn verließ. Er hörte ihre Schritte auf dem Teppichboden und das sanfte Geräusch der Tür, die ins Schloss fiel.

Dann starrte er dumpf auf das Blatt Papier, das in der Schreibmaschine steckte. Bislang stand dort nur ein Wort. FRAGE, gefolgt von einem Doppelpunkt und einer weißen Leere. Dann sah er kleine Blutspritzer auf dem Ärmel seines neuen Cucinelli-Hemds. Übelkeit stieg in ihm auf. Angewidert riss er sich das Hemd vom Leib, knüllte es zusammen und warf es auf den Boden.

17

Das Schlimmste an Cannes waren die Partys. Es war immer dasselbe: zu viel Alkohol, zu viele Zigaretten, zu wenig Schlaf. Aber man konnte unmöglich absagen oder gar zeitig ins Bett gehen, außer mit einer Eroberung. Nein, man musste hin, musste gesehen werden, und natürlich musste man trinken bis zum Filmriss.

Schon war er unterwegs zur nächsten Party. Marcel saß neben Héloïse im Taxi. Nachdem er sein Hemd gewechselt hatte, hatte er das Eva-Vargas-Interview abgetippt, und zwar gleich auf Deutsch, da konnte er wenigstens noch ein paar Füllwörter einfügen. Als er fertig war, hatte er die Seiten mit dem Handy gescannt und in ein Word-Dokument umformatiert. Das hatte er Thilo geschickt. Unten wartete bereits das Taxi vor dem Hotel. In seinem Magen rumorte es. Er verspürte Ekel vor sich selbst.

Héloïse saß neben ihm auf dem Rücksitz. Ihr Gesicht wurde hin und wieder von den Lichtstreifen vorbeifahrender Autos erhellt. Was in ihr vorging, war ihm ein Rätsel. Vor etwa einer Stunde hatte er sie auf ihrem Zimmer angerufen und eingeladen, ihn auf eine Party zu begleiten, ohne jedoch den Ehrengast mit dem Riesenpenis zu erwähnen. Was für eine Party?, hatte sie wissen wollen. Und wo? Das Wort ›Luxusjacht‹ hatte ihr Interesse geweckt.

»Comme un rendez-vous, non?«, hatte sie nervös lachend gesagt.

»Non … pas vraiment«, hatte er schüchtern geantwortet.

Nun saß er neben ihr und legte seine Hand scheinbar unbewusst in die Nähe ihres Beins. Kurz darauf strich sie ihm ebenso zufällig mit dem Finger über den Handrücken. Marcel spürte ein Kribbeln auf der Haut.

»Du hattest übrigens recht«, sagte er, nur um irgendetwas zu sagen.

Sie schaute ihn an.

»Der Kuss?«, fuhr er fort. »Eva Vargas?«

»Ah oui?«

Er erzählte ihr von dem Interview und von der Reaktion des Stars. Héloïse nickte zufrieden. Sie war sich sicher, dass ihr Instinkt sie nicht getrogen hatte.

»Aber offensichtlich liebt sie ihn«, meinte Marcel. »Sie sind jetzt verlobt.«

»Manchmal heiratet man eben den Falschen.«

Er warf ihr einen Blick zu. »Ist das so?«

Bevor sie antworten konnte, war die Fahrt zu Ende. Sie waren am Jachthafen angekommen.

Marcel bezahlte den Fahrer, stieg aus, ging um den Wagen herum und hielt Héloïse die Tür auf, ganz der Gentleman. Sie stieg aus. Sie sah umwerfend aus in einem knappen, blutroten Kleid, das ihren blassen Teint und ihr dunkles Haar betonte. Marcel hielt ihr seinen Arm hin. Er trug wieder seinen dunkelblauen Anzug, dazu das weiße Cucinelli-Hemd. Auf seiner linken Wange klebte ein kleines Pflaster.

»On y va«, sagte er.

Sie folgten einem Landesteg, bis sie vor der Superjacht standen. Die *Sweet Virginia* war eine Art schwimmender Nachtclub, dreißig Meter lang. Vom Deck oben hörte Marcel wummernde Bässe und schrilles Lachen.

»Mon dieu«, sagte Héloïse andächtig.

»Vorsicht«, erwiderte Marcel. *»Souviens-toi du* Titanic.*«*

Innerlich war er noch immer bei seinem eigenen Schiffbruch, dem Interview mit Eva Vargas. Er führte Héloïse am Ellbogen zur Gangway, als wäre sie etwas, was ihm gehörte. Es schien ihr zu gefallen.

Die Gangway wurde von einem vierschrötigen Türsteher bewacht, der die Macht über die Absperrkordel hatte. Marcel wollte Höflichkeiten austauschen, aber der Türsteher baute sich demonstrativ vor ihnen auf: Marcel stehe nicht auf der ›Liste‹.

Die Liste, dachte Marcel. Immer die Liste. Unser Leben wird beherrscht von Listen. Er versuchte, dem Türsteher die Situation begreiflich zu machen, aber vergebens. Also zückte er sein Handy und simste Micha an. Micha, der noch in einer Besprechung steckte, simste den dicken Dietmar an, und der dicke Dietmar simste weiß Gott wen an. Einige angespannte Minuten standen Marcel und Héloïse herum, Bittsteller vor dem Paradies. Das Gespräch kam auf *Titanic*, wie könnte es anders sein? Héloïse hatte James Camerons Film als junges Mädchen mehrfach gesehen und dabei fleißig Tränen vergossen. In einem Plattenladen hatte sie die Soundtrack-CD mitgehen lassen und dann zu Hause ununterbrochen den Titelsong von Céline Dion mitgesungen. Bis es ihrem Vater zu viel geworden war. Er hatte die CD in zwei Teile zerbrochen, in den Müll geworfen und seine

Tochter geohrfeigt. Héloïse erzählte das mit einem Lächeln, aber Marcel musste schlucken.

»Was für ein Vater tut so was?«

Er suchte ihren Blick, doch sie zuckte nur kurz mit den Schultern, als wolle sie etwas abschütteln. »Es war nicht das erste Mal«, meinte sie. »*Peu importe.* Ich hab einfach eine neue geklaut.«

Dann warf sie unruhig ihre Zigarette weg, obwohl sie sie erst vor wenigen Sekunden angezündet hatte, ging auf den Türsteher zu und redete auf Französisch auf ihn ein. Der Türsteher brachte ein Walkie-Talkie an seinen Mund und hielt Rücksprache. Endlich nickte er und hob mit steinerner Miene die Kordel an.

Héloïse betrat die Gangway und warf Marcel über die Schulter einen auffordernden, ja geradezu lasziven Blick zu. Marcel räusperte sich, dann ging er hinter ihr die Stufen hoch, leicht vornüberbeugt, wie ein alter Mann. Sein Steißbein machte ihm wieder zu schaffen.

An Deck wurden sie von einer braun gebrannten jungen Frau im Kostüm einer sexy Kapitänin empfangen. Dann kam auch schon Dietmar Flott angeschwebt, ein riesiger, fröhlicher Gummibär. Überschwänglich begrüßte er Marcel und seine Begleitung, legte seine speckigen Arme um die Schultern der beiden und zog sie mit sich, um ihnen die Jacht zu zeigen.

Auf dem Vorderdeck gab es einen Whirlpool, in dem die obligaten Bikinimodels planschten, hinten auf dem Achterdeck eine Bar, wo man sich unter dem Sternenhimmel mit Cocktails und Schampus volllaufen lassen konnte. Auf dem Dach, hinter der Brücke, animierte ein DJ die Partygäste zum Tanzen – seelenlose Technobeats versetzten den Menschenpulk in Zuckungen.

Die Jacht war für den Abend geleast, doch über den eigentlichen Besitzer herrschte keine Einigkeit: Flott tippte auf einen erfolgreichen Hardcore-Produzenten aus Chatsworth im San Fernando Valley, der »Porno-Hauptstadt der Welt«, wo im Stundentakt für Bargeld gebumst wurde. Allerdings hielt Marcel es für unwahrscheinlich, dass der sich so eine Jacht leisten konnte, denn die Profitmargen in der Branche waren bescheiden. *Sex sells, but it doesn't pay.* Vielleicht gehörte also die *Sweet Virginia* jenem pummeligen Venture-Capital-Investor aus Malmö, der sich ein paar Meter weiter an der Reling übergab? Oder der russischen Oligarchentochter, die gerade auf der Tanzfläche wütete?

Marcel war es im Grunde egal, denn der Moët & Chandon war gratis. Sie bekamen zwei Gläser gereicht. Endlich Alkohol! Marcel stieß mit Héloïse an, dann schaute er ihr verstohlen zu, während sie ihr Champagnerglas an die Lippen brachte. In ihren dunklen Augen spiegelten sich die Lichter der Tanzfläche. Er spürte, dass sie traurig war.

Er fragte sich, ob er nicht vielleicht mehr für sie empfand als bloße Begierde. Hoffentlich nicht, dachte er. Denn er wusste: Es gibt Menschen, die küssen, und solche, die sich küssen lassen. Auch eine Weisheit seiner Mutter. Marcel gehörte zu letzteren. Er ertrug die Hingebung anderer so lange, bis er sie eben eines Tages nicht mehr ertrug. Die Frauen in seinem Leben – allesamt klug und souverän – hatten ihm genau deshalb zu Füßen gelegen, weil sie gespürt hatten, dass er ihre Zuneigung nicht erwiderte, mehr noch: sie nicht erwidern konnte. Sie wollten ihn heilen. Sie demütigten sich für ihn, was er stets mit Unbehagen aufgenommen hatte. Er verstand nichts vom Geben und nur wenig vom Nehmen.

Meistens brach er seine Beziehungen ohne viele Worte ab, mit einer knappen SMS. Oder er sagte einfach gar nichts, tauchte ab, ghostete die Frau. Er konnte nicht anders. Ihm ging die Luft aus. Die Liebe erwürgte ihn. Er musste frei sein, musste atmen können.

Sein Telefon klingelte. Micha war endlich angekommen und suchte ihn. Marcel schaute sich um und sah seinen Freund in der Menschenmenge. Er kämpfte sich zu ihnen durch, begrüßte Marcel mit einem Handschlag. Marcel stellte ihm Héloïse vor.

»Tatütata, der Weihnachtsmann ist da«, sagte Micha und hielt einen kleinen Umschlag hoch, der aus der Hochglanzseite eines Modemagazins zusammengefaltet worden war.

Bei dem Anblick leuchteten Marcels Augen auf. Er wusste genau, was darin war.

18

Vorsichtig streute Micha ein kleines Häufchen Kokain auf den Waschbeckenrand. Marcel schaute ungeduldig zu. Er fühlte sich an seine Kindheit erinnert, als seine Mutter ihn das erste Mal zu McDonald's mitgenommen hatte und er sich zum Nachtisch eine Apfeltasche bestellen durfte. Doch derartige Kindheitsfreuden hatte er längst hinter sich gelassen. Apfeltaschen haben zu viele Kohlehydrate. Zumindest in Hinblick auf seinen Blutzuckerspiegel war Kokain zweifellos die gesündere Entscheidung.

Er stand mit Micha und Héloïse in einem Bad auf dem Unterdeck, das im Stil der Achtzigerjahre gehalten war, mit schwarzem Marmor und glitzernden Messingarmaturen – ein Hauch von *Scarface*. Héloïse hielt etwas abseits Wache, machte ab und zu die Tür einen Spalt auf und lugte auf den Gang. Ansonsten schaute sie mit Unbehagen zu, wie Micha das weiße Pulver mit seiner Kreditkarte in dünne Linien schnitt. Marcel war überrascht, als er die sah. Eine MasterCard Black? Echt jetzt? Wie kam es, dass sein Kumpel sich so etwas leisten konnte? Er verspürte einen unschönen Anflug von Neid. Warum war seine Bank eigentlich immer so ungeduldig? Er brauchte eben ein Weilchen, um den Kredit abzustottern. *So what?* Bankrotten Millionären verzieh man ja auch alles.

Micha rollte einen Zwanzig-Euro-Schein zusammen und bot ihn Marcel an. Dieser ließ sich nicht zweimal bitten. Er atmete auf.

Euphorie überkam ihn. Er fühlte sich, als stürzte er sich in die Meeresbrandung und triebe auf den Wellen. Marcel tupfte den Zeigefinger in die Überbleibsel der Linie und rieb sich das weiße Pulver aufs Zahnfleisch. Ein taubes Gefühl breitete sich aus, schließlich rann ein köstlich bitterer Geschmack seine Kehle hinab. Seine Gedanken rasten, aber alles ergab Sinn. Die innere Logik der Schöpfung trat endlich klar zutage. Alles war so simpel! Warum war er nicht schon vorher darauf gekommen? Er gab den zusammengerollten Geldschein an Micha weiter und erläuterte seinen Geistesblitz: Wenn die Wissenschaft erst einmal Zeitreisen ermöglicht hätte, dann könnte man sicher auch in anderen Epochen Grundstücke kaufen. Warum sich nicht eine Villa in der Bronzezeit bauen? Die Zukunft könne sich ohnehin bald niemand mehr leisten. Micha schniefte seine Portion und gab zu bedenken, dass es in der Bronzezeit vermutlich keinen Handyempfang gab. Damit war das Thema vom Tisch.

Jetzt hielt Marcel Héloïse den zusammengerollten Geldschein hin. Sie zögerte. Im Grunde ihres Wesens, so dachte Marcel, war sie eine ängstliche, kleinbürgerliche Person, die er verderben musste. Nur so konnte er sie retten. Die Anna Karenina von Metz! Ein katholisches Bürgertöchterchen, so schätzte er sie ein. Er wollte ihr die Sünde beibringen. Das war seine Aufgabe, hier war er Profi. Héloïse war seine Grace Kelly, die Eisprinzessin, die es zum Schmelzen zu bringen galt. Sie war Rotkäppchen, er der böse Wolf. Er schaute sie reglos an. Den Zwanzig-Euro-Schein hielt er noch immer eng zusammengerollt in seiner Hand.

Ihr Blick war verunsichert. »Ein andermal.«

»Es gibt kein andermal«, sagte er. »Es gibt nur das Jetzt.«

Mit plötzlicher Entschlossenheit griff sie nach dem Geldschein und schritt zur Tat. Ihre Augen weiteten sich, und ihre Haut nahm eine dunklere Färbung an. Sie atmete tief durch und fächelte sich mit der Hand Luft zu.

Dann klopfte es an der Badezimmertür, und eine unwirsche Männerstimme polterte auf Französisch. Die drei konnten das Lachen kaum unterdrücken. Micha wischte die Überreste des Kokains mit Toilettenpapier weg und spülte die Beweislast dann ins Klo. Das Klopfen wurde zu einem penetranten Trommeln. Micha öffnete die Tür und murmelte eine Entschuldigung, dann drängten sie sich alle an dem fremden, ungnädigen Spielverderber vorbei aus der Tür und auf den engen Gang.

Héloïse schaute mit funkelnden Augen zu Marcel und sagte: »Lass uns tanzen.«

19

Héloïse war glücklich. Sie zog Marcel an der Hand hinter sich her auf die Tanzfläche. Ihr Herz raste. Sie fühlte sich so frei und unbeschwert wie schon lange nicht mehr. Sie hatte noch nie zuvor Kokain probiert. Jetzt konnte sie verstehen, warum Menschen danach süchtig wurden. Sie sah, dass Marcels Freund und der dicke Monsieur Flott sich zurückgezogen hatten und irgendetwas besprachen. Marcel tanzte. Er hatte die Eleganz eines tapsigen Faultiers, rempelte hin und wieder andere an.

Héloïse musste sich ein Lachen verkneifen. Sie hatte die Schuhe ausgezogen und ließ sich gehen. Sie wusste, was sie tat. Sie tanzte gern. Es war eine Seite an ihr, die ihr Mann nicht kannte. Grégoire tanzte nicht. Aber heute fühlte Héloïse sich frei. Grégoire war weit weg. Sie schwitzte, ihr Haar hing ihr ins Gesicht.

Der DJ legte endlich bessere Musik auf. Statt der monoton hämmernden Technobeats plärrte jetzt Celia Cruz aus den Boxen: *»Yo viviré«*.

Nun kam Marcel in ihre Richtung und schmiegte sich an sie. Nach dem Song von Celia Cruz fuhr der DJ das Tempo runter und spielte *At Last* von Etta James, eine herzzerreißende Hymne im Dreivierteltakt, mit opulenten Streichern und einem grandiosen Refrain.

Marcels Blick fand den ihren, und seine Hände umfassten ihre Taille. Er zog sie an sich. Sie schmiegte sich fest an ihn, legte ihre Arme um seinen Hals. Umschlungen bewegten sie sich im Takt der Musik. Es war, als wären sie nicht mehr Teil dieser Welt, als existierten sie in einer anderen Dimension.

Eine Welle widersprüchlicher Gefühle brach über Héloïse herein – Verzweiflung, Lust, Angst, Freude und Schuld. Vor allem Schuld. Eine messerscharfe Qual im Herzen, dieses beschämende Wissen, dass sie für Marcel empfand, was sie ihrem eigenen Ehemann verweigerte. Grégoire sah sie kaum noch an. Er war abgekühlt im Laufe der Jahre. Marcel hingegen schaute sie auf eine Art an, die sie innerlich erzittern ließ.

Dann wurde es Héloïse schwindlig. Ihre Knie gaben nach. In Panik sank sie zu Boden. Marcel versuchte sie zu stützen. Er rief um Hilfe, aber niemand konnte ihn hören, die Musik war zu laut. Er kniete neben ihr, flüsterte ihr zu. Sie nickte, sie wollte ihn beruhigen, aber auch sich selbst. Marcel half ihr auf die Beine und brachte sie von der Tanzfläche.

Er fand eine Sitzgruppe und ließ sie vorsichtig in einem Sessel Platz nehmen. Nun bemerkten auch andere Partygäste, dass etwas nicht stimmte. Sie wichen vor Héloïse zurück, als sei ihr Körper etwas Ansteckendes, etwas Widerliches. Sie umschlang Marcel mit ihren Armen und zog ihn an sich. Immer und immer wieder flüsterte sie ihm ins Ohr, dass sie Angst habe, solche Angst.

20

Als Héloïse dreizehn Jahre alt war, hatte sie im Fernsehen eine Eiskunstläuferin gesehen. Die Eleganz, mit der die junge Frau über den Fernsehbildschirm schwebte, verzauberte sie. In den Tagen danach redete sie auf ihre Eltern ein und bat sie, ihr Schlittschuhe zu kaufen. Doch ihr Vater weigerte sich. Rausgeschmissenes Geld. Ihre Mutter hätte es zwar gefreut, Héloïse beim Schlittschuhlaufen zuzusehen, aber gegen ihren Mann konnte sie sich nicht durchsetzen. Sie hatte Angst vor ihm, genauso wie Héloïse. Eine offene Revolte wagte Maman nicht, stattdessen rebellierte sie mit kleinen, fast unmerklichen Widerstandshandlungen – sie kochte beispielsweise seine Frühstückseier zu hart, verlegte seine Schlappen, kündigte heimlich sein Zeitungsabonnement auf. Doch sich für ihre Tochter einzusetzen kam ihr nicht in den Sinn.

Héloïses Vater war unnahbar. Gelegentlich hatte er Wutausbrüche. Héloïse liebte ihn. Trotz der Schläge. Vielleicht auch gerade deswegen. Er war ein erzürnter Gott, und sie zitterte vor ihm und wollte es ihm recht machen. Und wenn das nicht klappte, dann wollte sie ihm wehtun. Egal wie. Also rauchte sie heimlich, schwänzte die Schule. Und sie stahl. Sie stahl alles, was nicht niet- und nagelfest war. Lippenstift, Shampoo, Kleider, die Geranien der Nachbarin, sonntags in der Kirche sogar die Münzen aus dem Sammelteller.

Ihr Vater hatte seine »besten Jahre«, wie er es nannte, unter Tage zugebracht, als Bergarbeiter in Faulquemont, bis das Werk dichtgemacht hatte. Als Belohnung für seinen aufopfernden Einsatz bekam er eine kleine Rente und eine Staublunge – seit einigen Jahren hustete er Blut. Bei einem Geburtstagsessen hatte es angefangen, in einem teuren Landgasthof außerhalb von Metz, da hatte er seinen ersten dramatischen Hustenanfall bekommen. Héloïse erinnerte sich heute noch an die kleinen Bluttröpfchen an der Gardine. Die Kellner waren peinlich berührt und hatten die anderen Gäste weggesetzt. Seitdem wurden seine Wutausbrüche immer häufiger. Es war, als wolle ihr Vater Héloïse und ihre Mutter für sein verschwendetes Leben bestrafen.

Héloïse beschloss, sich ihre Schlittschuhe selbst zu besorgen. Im Printemps in der Rue Serpenoise nahm sie die Schlittschuhe »zur Anprobe« mit in die Ankleidekabine und ließ sie in ihrem Schulranzen verschwinden. Dann ging sie. Niemand hielt sie auf. Sie war nur ein Kind und daher für Erwachsene unsichtbar. Es war das perfekte Verbrechen.

Als der Winter kam und es schneite, ging ihr Vater mit ihr zu einem abgelegenen Nebenarm der Mosel, der zu dieser Jahreszeit immer vereist war. So auch jetzt. Geraume Zeit versuchte Héloïse, sich mit ihren neuen Schlittschuhen auf den Beinen zu halten, doch sie fiel immer wieder hin. Die Risse im Eis nahm sie dabei nicht wahr. Erst als es zu spät war, wurde ihr klar, was geschah. Sie hörte das Eis unter ihren Füßen brechen und wollte fliehen, aber schon tauchte sie unter. Das kalte Wasser schnitt ihren Schrei ab. Ihr Mund und ihre Lunge füllten sich. Die Luft ging ihr aus. Sie riss die Augen auf, sah nur Dunkelheit, und irgendwo über sich einen trüben, hellen Fleck – das Loch im Eis. Sie strampelte, wurde aber unbarmherzig in die Tiefe gezogen, die Schlittschuhe waren zu schwer. Dann sah sie, wie eine Gestalt durch den hellen Fleck sprang und auf sie zu tauchte – ihr Vater! Als er sie erreichte, war der Schmerz in ihrer Lunge unerträglich geworden. Ihr Körper brannte. Es wurde schwarz um sie, und ein herrliches, leichtes Gefühl nahm von ihr Besitz.

Als sie die Augen wieder öffnete, lag sie am Ufer, im Schnee, und ihr Vater beatmete sie, drückte dann beide Hände auf ihren Magen. Sie zuckte zusammen, drehte sich um und übergab sich. Ihr Vater lachte vor Erleichterung, er lachte und weinte gleichzeitig. Héloïse sollte dieses Erlebnis nie vergessen.

Als Erwachsene hatte sie eine Therapie gemacht, um besser damit umgehen, um die Traumata der Vergangenheit hinter sich lassen zu können. Unter anderem lernte sie endlich schwimmen. Als Kind hatte sie sich nach ihrem Unfall beharrlich geweigert, ins Wasser zu gehen. Als Erwachsene stellte sie sich ihren Ängsten. Sie ging regelmäßig ins Schwimmbad. Grégoire glaubte, dass sie es liebte, aber das stimmte nicht. Sie schwamm, weil sie es hasste. Jedes Mal, wenn sie ins Wasser sprang, war es ein Akt der Auflehnung. Sie hatte ihr Leben und ihre Gefühle unter Kontrolle. Doch jetzt war alles anders. Jetzt hatte sie das Gefühl, immer noch unter dem Eis zu sein und zu spüren, wie ihr die Luft ausging.

Sie öffnete die Augen. Sie lag voll bekleidet im Bett ihres Hotelzimmers. An die Ereignisse nach dem Schwächeanfall konnte sie sich nur noch entfernt erinnern, als wäre es ein grotesker Traum, aus dem sie gerade erwachte. Marcel hatte sie gestützt, hatte einen Weg durch die Menge gebahnt und sie in einem Taxi ins Hotel zurückgebracht.

Sie schaute sich um, als sähe sie das Zimmer zum ersten Mal. Mondlicht fiel durch das Fenster. Die Vorhänge wehten sanft im Wind. Marcel saß in einem Stuhl an ihrem Bett und blätterte in der neusten Ausgabe der *Première*. Jetzt bemerkte er, dass sie wach war. Er legte das Magazin beiseite, stand auf und kam auf sie zu. Es lag etwas in seinem Blick, was sie bei einem Mann – vor allem bei Grégoire – schon lange nicht mehr gesehen hatte: Fürsorge. Dabei hatte Héloïse Marcel längst durchschaut. Ein Egoist, ein Aufschneider, ein Charmeur, der es gewohnt war, dass alle nach seiner Pfeife tanzten. Besonders Frauen. Aber tief in seinem Inneren, das hatte sie von Anfang an gespürt, war etwas, was er sorgsam vor der Welt versteckte.

Er setzte sich zu ihr aufs Bett. Ungefragt streckte er seine Hand nach ihr aus, ließ seine Handfläche über ihr Haar und ihre Wange gleiten.

»*Tu te sens mieux?*«, fragte er.

»*Un peu.*« Selbst das war eine Übertreibung. Ihr wurde wieder übel. Sie schob Marcel beiseite, schwang ihre Beine aus dem Bett und torkelte ins Bad. Sie klappte den Toilettendeckel hoch, ließ sich auf die Knie fallen und würgte einige Male, aber es kam nichts.

Als die Übelkeit nachließ, stand sie auf. Sie spritzte sich am Waschbecken kaltes Wasser ins Gesicht. Dann putzte sie sich die Zähne. Bevor sie das Bad verließ, fiel ihr Blick auf ein orangefarbenes Pillenröhrchen aus Plastik. Sie steckte es in ihr Necessaire und machte den Reißverschluss zu, denn sie wollte nicht, dass Marcel es sah.

21

Marcel blickte sich um. Héloïses Hotelzimmer sah aus wie seins. Auch sie hatte das Warhol-Imitat an der Wand, aber bei ihr waren es John Wayne, Marilyn Monroe und Mickey Mouse. Das Grinsen der Maus hatte etwas Diabolisches.

Er schaltete den Fernseher ein, auf TFI lief irgendeine Klatschsendung. Mit atemloser Stimme berichtete eine junge Nachrichtensprecherin über Eva Vargas' Verlobung. Marcel schaltete wieder aus und legte die Fernbedienung weg. Er drehte sich Richtung Bad. Auch um die gottverdammte Maus nicht mehr sehen zu müssen. Da erschien Héloïse im Türrahmen. Sie sah immer noch blass aus.

»Tu as besoin d'aide?« Marcel stand besorgt auf. Als sie nickte, brachte er sie zum Bett. Dann ging er ins Bad, kehrte mit einem feuchten Waschlappen zurück und legte ihn ihr zärtlich auf die Stirn.

»Merci«, sagte Héloïse.

»De rien.« Marcel holte aus der Minibar eine kleine Flasche Evian, dazu eine Tüte Bret's. Er goss das Wasser in ein Glas, öffnete die Kartoffelchips und brachte ihr beides. Er half Héloïse dabei, sich aufzurichten, legte ein paar Kissen hinter Kopf und Rücken zurecht.

»Es geht schon besser, vielen Dank«, sagte sie.

»Was ist vorhin eigentlich passiert? Ich hab mir Sorgen gemacht.«

Dankbar griff sie nach seiner Hand und drückte sie. *»Ne t'inquiète pas«*, sagte sie. »Und außerdem bist du selbst schuld.«

»Ich?«

»Es war doch deine Idee, *la cocaïne*.«

»Ach was!« Er bemühte sich zu lächeln. »Es hat dich niemand gezwungen. Du bist darauf losgegangen wie ein hungriger Ameisenbär.«

Jetzt lachte sie. Marcels Anspannung ließ nach. Er fragte, ob sie einen Arzt brauche, aber sie schüttelte den Kopf. Das werde schon wieder, meinte sie. Und außerdem würde ein Arzt nur unangenehme Fragen stellen.

Dann, mit einem fast flehentlichen Blick, bat sie ihn, noch eine Weile bei ihr zu bleiben, sie wolle jetzt nicht allein sein. Marcel nickte. Er stand auf, zog seine Schuhe und sein Sakko aus, ging ums Bett und legte sich neben sie. Sie lagen Seite an Seite auf dem Rücken und starrten an die Decke.

»Das war das letzte Mal«, sagte sie leise. »Nie wieder. Das Leben ist zu kurz.«

»*C'est à toi de décider.* Wie du willst.«

Draußen hörten sie das Rumpeln der Müllabfuhr. Marcel schaute zu dem Wecker auf dem Nachttisch. Es war kurz vor fünf, und der tiefschwarze Himmel erhellte sich ein wenig. Vögel begannen zu zwitschern.

»Jetzt ist es mein Herz, das rast«, sagte er. »Ich kann nicht schlafen.«

»Entspann dich.« Sie ließ ihre Hand über seine Brust und

seinen Bauch nach unten gleiten. Er atmete scharf ein. Seine Augen fanden ihre, doch sie brachte ihren Zeigefinger an die Lippen. Sie öffnete seinen Reißverschluss.

Er stöhnte leise. »Was machst du da?«

»Ich bedanke mich.«

»Das ... das ist doch nicht nötig.«

»Doch.« Der Hosenknopf war jetzt offen. Sie beugte sich über ihn, küsste seine Brust, seinen Bauch, bewegte sich immer weiter nach unten. Sein Atem ging jetzt schneller. Sie ließ ihre Fingerkuppen über seine Unterhose gleiten, doch dann ergriff er ihre Hand und führte sie sanft, aber bestimmt weg.

»Was ist?«, fragte sie.

»Nichts«, sagte er »Es ist nur ...« Seine Stimme versagte. Er wollte sich auf die Lust, die er empfand, konzentrieren, wollte daran festhalten, doch das Gefühl entglitt ihm. Er ließ seine Hände über Héloïses Körper wandern, aber seine Bewegungen waren fahrig. Vermutlich lag es am Koks. Das sagte er sich zumindest. Aber natürlich war das nicht die ganze Wahrheit. Er ekelte sich vor sich selbst.

»Es tut mir leid«, flüsterte er.

»Tout va bien. Détends-toi.«

»Was ist mit Grégoire?«

»Wer?« Sie grinste ihn spitzbübisch an.

»Bitte nicht«, sagte er.

Sie runzelte die Stirn. »Was hast du?«

Dann, kaum hörbar, flüsterte er: »Ich schäme mich.«

»Das musst du nicht. Bei mir nicht.«

Sie lehnte sich an seine Schulter. Es wurde sehr still in dem Zimmer. Die einzigen Geräusche waren das Surren der

Minibar und Héloïses Atem. Dann drehte sie sich um, wandte ihm den Rücken zu und sagte: »Komm, nimm mich in die Arme.«

Er rückte näher an sie heran und legte seinen linken Arm um sie.

»Danke, dass du bei mir geblieben bist«, flüsterte sie.

Marcel starrte an die Decke. »Du wirst zu ihm zurückkehren«, sagte er. »Zu Grégoire. Wenn das Festival vorbei ist.«

»Noch ist es nicht vorbei.«

Und so lagen sie da, Marcel mit dem Arm um Héloïse, an sie geschmiegt. Marcel lauschte dem Pochen seines Herzens.

22

Einige Stunden später stand Marcel in seinem Badezimmer unter der Dusche. Als es hell geworden war, war er vorsichtig aufgestanden, um Héloïse nicht zu stören, und hatte ihr eine kurze Mitteilung auf dem Briefpapier des Hotels zurückgelassen.

In seinem Zimmer hatte er schnell auf seinem Handy ein paar E-Mails überflogen. Eine davon war von seinem Kundenberater bei der Bank – es gehe um seinen Kredit, ob er sich bitte mal kurz melden könne?

Mit einem Gefühl der Beklemmung hatte Marcel das Handy aufs Bett geworfen und war ins Bad gegangen. Als er fertig geduscht hatte, rubbelte er sich kräftig mit dem Handtuch trocken und schaute in den Spiegel. Seine Augen waren blutunterlaufen, sein Gesicht totenblass. Eine dünne rosa Narbe zog sich über seine Wange, wo Héloïse ihn gestern gekratzt hatte.

Sein Handy lag noch immer drohend auf dem Bett – kein Wort von Thilo. Aber für den Moment hatte er zu tun. Er scrollte durch seine Termine und stellte mit Entsetzen fest, dass er heute Vormittag ein Fernsehinterview mit einer Redakteurin des Saarländischen Rundfunks hatte. Er sollte dabei übers Filmbusiness, die versammelte Prominenz, die glamourösen Stars, den roten Teppich und seine Prognosen zur Palme d'Or plaudern. Beim SR war er als gebürtiger Saarbrücker beliebt – seine Landsleute waren stets erstaunt, wenn es einem der Ihren gelang, der Heimat zu entkommen. Sein Beitrag sollte zwar nur zwei oder drei Minuten lang sein, aber heute war ein denkbar ungünstiger Tag dafür.

Einen Moment lang spielte er mit dem Gedanken, die Redakteurin anzurufen und das Interview einfach abzusagen, aber dann besann er sich eines Besseren. Er brauchte die Publicity. Heute mehr denn je. So ein Fernsehauftritt war Gold wert.

Er zog sich einen hellen Anzug an, aber als er kurz darauf im Stehen pinkelte, wurde ihm schwindelig. Er fing sich sogleich, sah aber, dass er sich das Hosenbein befleckt hatte. Angewidert fluchte er und zerrte seine Hose herunter. Sein Ensemble war ruiniert. Mit einem feuchten Handtuch wusch er sich das Bein ab und zog eine saubere Hose an. Immer wieder blickte er dabei auf sein Handy. Er hatte weder von Thilo noch von Héloïse gehört. Müsste sie nicht auch bald wach werden? Als er die Spannung nicht mehr ertragen konnte, rief er bei ihr an, aber es ging nur die Mailbox ran. Er hinterließ eine besorgte Voicemail. Dann stopfte er das Handy in seine Aktentasche, nahm den Schal, die Ray Ban und den Hut und ging hinunter in den Frühstücksraum.

Viel Zeit blieb ihm nicht. Hastig schlang er sein Frühstück hinunter, einen Kaffee und zwei Scheiben Brot, dazu etwas Käse. Er hatte kaum Appetit, nach wie vor konnte er das Kokain in seiner Kehle schmecken. Der bärtige Kellner starrte auf den Kratzer in seinem Gesicht. Héloïse war nirgends zu sehen, weder am Büfett noch auf der Terrasse.

Eine halbe Stunde später kam Marcel beim Hotel Palm Beach an, wo der Saarländische Rundfunk eine Suite gemietet hatte. Er klopfte zaghaft und wurde dann von der Redakteurin, einer gewissen Gisela, überschwänglich empfangen. Dann sah sie sein Gesicht. »Gott, was ist denn mit dir passiert?«, fragte Gisela vorwurfsvoll.

Marcel fuhr sich nervös mit den Fingerspitzen über die Wangen. Er versuchte es mit einem selbstironischen Grinsen, aber es misslang. »Gekratzt …«, brachte er nur heraus.

»Wie, gekratzt?«, fragte Gisela. In ihrer Stimme schwang noch immer eine Art Anklage mit. »Von einer Katze, oder was?«

»Ja, genau«, sagte Marcel heiser. »Miau, miau.«

Gisela warf ihm einen verständnislosen Blick zu, räusperte sich und kam dann zum Geschäftlichen. Das Kamerateam baue bereits unten im Park auf, man wolle im Morgenlicht filmen, mit den Platanen im Hintergrund. Aber der Kratzer? Sie rief die Maskenbildnerin.

Die Maskenbildnerin begutachtete die Wunde mit professioneller Miene, dann machte sie sich an die Arbeit. *Voilà!* Nur wenige Minuten später war alles übertüncht, Concealer, Rouge und Puder waren aufgetragen, die dunklen Ringe unter den Augen wie durch einen Zauber verschwunden. Marcel betrachtete sich im Schminkspiegel und verspürte einen Stich Wehmut im Herzen – er sah, zumindest für den Moment, so aus wie vor zwanzig Jahren. *»I'm ready for my close-up.«*

Sie gingen hinunter. Im Park vor dem Hotel standen

Tische, die zum Bistro an der Ecke gehörten, dort war für die Aufnahme angerichtet worden. Gisela klatschte in die Hände. Der Kameramann – ein hagerer, lethargischer Hipster mit schlaffem Händedruck – warf die Mühle an. Marcel nahm seinen Platz an einem der Tische ein. Hinter ihm die Bäume, noch weiter hinten das Mittelmeer, und danach der Horizont mit seinen unbegrenzten Möglichkeiten und weit entfernten Träumen.

»Sind wir so weit?«, fragte Gisela.

»On y va.«

Genau dann klingelte Marcels Handy. Giselas Lächeln gefror. Der Kameramann – er hieß Holger oder Torsten oder so – schaute Marcel streng an. Marcel hob einen Finger.

Auf dem Display stand: Thilo Sondermann. Er spürte sein Herz rasen. Er rechnete mit dem Schlimmsten. Mit einem Blick zu Gisela sagte er: »Bitte nur eine Sekunde. Es ist echt wichtig.«

Er stand auf, wandte dem Team den Rücken zu und nahm den Anruf entgegen.

»Marcel?«, fragte Thilo.

»Ja. Hi.«

Marcel stand an einer Steinbrüstung. Er schaute auf die Menschen, die auf dem Bürgersteig vorbeiströmten, und wünschte sich, zu ihnen zu gehören, ein anderer zu sein.

»Sorry, dass ich mich jetzt erst melde«, sagte Thilo. »Ich hatte viel … na, du weißt ja. Viel um die Ohren. Und das Studio hat noch ein paar Mal angerufen …«

»Ach?«, fragte Marcel tonlos.

»Tja, also, die sind recht unzufrieden, wie das alles gelaufen ist.«

»Ich weiß.«

»Kelly rief sogar aus L. A. an.«

»Wirklich?« Marcel war alarmiert, aber auch ein wenig geschmeichelt. Kelly Lewinsky war Senior Vice President. Ein hohes Tier. Marcels Auftritt war offensichtlich zur Chefsache hochgestuft worden. »Und?«, fragte er.

»Und man hat mir, ähm, nahegelegt, dass wir, also die *Hollywood,* uns vielleicht von dir trennen sollten.«

Marcels Kehle schnürte sich zusammen. Er stützte sich auf die Balustrade, um nicht das Gleichgewicht zu verlieren. Trennen? Sofort musste er an seine Schulden denken. »Aha«, sagte er. Die grellen, schönen Eindrücke des Tages verschwammen vor seinen Augen. »Und was hast du gesagt?«

»Ich bin auf deiner Seite.«

Marcel wusste nicht, was das hieß – war Thilo wirklich auf seiner Seite, oder war das nur der Auftakt zu einem »aber«?

»Also ... sag mal ... Du hast das Interview gelesen, ja?«, fragte Marcel nervös.

»Du hast ja schon viele gute Interviews für uns gemacht ...«, setzte Thilo an.

»Aber?«, fragte Marcel.

»Dieses Mal hast du dich selbst übertroffen.«

Marcel stand wie versteinert da. Er konnte die Blicke des Filmteams spüren. Alle warteten auf ihn. »Bitte?«

»Das Interview ist fantastisch«, fuhr Thilo fort. »Ein echtes Highlight.«

Marcel wurde schwindelig. »Findest du?«

»Auf jeden Fall. Die Sache mit Jimmy McKay, dass er sie

betrügt, und ihre Antwort darauf … wow! Das ist echt ein Kracher. Das hat sonst keiner!«

»Ja«, sagte Marcel heiser.

»Kein Wunder«, fuhr Thilo fort, »dass die dich absägen wollen. Eva kommt bei dem Gespräch gar nicht gut weg.«

»Nein.«

»Aber weißt du was?«

»Was?«

»Das ist nicht unser Problem.«

»Ja«, sagte Marcel stupide. »Nein. Ist es nicht. Ganz und gar nicht.«

»Meine Verantwortung gilt allein unseren Lesern!«

»Du findest es wirklich gut?«

»Gut? Echt jetzt? Ey, es ist super! Was du aus dieser Frau rausholst!«

»Und du meinst nicht, dass … also, dass es vielleicht zu wenig um den Film geht?«

»Den …? Ach was! Kein Mensch interessiert sich für den Film. Was die Leute wollen, das sind Schicksale.«

»Ich habe schon befürchtet, dass ich ihr zu nahe getreten bin …«

»Unsinn! Die können mir drohen, so viel sie wollen. Ich bin dein Redakteur, ich stehe zu dir.«

»Wow«, sagte Marcel, der trotz seines Unbehagens gerührt war. »Danke.«

»Ist ja das Mindeste. Du bist ein guter Journalist. Einer der besten.«

Als Marcel das Telefonat mit einer Mischung aus Erleichterung und unterschwelliger Panik beendete, warf ihm das Team vorwurfsvolle Blicke zu.

»Können wir jetzt?«, fragte Gisela mit eisiger Stimme.

Marcel setzte sich, schaltete sein Handy aus und lächelte sie an. »Aber immer!«

23

Das Gespräch mit dem Saarländischen Rundfunk ging Marcel jetzt leicht von den Lippen. Er war nach dem Telefonat mit Thilo im Flow. Er war witzig und charmant, strahlte in die Kamera, versprühte blendende Laune. Selbstsicher erklärte er, dass Eva Vargas das Zeug zum großen Star habe und dass jeder Filmfan ihre Karriere im Auge behalten solle. Durchaus möglich, mutmaßte Marcel, dass sie hier in Cannes sogar den Preis für die beste Schauspielerin gewann, so brillant war ihre Performance in *A Light in the Dark*.

Kurz: Er war genau der Marcel, den der Sender wollte, der Strahlemann, der Bonvivant, der Insider. Mister Hollywood. Und nichts liebte er so sehr, wie eine Kamera auf sich gerichtet zu wissen. Im Verlauf des Gesprächs spürte er, wie seine Lebenskraft zurückkehrte. Während er sich in Fahrt redete, bekam er unter dem Tisch eine Erektion, was er mit Genugtuung zur Kenntnis nahm. Die Krise der letzten vierundzwanzig Stunden war überstanden.

Als er sich von Gisela und dem lethargischen Holger oder Torsten verabschiedet hatte, schlenderte er ein wenig durch die Innenstadt von Cannes. Er hatte ein bisschen Zeit bis zu seinem nächsten Termin, einer Pressekonferenz im Palais. Also hielt er in einem kleinen Bistro an, gönnte sich ein Glas Rosé und eine Baguette mit Schinken und Käse. Nicht koscher, aber vielleicht schaute Gott ausnahmsweise in die andere Richtung. Von seinem Fensterplatz aus sah er zu, wie das Sonnenlicht in breiten Streifen über den Boden floss. Die Kopfschmerzen, die Müdigkeit waren wie weggeblasen, er verspürte keinerlei Angst. Es war ein stiller, sinnlicher Augenblick.

Als der Kellner kam, bezahlte er mit der Firmenkreditkarte. Dann trat er hinaus in den Schatten der engen Straße und schaltete sein Handy wieder ein, das hatte er nach dem Interview vergessen. Von Héloïse weder ein Anruf noch eine SMS. Stattdessen war auf seiner Mailbox eine Nachricht von der Redaktion. Es war Ceylan, die Volontärin, die ihn bat, doch mal kurz durchzuklingeln, es gebe ein oder zwei klitzekleine Fragen zu seinem Interview mit Eva Vargas. Er rief zurück.

»Ceylan? Hi. Hier ist Marcel.«

»Oh, hey. Supi! Sorry, ich wollte echt nicht stören …«

»Ja, ich muss gleich zu 'ner PK …«, sagte Marcel.

»Es dauert nur eine Minute. Ich mach gerade den Fact-Check für dein Interview …«

»Fact-Check?«

»Ist 'n bisschen heikel, wie du weißt. Das Studio ist auf Krawall gebürstet, da können wir uns keine Ausrutscher leisten.«

»Okay …?«

»Also, es heißt da an einer Stelle …«

»Ich …«

Marcel konnte nicht weitersprechen. Panik legte sich an diesem heißen Tag wie eine kalte Hand um seine Kehle. »Es tut mir leid, ich ruf gleich noch mal an. Hier ist gerade echt viel los …«

Er beendete den Anruf und lehnte sich an eine Hauswand. Sein Schädel pochte. Er wählte Héloïses Nummer und hielt das Handy ans Ohr. Aber Héloïse ging nicht ran.

Er schaute auf seine Uhr – jetzt musste er wirklich zu der Pressekonferenz. Es ging um *La Mongole,* eine kasachisch-französische Koproduktion, die er am Abend vor seinem Abflug nach Cannes noch schnell per Online-Login auf dem Laptop geschaut hatte. Ein schrecklicher Film. Die angeblich ›wahre‹ Geschichte eines Sklavenmädchens, das sich in Dschingis Khan verliebt und sich am Ende für ihn opfert. Immerhin war Sylvester Stallone in einer Nebenrolle zu sehen, als böser König mit Rauschebart.

Im Gehen tippte er eine SMS an Ceylan – *sorry, es geht gerade nicht. Schick mir eine Liste mit Fragen, ich melde mich, okay?* Dann setzte er noch ein Smiley-Emoji nach.

Die Menschenmenge vor dem Palais empfand er heute als besonders bedrückend, geradezu beleidigend. Bei der Pressekonferenz war er abgelenkt. Fragen stellte er keine, auch nicht an Stallone. Selbst den anschließenden Cocktailempfang ließ er sausen, obwohl man da gratis saufen konnte. Er musste zurück ins Hotel. Mit einer für ihn selbst unbegreiflichen Dringlichkeit wurde ihm klar, dass er Héloïse sehen musste, jetzt, sofort.

24

Héloïse saß an einem Fensterplatz im Hotelbistro, wie immer schlicht gekleidet. Heute trug sie eine weiße Bluse und dunkelblaue Jeans, dazu Leinenschuhe. Marcel setzte sich unaufgefordert zu ihr. Sie bedachte ihn mit einem kurzen Blick, dann blätterte sie scheinbar gleichgültig weiter im Festivalprogramm. Marcel winkte einer Kellnerin zu und bestellte einen Pernod.

»Jetzt schon?«, fragte Héloïse.

»Ist doch fast zwei.«

Die Kellnerin brachte ihm den Apéritif und stellte das Glas umständlich auf den Tisch. Noch ehe sie weggehen konnte, hatte Marcel es bereits ausgetrunken und bestellte ein zweites.

»Ist etwas passiert?«

»Nein, wieso denn?«

»Du trinkst zu viel.«

»Und du kokst zu viel«, gab Marcel zurück.

Beide mussten lachen, nur war Héloïses Lachen ein wenig zu laut. Irgendetwas stimmte nicht.

»Was hast du?«, fragte er sie.

Sie atmete tief durch. »Ich … also, ich glaube, es ist besser, wenn wir uns nicht mehr sehen.«

Einen kurzen Moment lang saß er nur da. Dann griff er

nach dem zweiten Pernod, den die Kellnerin gerade brachte, trank ihn aus und stellte das leere Glas scheppernd auf die Tischplatte.

»Verstehe«, sagte er. »Ist es weil … wegen letzter Nacht? Weil ich nicht …?« Er brachte den Gedanken nicht zu Ende.

Sie verstand ihn auch so. Sie legte ihre Hand auf die seine und schenkte ihm ein Lächeln. »Natürlich nicht. Das kann doch jedem mal passieren. Damit hat es nichts zu tun.«

»Womit dann?«

Sie nippte an ihrem Kaffee und drehte dann den Kopf zum Fenster. Das Sonnenlicht ließ ihre Augen kurz aufleuchten und wanderte mit der Bewegung über ihr Gesicht. »Das weißt du ganz genau.«

»Ach ja?«, meinte er sarkastisch.

Sie warf ihm einen strengen Blick zu. Dann seufzte sie. »Übrigens, was ich mich die ganze Zeit schon gefragt habe …« Sie räusperte sich, als wäre ihr die Frage peinlich. »Sag mal … bist du eigentlich … gläubig?«

Zuerst dachte Marcel an einen Scherz. »Wie bitte?«

»Glaubst du an Gott?«

Er zuckte kurz mit den Achseln. »Ab und zu. Es darf nur nicht zur Gewohnheit werden.«

Sie rollte die Augen und schnaubte. »Du erinnerst mich an … Du bist wie so ein Schüler aus der letzten Reihe … die immer Quatsch machen und dafür Lob erwarten. Für dich ist alles nur ein Spaß!«

»Und? Ist das so schlimm? Humor ist der Klebstoff, der die Scherben zusammenhält.«

»Du meinst, dir steht alles zu, *n'est-ce pas*? Dass dir die Welt was schuldig ist?«

Das Gespräch wurde allmählich unangenehm. Marcel starrte in sein leeres Glas.

»Du weißt genau, dass wir keine Zukunft haben«, fuhr sie fort.

Er zwang sich zu einem kleinen Lachen. »Im Grunde ist es mir egal.« Er sah, dass seine Worte sie verletzten. Gut so.

»Na, dann ist es ja gut«, meinte sie schnippisch.

»Ja. Wunderbar.«

»Très bien.«

Sie schwiegen einen Moment und schauten einander an. Marcel wandte den Blick ab, hinaus zum Garten, zur Straße. Die Fußgänger und Autos auf der Rue Molière kamen ihm vor wie die Rückprojektion eines alten Films.

»Na ja, vielleicht ist es besser so«, sagte er. »Ich weiß ja, wie sehr du deinen Mann liebst.«

Den letzten Satz hatte er mit einem Unterton gewürzt, der Héloïse nicht entging. Sie wollte beleidigt aufstehen, griff bereits nach ihrer Handtasche. Doch Marcel schob hastig seinen Stuhl zurück, legte seine Hand auf ihren Unterarm. »Es tut mir leid«, flüsterte er. »Bitte geh nicht.«

Sie blieb unschlüssig sitzen. Ihre Finger spielten mit der Handtasche. »Warum nicht?«

Er breitete die Arme aus, denn er hatte keine Antwort. Alles, was gesagt werden musste, war gesagt worden. Wo sollte das noch hinführen? Nach Metz? Zu einem gelegentlichen Fick in irgendeinem heruntergekommenen Etap-Hotel?

»Hast du eine Zigarette?«, fragte sie.

»Ich dachte, du rauchst nicht?«

»Du hast mich verdorben«, meinte sie mit einem Lächeln.

Da mittlerweile selbst in Frankreich, der letzten Bastion verbotener Genüsse, das Rauchen fast überall untersagt war, mussten sie hinaus in den Garten. Marcel gab ihr eine Gauloise, dann hielt er ihr das Feuerzeug hin.

»Wir dürfen so etwas nie wieder tun«, sagte sie.

»Wie letzte Nacht?«

Sie nickte.

Er legte die Hand aufs Herz. »Versprochen.«

Sie nahm sein Gelübde mit einem stummen Nicken zur Kenntnis. »Ich sollte besser gehen.«

»Jetzt schon?« Wieder fühlte er so etwas wie Angst aufkommen. »Wohin?«, fragte er. »Vielleicht kann ich dich noch ein Stückchen begleiten.«

»Comme tu veux.« Sie zog an ihrer Zigarette. Marcel ahnte, dass ihr seine Hartnäckigkeit gefiel.

»Ich will noch in die Rue d'Antibes«, sagte sie beiläufig. »Ich brauche einen Badeanzug.«

»Wirklich?«

»Wieso?«, gab sie zurück. »Ist das so schwer zu glauben?«

»Wer fährt schon ohne Badeanzug ans Mittelmeer?«

Er schaute sie an wie ein Tennisspieler, der gerade einen Punkt gemacht hatte. Doch sie zeigte sich unbeeindruckt. »Ich hab doch gesagt, keine Fragen. Dann erzähle ich dir auch keine Lügen.«

25

Bevor sie zur Rue d'Antibes gingen, wollte Marcel noch schnell seine Aktentasche aufs Zimmer bringen. Héloïse wartete draußen. Im Foyer, auf dem Weg zum Lift, schaute er auf sein Handy. Ein Fehler, wie sich herausstellte – er hatte diverse E-Mails und fünf neue Voicemails, eine von Ceylan, drei von Thilo und eine von seiner Bank, die er sofort löschte. Die Voicemail von Ceylan war noch höflich: *Hi Marcel, wollte nur noch mal checken, wann wir die Sache mit dem Interview klären können, es gibt ein paar Fragen, die mir, ehrlich gesagt, ein bisschen zu denken geben. Ich hab den Text noch mal kurz redigiert und ihn dir zur Ansicht gemailt. Ruf mich doch bitte zurück.*

Danach Thilo: *Marcel, ich weiß nicht, wo du gerade steckst, aber ruf mich bitte an. Es ist dringend.*

Der nächste Anruf war nur fünfzehn Minuten später gekommen: *Ja, ähm, hier ist noch mal Thilo. Es gibt noch ein paar, äh, Problemchen mit dem Studio. Die haben nämlich noch einige Fragen.*

Dann der dritte und bislang letzte Anruf von Thilo. Er klang jetzt ungehalten: *Marcel, ruf bitte sofort zurück. Es ist wirklich wichtig. Wir haben dir das Interview gemailt und zusätzlich noch ins Hotel gefaxt, mit allen offenen Baustellen, die wir noch haben. Melde dich bitte umgehend, ja?*

Marcel steckte das Handy wieder in die Tasche. Ihm war übel. Er bekam kaum Luft und öffnete den obersten Knopf seines Hemds. Als sein Telefon erneut klingelte, starrte er ängstlich auf das Display. Aber es war nicht sein Chef. Es war seine Mutter. Auch das noch. Sie wurde mit zunehmendem Alter immer penetranter. Es war ihre Art der Fürsorge.

»Ja?« In seiner Stimme lag ein haarfeines Zittern, das sie sofort wahrnahm.

»Marcel?«, fragte sie. »Was hast du denn?«

»Alles bestens«, meinte er betont heiter. »Mir geht's prima. Ich bin in Cannes. Die Sonne scheint!«

Sie spürte, dass er log. »Na dann ist ja gut, ich dachte schon, dass irgendwas …«

Doch er wollte möglichst wenig preisgeben. Sein Tonfall wurde ungnädig. »Was gibt's denn?«

Jetzt war sie verletzt. »Ich wollte ja nur … ich wollte nur hören, wie's dir so … man hört ja nie was von dir …«

»Ach was, du weißt doch, in Cannes bin ich immer *busy*. Mir geht's super! Aber ich kann jetzt nicht reden. Lass uns ein andermal …«

Sie setzte zu einer Erwiderung an, aber da kam plötzlich der Concierge auf ihn zu. Marcel beendete abrupt den Anruf und lächelte den Mann angespannt an.

»Monsieur Klein?«

»Oui?«

Der Concierge räusperte sich. Es seien einige Anrufe für Monsieur Klein gekommen, auch ein Fax …

»Nicht jetzt!«

Wieder klingelte es. Diesmal war es Thilo. Mit zittrigen Fingern schaltete Marcel das Handy aus. Seine Übelkeit nahm zu. Er ließ den Concierge einfach stehen und eilte zum Aufzug. Doch als dieser nicht gleich kam, rannte er die Treppe hoch zu seinem Zimmer. Panisch entriegelte er die Tür, dann stürzte er ins Bad und übergab sich in die Toilette.

26

Als Marcel wenige Minuten später wieder auf die Terrasse trat, war er blass. Er hatte die Zähne geputzt und mehrmals mit Mundwasser gegurgelt. Auch ein frisches Hemd hatte er angezogen. Viel genützt hatte es nicht. Er fühlte sich verbraucht.

Als sie ihn sah, schaute Héloïse ihn besorgt an. »*Ça va?*«

Er schüttelte den Kopf. »Alles bestens.«

Sie warf ihm einen skeptischen Blick zu. Gemeinsam verließen sie das Hotel. Zur Rue d'Antibes waren es etwa fünf Minuten zu Fuß. Sie gingen die sonnendurchfluteten Straßen entlang. Marcel wollte zumindest äußerlich ein wenig Ruhe an den Tag legen. Offenbar nicht sehr überzeugend.

»Marcel, ist alles in Ordnung? Du keuchst so. Hast du einen Herzinfarkt?«

»Ich?«, erwiderte er entrüstet. »Herzinfarkt? Spinnst du? Nein, es ist nur … wegen gestern Nacht … Du weißt schon. Ich hab nicht viel geschlafen …«

Héloïse hakte nicht nach. Sie gingen ein paar Minuten schweigend weiter. Die Rue d'Antibes verlief parallel zur Croisette. In grauer Vorzeit war sie die Verbindung zwischen Toulon und Antibes gewesen, heute eine Einkaufsmeile mit Boutiquen und Kaufhäusern in prunkvollen Bauten des 19. Jahrhunderts. Auf dem Trottoir drängten sich die

Menschen. Noch vier Tage dauerte das Festival, dann endete es mit der großen Preisverleihung. Bis dahin war Cannes im Belagerungszustand. Héloïse und Marcel schlenderten an den Schaufenstern vorbei. Parfumerie Fragonard, Foot Locker, Sephora, Tommy Hilfiger, Fnac.

Immer wieder ertappte sich Marcel dabei, dass er Héloïse heimlich anschaute. Er bewunderte die Art, wie sie sich bewegte, wie die Sonne sich in ihrem Haar fing. Dann überraschte sie ihn, indem sie ihre Finger nach ihm ausstreckte. Er spürte eine Art elektrischen Schlag. Sie nestelte ihre Hand in die seine. Aber hatte sie nicht eben noch mit ihm Schluss gemacht?

»Was ist eigentlich letzte Nacht passiert?«, fragte er sie.

Sie zuckte die Achseln. »Letzte Nacht? Das weißt du genau.«

»Aber das ist doch nicht die ganze Wahrheit. Auf der Jacht? Was war das?« Gehässig fügte er hinzu: »Ein Herzinfarkt?«

Sie schwieg. Ihm war klar, dass er nicht auf eine Antwort hoffen konnte. Zumindest vorerst nicht. Er wusste, dass es bei Interviews keinen Sinn hatte, mit dem Kopf gegen die Wand zu rennen. Manchmal musste man seinem Gegenüber etwas Freiraum geben und schauen, was passierte.

Die Hitze der letzten Tage hatte etwas nachgelassen. An einer Eisdiele machten sie Halt. Marcel kaufte für sie beide Eis, Pistazie für Héloïse, Schokolade für ihn selbst, wie immer. Er schaute zu, wie Héloïse ihren Eisbecher mit sichtlichem Genuss verschlang. Sie saßen sich an einem kleinen, runden Tisch gegenüber.

»Und meine Frage von vorhin hast du auch nicht beantwortet«, sagte er.

»Welche?«

»Du bist so überstürzt nach Cannes abgereist, dass du nicht mal einen Badeanzug dabeihast?«

Ein paar Sekunden zögerte sie. »Es ist, weil …« Sie kratzte mit dem Plastiklöffel in ihrem Becher, dann schaute sie ihn direkt an. »Grégoire. Ich habe ihn verlassen, einfach … Ganz spontan.«

Marcel nickte.

»Ich bin einfach gegangen. Er war auf der Arbeit, in seiner geliebten *Pharmacie*. Es war Spätnachmittag. Ich war zurück aus der Schule. Ich war … man ist immer so abgekämpft, nach dem Unterricht. Ich war müde … und irgendwie rastlos. Und ich wusste, bald kommt er nach Hause. Und da kam mir einfach der Gedanke, dass … Mir blieb … Ich hatte nicht viel Zeit. Ich hab nur ein paar Sachen in den Koffer gestopft, dann hab ich mich … ich hab mich ins Auto gesetzt und bin losgefahren. Einfach so.«

»Weiß er, wo du steckst?«

Sie schüttelte den Kopf. »Nein. Ich hab ihm keine Nachricht hinterlassen. Und ich hab mir unterwegs ein neues Handy gekauft. Prepaid, mit einer anderen Nummer.«

Marcel schaute sie verblüfft an. »Aber er wird sich Sorgen machen.«

Sie zuckte die Achseln, dann stand sie auf und hielt ihm die Hand hin. *»Viens.«*

Sie gingen weiter. Vor einem Zara blieb Héloïse stehen und deutete auf einen Badeanzug im Schaufenster. »Was hältst du von dem?«

Marcel hob unschlüssig die Schultern. Ihm schien er nicht anders als die meisten anderen Badeanzüge auch. Einteilig. Schwarz.

»Ich probiere ihn mal an«, sagte sie und ging hinein.

Marcel folgte ihr. Er fühlte sich benommen. Eine eigenartige, traumartige Atmosphäre hing über dem Tag. Er wusste nicht, ob es am Kokain in der Nacht lag, an seiner beruflichen Krise oder etwas anderem. Womöglich an einer Regung in seinem Herzen, die er auf keinen Fall zulassen wollte. Er ging Héloïse hinterher, die wie ein Schmetterling durch das Geschäft schwirrte, hier und dort ein Kleidungsstück vom Bügel nahm und es sich vorhielt. Sie fragte ihn nach seiner Meinung, doch er antwortete nur ausweichend. Er hatte heute zu diesem Thema nichts beizutragen. Es war ihm egal. Das Gedränge, das Kunstlicht, all das verursachte ihm Kopfschmerzen. Er kam sich vor, als wäre er ein reicher Sugardaddy und sie seine jüngere Geliebte. Davon abgesehen, dass er kein Geld hatte. Und dass Héloïse nicht viel jünger war. Einen Moment lang spielte er mit dem Gedanken, sich auch etwas zu gönnen, aber in Geschäften wie Zara oder H&M kaufte er sonst allenfalls Unterwäsche. Damit fiel ihm die Voicemail von seiner Bank wieder ein, die er eben unvorsichtigerweise gelöscht hatte. So ein Anruf verhieß nichts Erfreuliches. Er wusste nur zur gut, wie sehr er von dem Job bei der *Hollywood* abhängig war. Sollte Thilo ihn entlassen, wäre das ein Desaster. Es war allein das monatliche Fixum, das ihm die Gläubiger vom Hals hielt. Beim Gedanken, seine Mutter um Geld anpumpen zu müssen, zog sich alles bei ihm zusammen. Ob sie überhaupt noch was unter der Matratze hatte?

Héloïse hatte jetzt die Bademodenabteilung erreicht, und Marcel wurde klar, dass er sich auf eine längere Wartezeit einstellen musste. Er sagte ihr, dass er kurz rausmüsse, und trat die Flucht an. Wieder an der frischen Luft, sah er sich ratlos um. Was jetzt?

Er musste Thilo zurückrufen, aber er hatte Angst. Der Traum war ausgeträumt. Er würde nie wieder eine Anstellung als Journalist finden. Schluss mit den Dienstreisen, den Festivals, den Lachsschnittchen am Swimmingpool im Four Seasons. Aus und vorbei.

Andererseits konnte er nicht länger den Kopf in den Sand stecken. Also griff er nach seinem Handy. Thilo ging bereits beim ersten Klingeln an den Apparat. »Marcel! Verdammt, wo steckst du? Wir versuchen dich seit Stunden zu erreichen!«

Marcel murmelte eine Art Entschuldigung.

Thilo ging nicht weiter darauf ein. »Marcel, es gibt Probleme mit deinem Vargas-Interview.«

»Aha«, sagte Marcel tonlos. »Ich dachte, du fandest es gut?«

»Ja, aber …«

Marcel konnte Thilo in der Leitung atmen hören. Trotz der Hitze war ihm auf einmal kalt. Als Thilo weitersprach, war seine Stimme erschreckend sachlich. »Hast du die E-Mail von Ceylan bekommen?«

»Ja, nur …«

»Oder das Fax?«

»Ich hatte so viel um die Ohren … Ich war noch bei der PK mit Stallone …«

»Marcel«, sagte Thilo ruhig, »es interessiert mich jetzt

nicht, was du alles um die Ohren hattest. Es geht um die E-Mail. Du hast sie bekommen?«

»Ja.«

»Hast du sie gelesen?«

»Selbstverständlich«, log Marcel.

»Und?«

Marcel schwieg. Dann sagte er: »Und was?«

»Ich will wissen, was du dazu zu sagen hast.«

»Was soll ich schon groß dazu sagen?«

Thilo war jetzt genervt. »Marcel, reiß dich bitte zusammen. Die Sache ist ernst. Das Studio sagt …«

»Das Studio?«

»Ja«, sagte Thilo. »Nach den Beschwerden haben wir redaktionsintern beschlossen, das Interview dem Studio vorzulegen, nur zur Sicherheit, damit es keine Missverständnisse gibt.«

»Das ist doch Zensur!«

»*So what,* wir sind nicht die FAZ! Mal ehrlich, wir machen Klatsch, okay? Hofberichterstattung.«

»Ich nicht«, sagte Marcel. »Ich mache ehrlichen Journalismus.«

Thilo lachte heiser. »Soll das ein Witz sein? Das Studio hat gedroht, uns auf eine schwarze Liste zu setzen, ja? Sie wollen uns boykottieren, geht das in deinen Schädel rein? Keine Werbeanzeigen mehr! Ich musste denen das Interview zeigen, um zu beweisen, dass du dich professionell verhalten hast.«

Marcel wanderte zum Eingang und schaute durch die gläserne Doppeltür ins Innere. Héloïse fing hinten im Laden seinen Blick auf und winkte ihm zu. Sein Herz tat ihm weh bei dem Anblick. »Ich dachte, du glaubst an mich«, sagte er.

»Beim Studio gab's ein paar Fragen. Sie haben mit Evas PR-Leuten gesprochen, und die sagen, dass in deinem Interview Aussagen stehen, die sie so nicht gemacht hat.«

»Das ist doch absurd … Völliger Quatsch!«

»Jetzt reg dich ab. Wir kriegen das gelöst. Es stimmt also nicht, dass da falsche Aussagen im Interview sind?« In seiner Stimme schwang eine fast kindliche Hoffnung mit.

»Natürlich nicht«, sagte Marcel. »Eine Unverschämtheit.«

»Okay«, sagte Thilo, spürbar erleichtert. »Das ist gut. Das ist echt sehr gut. Jetzt brauchen wir nur das Band.«

»Welches Band?«

»Dein Tonband. Du nimmst doch immer mit einem Diktiergerät auf, oder? Wir müssen dem Studio nur beweisen, dass du recht hast. Entweder schickst du uns das Band per Kurier, oder du lässt es irgendwie auf ein digitales Format übertragen.«

»Okay«, sagte Marcel leise.

»Ich hab eine Idee … Was hast du in Cannes noch zu tun?«

»Ähm …« Marcel schaute auf seinen Kalender und ging mit Thilo die noch anstehenden Interviews durch.

»Okay«, sagte Thilo zufrieden. »Das ist alles nicht so wichtig. Vielleicht kann Roberto für dich einspringen? Der macht doch sonst nur Italien, oder? Da gibt's keinen Konflikt mit uns.«

»Ich kann ihn fragen.«

»Pass auf, dann red du mit Roberto, wir buchen dir einen

Flug. Du kommst sofort nach Berlin. Mit dem Band. Wir treffen uns nachher in der Redaktion.«

»Meinst du wirklich …?«

»Allerdings«, sagte Thilo scharf. »Wir müssen das so schnell wie möglich aus der Welt räumen.«

»Also gut«, sagte Marcel verlegen. Er schaute durch die Scheibe zu Héloïse, die mittlerweile links vom Eingang an der Kasse stand. Marcel sah, wie sich die Kassiererin umdrehte, um den Badeanzug in einer Papiertüte zu verstauen. Im selben Moment griff Héloïse nach einer silbernen Halskette, die neben der Kasse feilgeboten wurde, billiger Modeschmuck. Souverän ließ sie die Beute in ihrer Handtasche verschwinden. Marcel traute seinen Augen nicht. »Was zum Teufel …«, flüsterte er.

»Ist alles okay?«, fragte Thilo alarmiert.

»Ja … bestens«, stammelte Marcel. »Nur …«

Ein bulliger Mittfünfziger in einem ausgebeulten Anzug stapfte auf Héloïse zu. Offensichtlich der Ladendetektiv. Héloïse ließ den Badeanzug liegen, drehte sich um und rannte auf den Ausgang zu. Der Mann lief hinter ihr her.

»Verdammt!«, flüsterte Marcel. »Ich muss los«, sagte er knapp und beendete den Anruf.

In dem Augenblick stieß Héloïse die Tür auf.

»Cours!«, rief sie. *»Vite!«*

»Was soll denn das?«, rief er ihr zu – sein erster Impuls war, sie zu stoppen, er wollte dem Mann die Situation erklären und anbieten, die verdammte Halskette zu bezahlen. Sein Gesicht lief rot an, so peinlich war ihm das alles.

Aber Héloïse ließ keinen Widerspruch gelten. »Renn!«, schrie sie wie eine Wahnsinnige und packte seine Hand.

Und er rannte los. Sie rannten durch den gleißenden Sonnenschein, die Rue d'Antibes entlang, immer schneller. Sie bogen um eine Ecke, um noch eine. Irgendwann traute Marcel sich, über seine Schulter zu blicken. Vom Ladendetektiv war nichts mehr zu sehen.

Doch sie rannten weiter, Hand in Hand, hinein in die Menschenmenge auf der Croisette, bis sie von ihr verschluckt wurden. Marcels Herz raste in seiner Brust. Er wollte schreien vor Glück.

27

Héloïses schmale, blasse Finger ruhten gelassen auf dem Lenkrad. Sie steuerte ihren alten Peugeot mit angenehmer Selbstsicherheit die Steilküste entlang. Der Ausblick, der sich Marcel bot, war atemberaubend und vielleicht deshalb auch ein wenig unwirklich. Er fühlte sich an Hitchcock erinnert, an Cary Grant und Grace Kelly in *Über den Dächern von Nizza*.

Etwa zwanzig Minuten zuvor hatten sie Cannes verlassen, waren nach Westen gefahren auf der Avenue de Gaulle, bis diese schließlich zur Route 559 wurde, eine zweispurige *Corniche*. Rechts der Küstenstraße standen anfangs noch Villen, aber bald hatten sie das Stadtgebiet hinter sich gelassen. Jetzt waren nur noch Berghänge zu sehen, überwuchert mit trockenem Gebüsch. Vereinzelt Pinien, Korkeichen und Olivenbäume, vom Mistral gebeugt, auch ein paar Zitronenbäume konnte Marcel ausmachen, deren gelbe Früchte aus dem Grün hervorstachen. Die Äste und Sträucher schienen nach dem Wagen zu greifen. Links, hinter dem Felsabhang, tat sich das Mittelmeer auf. Weiße Boote trieben auf den dunklen Wellen. Am Strand tummelten sich schemenhafte Figuren, wie weit entfernte Farbkleckse. Ein Traum in Technicolor.

Im Autoradio lief der Song *Tôt le matin*. Gaël Faye sang

von berauschenden Düften und davon, endlich vom vorgeschriebenen Pfad abzuweichen: *Si ta vie est tracée: Dévie!*

Marcel drehte die Lautstärke hoch. Die Fenster waren offen, und der Geruch von trockenem Gras erfüllte den Wagen. Er lehnte sich in seinem Sitz zurück und schloss kurz die Augen. Er war erschöpft, hatte kaum geschlafen. Aber jetzt, in diesem gnadenvollen Augenblick, war es still in seinem Herzen. Er ließ seine linke Hand wandern, bis sie auf Héloïses warmem Oberschenkel innehielt. Héloïses Blick ging kurz, sehr kurz, zu seiner Hand, dann konzentrierte sie sich wieder auf die engen Kurven vor ihr.

Vor einer knappen Stunde, als sie endlich, weit von der Rue d'Antibes, völlig außer Atem angehalten hatten, hatte Héloïse ihn angeblickt und gesagt: »Ich will weiter!«

Er hatte sich keuchend an eine Hauswand gelehnt. Den Ladendetektiv hatten sie offensichtlich abgehängt. »Willst du mich umbringen?«

»Lass uns wegfahren.«

»Weg? Wohin?«

Sie hatte die Schultern gehoben. »*Je ne sais pas.* Irgendwohin. Die Küste entlang. Weg von hier.«

Und Marcel hatte sich selbst überrascht – und genickt.

Sie waren ins Hôtel de Provence gegangen, um ein paar Sachen zu packen. Marcel nahm unter anderem seine Olivetti und das vermaledeite Tonband mit. Als er mit seiner Reisetasche unten in die Lobby trat, eilte der Concierge sorgenvoll auf ihn zu: Da kämen ständig Anrufe für Monsieur, er wisse nicht, was er tun solle. Marcel versprach, sich darum zu kümmern. Doch der Concierge ließ sich nicht beruhigen. Was er denn bitte schön sagen solle? Die Wahrheit, erwiderte Marcel. *La vérité, toujours la vérité!* Dass er kurz hier gewesen und im Stress sei, er melde sich.

Marcels Zimmer war bis Ende der Woche bezahlt, und er hatte nicht vor, es zu kündigen. Vor allem hatte er nicht die leiseste Absicht, nach Berlin zu fliegen. Er versprach dem Concierge, dass er spätestens morgen wieder da sei.

Da sah er Roberto in der Lobby auf sich zukommen. Der Italiener riss freudig die Arme in die Luft, als würde er ein Fußballtor bejubeln. *»Professore!«*, rief Roberto. *»Ciao!«*

Lächelnd ging Marcel auf seinen Freund zu und zog ihn zur Seite. Er habe eine Bitte. Ob Roberto vielleicht ein paar Interviews für ihn übernehmen könne? Er müsse weg aus Cannes, erklärte er, es sei wichtig.

»Weg aus Cannes?«, fragte Roberto verdutzt. »Verbannt aus dem Paradies?«

Marcel lachte gekünstelt. »Die Redaktion, die wollen, dass ich nach Berlin komme, weil … na ja, egal. Meinst du, das geht? Dass du für mich einspringst?«

»Ovviamente!«, sagte Roberto. »Aber was ist wichtiger als Cannes?«

Plötzlich gefror Marcel das Blut in den Adern. Rudi Müller. Der Feind stand hinter ›La Bestia‹ und hatte das Gespräch offensichtlich mitbekommen, zumindest Teile davon. »Ach, du musst weg?«, meinte Müller. »Schade … Doch nicht wegen dieser Sache …? Mit Eva Vargas? Stimmt es, dass sie sich über dich beschwert hat?«

Roberto hob die Augenbrauen. »Was? Hast du Ärger, *Professore*?«

»Scheint, als ob unser lieber Marcel etwas übergriffig geworden wäre.«

Marcel errötete. »Echt jetzt?« Kaum zu glauben, stammelte er, wie schnell sich in Cannes dumme Geschichten verbreiteten. Er gab zu, dass sein Gespräch mit Eva nicht optimal verlaufen sei, aber er sei nun mal ein knallharter Vollprofi, mit seinen Fragen komme eben nicht jeder klar. Und überhaupt! Immerhin sei seine Redaktion voll des Lobes, und nur darauf komme es am Ende an, oder? Und natürlich auf die Leser … Leser*innen*! Nur für sie tue man das alles ja!

»Es stimmt also nicht, dass du ihr in den Ausschnitt gestarrt hast?«, fragte Rudi Müller. »Und an die Titten gegriffen?«

»Was?« Marcel war entsetzt. »Wer behauptet *das* denn? So was muss ich mir anhören? Ein Miststück, diese Vargas. Die will doch nur ablenken von der Affäre …«

»Ablenken?«, fragte Müller, der Lunte gerochen hatte.

Roberto hakte nach. »Ja, welche Affäre?«

Marcel druckste herum. »Na ja … es gibt da so Gerüchte … kann sein, dass James McKay sie betrügt.«

»Mit wem?«, fragte Müller.

»Tut mir leid«, wehrte Marcel ab. »Mehr kann ich jetzt wirklich nicht sagen. Das muss auch unter uns bleiben. Aber wisst ihr … Nur deswegen macht sie mir diese idiotischen Vorwürfe. Sie will die Story killen!« Er tippte auf seine Uhr. »Tut mir leid, Jungs, ich muss!« Er schaute noch einmal zu Roberto, der den Daumen hob.

»Schick mir einfach die Details zu den Interviews«, sagte der Italiener. »Ich kümmere mich.«

Marcel nickte ihm dankbar zu, dann hastete er durch den Garten auf die Straße, wo Héloïse bereits auf ihn wartete.

Gemeinsam gingen zu ihrem Auto, einem alten rostbraunen Peugeot 206. Sie nahm hinter dem Lenkrad Platz. Er setzte sich neben sie, beugte sich zu ihr und überraschte sie beide, indem er sie auf die Lippen küsste. Als er sich wieder von ihr löste, schaute er sie fragend an, aber ihre Augen gaben nichts preis. *»On y va?«*, fragte sie ihn.

»Allons-y«, erwiderte Marcel.

Sie legte den Gang ein und trat aufs Gas. Mit überhöhter Geschwindigkeit raste sie durch die engen Gassen.

Als sie die Küstenstraße erreichten, klingelte sein Handy. Es war Thilo.

»Ja, bitte?«

»Okay, wir haben einen Flug für dich gebucht.«

»Super. Danke.«

»Du fliegst um 18.45 Uhr von Nizza ab, okay? Mit Air France.«

»Okay.«

»Und dann nimmst du dir ein Taxi direkt zur Redaktion, ist das klar?«

»Jawohl«, sagte Marcel stramm und ironisch.

»Ich möchte nicht, dass du zu Hause Halt machst, und ich möchte nicht, dass du mit irgendjemandem sprichst. Du kommst schnurstracks ins Büro, verstanden? Rüdiger vom Vorstand kommt auch, und das Studio schickt einen Anwalt.«

»Super«, sagte Marcel trocken. »Wenn der Anwalt zweimal klingelt.«

»Reiß dich zusammen«, fuhr Thilo ihn an. »Das ist kein Witz. Es gibt erhebliche Bedenken bezüglich des Wahrheitsgehalts deines Interviews. Wir werden alle gemeinsam die Aufnahme prüfen. Und wenn da irgendwas nicht stimmt, dann haben wir ein echtes Problem. Nicht nur du, wir alle. Der Verlag kann einfach den Stecker ziehen und die *Hollywood* killen. So was kann uns ruinieren, verstehst du?«

»Ja«, sagte Marcel beklommen.

»Es geht hier um unsere Grundwerte, um Ehrlichkeit, um …«

Er sah, wie Héloïse ihn beim Fahren anblickte und eine Handbewegung machte.

»Sekunde bitte«, unterbrach er Thilo, der sich bei Themen wie »Grundwerte« und »Ehrlichkeit« gerne in Fahrt redete. Marcel schaltete das Telefon auf stumm. »Was ist?«, fragte er sie.

Sie deutete auf sein Handy. *»Ça.«*

Marcel zögerte. Dann blickte er zum Meer. Noch bevor ihm ganz klar wurde, was er tat, hatte er bereits das Handy aus dem Fenster geworfen und sah mit Genugtuung zu, wie es in dem tiefen Blau verschwand. Er grinste Héloïse an. »War nicht weiter wichtig.«

Sie trat aufs Gas und ließ den Motor aufheulen. Marcel hielt den Arm aus dem Fenster und ließ den Fahrtwind durch seine ausgestreckten Finger treiben.

28

Héloïse verspürte ein befremdliches, süßes Kribbeln im Bauch. Sie wippte mit dem Kopf zum Takt der Musik. Im Getränkehalter der Mittelkonsole hatte sie eine Plastikflasche Evian, von der sie jetzt einen Schluck trank. Marcels Hand ruhte noch immer auf ihrem Oberschenkel. Er strich sanft über die Haut unterhalb ihres Rocks. Ihr Blick wanderte kurz zu ihm.

Endlich hatten sie Cannes hinter sich gelassen. Sie waren in der Nähe von Théoule-sur-Mer. Die Corniche d'Or – die goldene Küstenstraße – machte einen Schlenker weg vom Meer, in die Berge.

Wider Willen musste sie an Grégoire denken. Vermutlich malte er sich das Schlimmste aus. Es war fünf Tage her, dass sie ihn verlassen hatte. Sie war einfach so geflohen. Plötzlich schämte sie sich. Natürlich hatte sie ihre Gründe. Keine Frage. Sie konnte einfach nicht länger ein falsches Leben führen. Sie musste sich endlich befreien. Wie eine Gefangene hatte sie sich gefühlt. Alles hatte sie sich versagt, hatte sich immer an die Regeln gehalten – an die Vorgaben ihres Vaters, ihrer Lehrer, ihres Mannes. An den Vertrag mit Gott.

Aber damit musste jetzt Schluss sein. Es gab eine Welt außerhalb von Metz, und Héloïse war begierig darauf. Und doch. Der Gedanke an das, was sie ihrem Mann antat, erfüllte sie mit einem dunklen, bitteren Ekel.

Marcels Finger glitten weiter nach oben. Trotz ihrer Schuldgefühle verspürte sie Erregung. Ein Teil von ihr war bei Grégoire, bei dem Verrat, den sie beging – an einem Mann, der sie liebte. Gleichzeitig waren Marcels Fingerspitzen wie heißes Wachs. Sanft strichen sie über die Innenseite ihres Schenkels. Héloïse merkte, dass sie feucht wurde. Ihre Hände umklammerten das Lenkrad so fest, dass die Knöchel weiß hervortraten. Sie drückte aufs Gaspedal, und der Peugeot zog an. Ihr Herz schlug schneller. Mit hoher Geschwindigkeit bog sie in eine Rechtskurve Richtung Esterel. Der Weg stieg an, die Straße wurde jetzt kurvenreicher. Sie gab noch mehr Gas. Ein Gefühl von Hunger kam tief in ihr auf, ein Hunger auf das Leben. Was für eine Lust, durch diese herrliche Landschaft zu schweben! Als würde sie fliegen. Die Reifen quietschten. Schweißperlen standen ihr auf der Stirn. Die Nadel des Tachometers neigte sich zitternd nach rechts.

»Héloïse …«, hörte sie Marcel neben sich. Er zog seine Hand zurück und schaute sie mit aufgerissenen Augen an, klammerte sich am Türgriff fest. Der Tacho zeigte weit über sechzig, und die Straße schlängelte sich zu einer Serpentine nach der anderen. Jede falsche Bewegung konnte ihren Tod bedeuten. Aber sie war vollkommen ruhig. Sie stellte sich vor, wie es wohl wäre, mit dem Wagen in einen Abgrund zu stürzen. Wie sie schweben würde, einen kurzen Moment lang – die vollkommene Freiheit. Von allem. Den Aufprall würde sie sicherlich nicht einmal spüren.

Es war nicht das erste Mal, dass sie solche Gedanken

hatte. Fast jeden Tag, auf dem Weg zur Schule, wenn sie meinte, es nicht mehr ertragen zu können, malte sie sich aus, in einer Kurve Gas zu geben. Einfach so. Einfach Schluss machen.

Pfeilschnell schoss der Peugeot in die nächste Haarnadelkurve. Héloïse nahm die Welt um sie herum kaum noch wahr. Ihr Fuß stemmte sich immer fester aufs Gaspedal. Das Donnern des Motors erfüllte ihren ganzen Körper.

Und dann sah sie den Lkw auf sich zurasen.

29

Marcel konnte kaum atmen vor Angst. Wie gelähmt presste er sich in den Sitz, als er den dunkelblauen Lkw sah. Fast kam es ihm vor, als wäre das alles nicht echt. Ein Film, der vor ihm ablief.

Héloïse machte keinerlei Anstalten auszuweichen. Der Lkw hupte laut, ein anhaltendes, nervenzerreißendes Geräusch. Marcels Blick raste hektisch von dem hupenden Monstrum zu Héloïse. Noch war es möglich, daran vorbeizukommen. Doch Marcel hatte auf einmal das schreckliche Gefühl, ja die Gewissheit, dass sie diesen grauenvollen Moment genoss, den Augenblick vor dem Tod.

Er beugte sich zu ihr und griff ins Lenkrad, zog es mit aller Kraft nach rechts.

Es dauerte nur eine Sekunde, aber für Marcel fühlte es sich wie eine Ewigkeit an. Der Peugeot kam von der Straße ab und raste bockend ins Gebüsch. Der Lkw schoss hupend an ihnen vorbei. Marcel sah den Fahrer noch wütend gestikulieren. Gleichzeitig trat Héloïse auf die Bremse, wirbelte Staub auf. Nach ein paar Dutzend Metern kam der Wagen in einem Graben zum Stillstand.

Marcel saß betäubt im Sitz und schaute zu, wie sich das Licht der Nachmittagssonne goldglänzend in den Staubkörnchen fing. Sein Herz raste. Er wandte sich zu Héloïse, die sich verkrampft am Lenkrad festhielt. In ihren Augen standen Tränen.

Dann fühlte er eine Welle glühenden Zorns. »Was zum Teufel war das?«, brüllte er sie an.

Héloïse vergrub das Gesicht in ihren Händen. Ihre Schultern bebten.

»Sag was, verdammt noch mal!«

Zuerst brachte sie nur ein Schluchzen hervor. Sekunden verstrichen, dann flüsterte sie heiser: »Es tut mir leid.«

Er griff nach ihren Händen und riss sie von ihrem Gesicht, schüttelte ihren hageren Körper. »Du hättest uns fast umgebracht!«

Sie schaute ihn jetzt direkt an, und in ihrem Blick stand etwas, was ihm Angst machte. Ihre Stimme wurde laut. »Na und? Ich hasse mein Leben! Ich hasse dich! Ich hasse Grégoire! Ich hasse euch alle. *Je vous déteste tous!*«

Sie spuckte ihm ins Gesicht. Marcel spürte ihren Speichel an seinen Lippen. Er nahm sie in die Arme. Seine Wut war wie weggeblasen. Er fühlte sich auf einmal unbeschreiblich lebendig. Sein gesamter Körper schien zu pulsieren. Erst jetzt sah er das Blut an ihrer Stirn kleben.

»Tu saignes«, sagte er sanft.

Als sie nicht reagierte, löste er sich von ihr, öffnete die Tür und stieg aus dem Wagen. Er machte ein paar torkelnde Schritte, suchte dann Halt. An das Chassis gelehnt, schaute er sich um. Der Wagen stand in einem Graben, knapp zwanzig Meter von der Straße entfernt. Rechts von ihnen war ein Berghang, ringsum dichtes mediterranes Gestrüpp. Wahrscheinlich war der Peugeot von der Straße aus nicht mal zu sehen. Noch etwas zittrig ging er nach hinten, stützte sich dabei am Auto ab. Er öffnete den Kofferraum, kramte zwischen Koffern und Taschen umher, bis er schließlich einen Erste-Hilfe-Kasten fand. Er kehrte zum Fahrersitz zurück.

Marcel öffnete die Tür und ging neben Héloïse in die Hocke. Behutsam griff er nach ihren Händen. »Schau mich an«, sagte er. *»Regarde-moi.«*

Sie drehte sich zu ihm. Er klappte den Erste-Hilfe-Kasten auf und suchte nach einem Desinfektionsmittel. Er fand eine vielversprechende Salbe.

Unbeholfen stieg sie aus dem Auto und lehnte sich an die Tür. Sie beugte sich vor.

Er goss etwas Wasser aus der Plastikflasche auf einen Streifen Verbandsmull, wischte den Schmutz und das Blut ab. Sie ließ alles mit sich geschehen.

»Et toi, ça va?«, fragte sie.

»Pas trop mal«, erwiderte er.

Mit sanften Fingern strich er die Salbe über die Wunde. Dann löste er ein großes Pflaster aus der Verpackung und klebte es ihr auf die Stirn.

»Wir hatten Glück, es … es hätte schlimmer kommen können«, sagte er.

Da beugte sie sich zu ihm. Ihre Augen baten um Erlaubnis. Er rührte sich nicht. Er fühlte sich leer, als wäre er woanders, als geschehe all das einem Fremden, nicht ihm. Dann berührten sich ihre Lippen, und er spürte eine Flamme in seinem Körper auflodern. Sie zog seinen Kopf zu sich, presste ihren Mund fest auf seinen. Sie lösten sich kurz voneinander. Héloïses Mund war blutverschmiert. Ihm war es egal. Mit zitternden Händen fuhr er über ihre Oberschenkel, bis in ihren Schritt. Sie warf den Kopf zurück, an den

Wagen gelehnt, und vergrub ihre Finger in seinem Haar. Hastig zerrte er an ihrem Slip, bis dieser zerriss. Héloïse seufzte befreit. Er knöpfte seine Hose auf. Héloïse zerrte an seinem Gürtel. Da griff er mit seiner Rechten nach ihrem Handgelenk, drückte es weg und hielt es umklammert. Sie wehrte sich, ihre Hände vollführten einen Kampf, doch ihre Körper fanden zueinander. Er drang in sie ein. Sie schrie kurz auf, biss sich dann auf die Unterlippe. Es dauerte nur einen kurzen Moment, bis sie einen gemeinsamen Rhythmus fanden. Dann wurden Héloïses Augen glasig. Sie ballte die Hand zur Faust und schob sie sich in den Mund, um ihre Schreie zu dämpfen. Es dauerte nicht lange. Als sie den Höhepunkt erreichte, stöhnte sie auf. Dann kam er in ihr. Einige Sekunden verharrten sie reglos. Schließlich ließ die Spannung ihrer Körper nach. Er löste sich von ihr und lehnte sich neben ihr mit dem Rücken an den Wagen. Nach einer Weile zog er die Hose hoch und schaute zu Héloïse. Das Pflaster war verrutscht, die Wunde wieder aufgeplatzt. Haare klebten verschwitzt an der blutigen Stirn.

Beide atmeten sie schwer. Ihre Blicke tauschten etwas aus, für das es keine Worte gab.

30

Die Villa Mauresque lag hinter einer weißen Mauer an der Corniche d'Or. Ein Tor schwang auf, und das Taxi fuhr ruckelnd über den Hof. Marcel und Héloïse stiegen aus. Das Hotel schmorte in der Mittagshitze, inmitten von Palmen, Steinkiefern und Bougainvilleen. Der Fahrer stellte das Gepäck ab. Marcel übergab ihm einen Fünfzig-Euro-Schein, seinen letzten, und ließ sich das Restgeld geben. Er hatte jetzt noch siebzehn Euro in bar. Und seine Firmenkreditkarte.

Als sie im Straßengraben neben der Corniche zu Atem gekommen und wieder angezogen waren, hatten sie den Peugeot nicht mehr angekriegt. Marcels Handy lag im Mittelmeer, Héloïse jedoch hatte noch ihr Prepaidhandy. Ein Abschleppwagen hatte sie zu einer Werkstatt in Saint-Raphaël gebracht. Der Besitzer, ein gewisser Monsieur Duong, der in einem elektrischen Rollstuhl herumsurrte, hatte sie beruhigt – lediglich die Ölwanne sei beschädigt und ein Reifen geplatzt, alles kein Problem. Morgen sei der Wagen wieder wie neu. Also waren sie mit einem Taxi zur Villa Mauresque gefahren, um hier die Nacht zu verbringen.

Breite Terracottastufen führten in den Empfangsbereich. Alles war im maurischen Stil gehalten – weiß getünchte Wände, bunte Fliesen, Rundbögen, arabeske Hängelampen.

Die Empfangschefin sah mit ihrem kurzen schwarzen Haar und dem beigefarbenen Hosenanzug aus wie eine strenge Lehrerin. Sie starrte Héloïse und Marcel entsetzt an. *»Madame, vous saignez!«* Héloïse berührte ihre Stirn. Sie blutete tatsächlich wieder.

Die Empfangschefin – ihrem Namensschild zufolge Mademoiselle Ferrer – erkundigte sich, ob Madame einen Arzt brauche. Nicht nötig, *merci beaucoup*. Héloïse ließ sich in ein Ledersofa fallen. Mademoiselle Ferrer wies einen mausartigen Portier an, etwas zum Desinfizieren zu holen. Der Mann nickte und verschwand.

Scheinbar gelassen lehnte Marcel beim Einchecken an den Tresen. Während die Empfangschefin am Computer ein passendes Zimmer suchte, blätterte er die Prospekte in dem kleinen Aufsteller auf dem Marmortresen durch. Bei einem davon hob er die Augenbrauen – in Saint-Raphaël wurde übermorgen *Modern Times* von Charlie Chaplin gezeigt, mit Orchesterbegleitung. Er ließ das Flugblatt unauffällig in der Innentasche seines Sakkos verschwinden.

Sie hätten noch eine Suite mit Meerblick frei, sagte Mademoiselle Ferrer. Marcel nickte. Sie fragte ihn nach seinem Namen.

»Klein, Marcel.«

»Et Madame …?«, meinte sie mit Blick auf Héloïse.

»Ma femme«, sagte er.

»Oui, Monsieur«, sagte die Empfangschefin.

Wahrscheinlich durschaute sie seine Lüge. Aber es war ihm egal. Jetzt waren sie Mann und Frau. Wenn auch nur auf Zeit. Er übergab seinen Personalausweis und die Kreditkarte der Firma – ein ungemütlicher Moment. Unbewusst hielt er die Luft an, tippte mit den Fingerspitzen einen nervösen Rhythmus auf dem Marmortresen. Hoffentlich blieben ihm noch ein oder zwei Tage, bevor Thilo die Karte sperren ließ. Bis dahin fiel ihm sicher etwas ein. Marcel war Optimist. Als er ein Kind war, hatte sein Vater immer behauptet, Geld wachse nicht auf Bäumen, aber irgendwann war Marcel dahintergekommen, dass das nicht stimmte – Geldscheine waren aus Papier. Kaum hatte er diese Lüge aufgedeckt, sein erster Vorstoß in den investigativen Journalismus, änderte sich alles. Er verstand, dass Geld zum Ausgeben da war und dass sich für Menschen, die nur fest genug daran glaubten, immer irgendwas ergab.

Sein Schauspielstudium in Los Angeles hatte er sich dadurch finanziert, dass er zu Wucherpreisen Tennisstunden anbot, obwohl er nie zuvor einen Schläger in der Hand gehalten hatte. Wie sich herausstellte, war das auch nicht nötig, da alle seine Schüler Anfänger waren, die meisten von ihnen die Kinder gut betuchter Erfolgsmenschen. Er gab sich als ehemaliger Tennisprofi aus der DDR aus. Eine Lüge, die man ihm nur zu gern glaubte. Er musste lediglich den Ball auf die andere Seite des Spielfelds schlagen, je weiter weg, desto besser. Die Kinder rannten wie aufgescheuchte Hasen hin und her. Wenn sie den Ball nicht erwischten, maßregelte Marcel sie, und wenn sie zu weinen anfingen, hielt er einfach eine inspirierende Rede. Reden konnte er.

Als Journalist hatte er es im Grunde nicht anders gemacht. Es ging vor allem darum, sich selbst zu promoten, auch wenn das ab und zu kleine Flunkereien erforderte. Wann immer das Geld knapp wurde oder das Finanzamt anklopfte, nahm er einfach einen Kredit auf.

Der mausartige Mann kam mit einem Tablett zurück, darauf eine Schachtel Pflaster, ein Desinfektionsspray sowie eine Flasche Perrier und zwei Gläser. Héloïse tupfte ihre Stirn ab und klebte ein frisches Pflaster auf die Wunde.

Dann brachte der Portier sie auf ihr Zimmer, eine Suite wie aus *Tausendundeiner Nacht,* bestehend aus Wohnzimmer, Schlafzimmer, Balkon und Wannenbad. Der Mann stellte die Taschen ab, Marcel gab ihm ein Trinkgeld. Jetzt blieben ihm noch zwölf Euro in bar.

Kaum war der Portier weg, machte Marcel die Minibar auf, die sich in einem hölzernen Schränkchen befand. Herrlich. Pernod, Pastis, Martini, Whiskey, Wodka, Tequila und ein paar Flaschen Wein und Champagner. Er entschied sich für den Whiskey – ein schottischer Oban, sechzehn Jahre alt. Er schenkte sich und Héloïse großzügig ein.

Héloïse öffnete die hohen Fensterläden der Balkontür und ging hinaus. Ein überwältigender Anblick erwartete sie: das blauglitzernde Meer, eingerahmt von rostbraunen Felsen. Marcel folgte Héloïse mit den Drinks auf den Balkon, gab ihr ein Glas und lehnte sich neben sie an das Geländer. Unter ihnen befand sich eine breite Terrasse, dort konnte man im Schatten der Sonnenschirme frühstücken, und daneben ein langer Swimmingpool mit türkisfarbenem Wasser. Ein abschüssiger, gestufter Weg führte durch den gepflegten Park hinunter zum Strand.

Gemeinsam rauchten sie eine Zigarette, doch nach nur wenigen Zügen drückte Héloïse sie im Aschenbecher aus. Sie ging mit schwingenden Hüften ins Schlafzimmer, stellte ihr Glas ab, zog die Tagesdecke vom Bett und setzte sich. Sie schaute zu ihm und hielt ihm beide Hände hin.

»Viens«, sagte sie. *»Je te veux.«*

Er ging ans Bett, beugte sich zu ihr und küsste sie. Sie schmeckte nach Tabak und Whiskey. Héloïse lehnte sich zurück, fuhr mit einer Hand durch sein Haar und hob mit der anderen ihr kurzes Kleid an. Diesmal waren ihre Körper sofort in Einklang. Es war kein Machtkampf, es war etwas anderes, ein vorsichtiger Austausch, voller Zartheit und Verständnis. Er achtete genau auf ihr Gesicht, auf ihren Atem, und er fühlte sich ihr näher als je zuvor.

31

Mitten in der Nacht schreckte Marcel mit einem Gefühl von Angst auf. Er wusste nicht, wo er sich befand. Es dauerte einige Sekunden, bis die Schatten Form annahmen. Er sah zu Héloïse, die nackt neben ihm lag. Das Mondlicht ließ ihre Haut wie Elfenbein aufleuchten. Er hörte sie leise schnarchen. Als wäre sie ein Kind. Schließlich riss er sich von ihrem Anblick los, ging ins Bad, um zu pinkeln, und trank danach etwas Wasser vom Hahn. Dabei erhaschte er einen Blick auf seinen nackten Körper. Er fand es unverständlich, dass eine Frau wie Héloïse ausgerechnet ihn begehren konnte. Er hatte die Befürchtung – ja geradezu die Gewissheit –, dass sie bald aus diesem Fieber erwachen würde, dass diese Tage für ihn ebenso plötzlich vorbei wären wie der Traum, der ihn eben noch umfangen hatte.

Doch als das rosa Licht des Morgens ihn einige Stunden später wach kitzelte, lag Héloïse noch immer an seiner Seite. Er lauschte ihrem gleichmäßigen Atem, betrachtete ihr Gesicht, von Locken umrahmt, ihre Lippen, ihre rührend langen Wimpern.

Sie blieben bis zum Nachmittag im Bett. Beim Zimmerdienst bestellten sie Frühstück. Für Marcel ein Omelett, Croissants und als Krönung eine Brioche, die er mit Nutella bestrich. Dekadenz pur. Bei Héloïse ging es herzhafter zu: Baguette, Hirtenkäse, Schinken, hauchdünner Räucherlachs, rosa wie ein Flamingo. Es war unfassbar, wie viel diese Frau essen konnte. Sie ließen sich frisch gepressten Orangensaft kommen, Volvic, dazu eine Flasche Champagner – einen *Ruinart Brut* – und zwei Päckchen Gauloises. Sie frühstückten im Bett und liebten sich bei halb offenen Jalousien. Marcel lag auf dem Rücken und sah sie an, während sie ihn ritt. Ihre Blicke hielten einander. Es war eine Intimität, die er sonst scheute. Wenn er mit Héloïse zusammen war, klang sein Selbsthass ab. Er verstand nicht, warum sie ihn auserwählt hatte von allen Männern dieser Welt, aber er war dankbar. Als die Lust zu groß wurde, streckte sich Héloïse und hob die Hände an, eine genießerische Geste, als wäre sie eine Dirigentin, als würde sie eine Symphonie ertasten. Ihr Körper erbebte, dann sank sie hinab und atmete schwer gegen seine Brust.

So vergingen süße, träge Stunden. Héloïse rief in der Werkstatt an, aber der Wagen war doch noch nicht fertig, irgendwelche Lieferschwierigkeiten bei einem Ersatzteil. Allzu traurig waren sie deswegen nicht. Sie schauten im Fernsehen *Pulp Fiction,* den wohl besten Film von Quentin Tarantino. Allerdings war der Film auf Französisch synchronisiert, was Marcel unmöglich fand. Zudem musste er beim Anblick des deutlich jüngeren Travolta wieder an die misslungene PK vor ein paar Tagen denken. Seltsam. Es kam ihm vor, als läge ein Meer der Zeit zwischen damals und jetzt. Er hatte das Gefühl, ein anderer gewesen zu sein. Wie ein altes Foto, auf dem er sich nicht wiedererkannte. Und doch war er dazu verdammt, immer nur er selbst zu sein.

Marcel ging unter die Dusche. Er stellte das Wasser so heiß, dass es ihm die Haut verbrannte. Er genoss dieses Gefühl. Vielleicht war es das, was Héloïse und ihn verband. Immer wieder verletzten sie einander, immer wieder suchten sie den Schmerz, und je mehr sie das taten, desto enger waren sie verbunden. Er fühlte sich in diesen Momenten lebendig. Warum auch nicht? Sein Leben war ein Scherbenhaufen. Seinen Job konnte er abschreiben. Er dachte an seine Mutter in Berlin, die zweifellos im Radio oder im Fernsehen von den Missetaten ihres Sohns erfahren würde. Vielleicht sollte er sie anrufen. Voller Unbehagen verwarf er den Gedanken wieder.

Plötzlich klopftc es. Er schaute auf und sah Héloïse mit einem besorgten Blick ins Bad treten. Sie stellte die Dusche ab und nahm ihn in die Arme. Schweigend vergrub er sein Gesicht in ihrer Halsbeuge. Noch immer sagte Héloïse nichts, sie strich ihm nur sanft über den Rücken.

Am Nachmittag wurde die Intimität des Hotelzimmers allmählich erdrückend, und sie beschlossen, einen Ausflug zu machen. Sie zogen sich an und spazierten gemächlich am Strand entlang, dann machten sie einen Schlenker nach Nordosten, Richtung Boulouris-sur-Mer. Die Luft roch nach Eukalyptus, vom Meer kam eine kühle Brise.

Am Ortsrand von Boulouris standen anonyme Apartmentblocks mit unbezahlbaren Eigentumswohnungen, im Zentrum gab es einen kleinen Bahnhof, diverse Bistros und *boulangeries*. Hier konnte das Spießbürgertum einen geruhsamen Lebensabend mit Grillfleisch, Dosenbier und Champions League verbringen. Unter der herrlichen Sonne und den Palmen, die überall in den Himmel ragten.

Bei einem kleinen Bar-Tabac machten Héloïse und Marcel Halt, gönnten sich einen Espresso und ein Mineralwasser, kauften die neue *Paris-Match*. Eva Vargas war auf dem Cover, was in Marcel feurigen Ekel hervorrief. Im Heft war ein Interview. Von Didier. Ausgerechnet! Hätten die Saudis ihn doch nur enthauptet! Als er den Text überflog, fühlte er Verzweiflung. Es gibt nichts Schlimmeres als den Erfolg eines guten Freundes. Didier hatte genau die oberflächlichen Fragen gestellt, mit denen man bei Stars und Studio punkten konnte. Evas Antworten waren charmant. Bestimmt warf niemand Didier vor, ihr an die Brust gegriffen zu haben. Hätte diese Zicke sich nicht so angestellt, wäre sein Betrug nie aufgefallen. In der Redaktion würde man ihn weiterhin auf Händen tragen. Und außerdem! Was hieß hier »Betrug«? Man konnte über Marcel sagen, was man wollte, aber ein Betrüger? Was hatte er sich schon zuschulden kommen lassen? Gut, hie und da hatte er ein paar Aussagen in seinen Interviews, sagen wir mal, nachgebessert. Aber nur, damit die Gesprächspartner nicht total bekloppt wirkten. War das so falsch? Er war als Filmjournalist sowieso nur ein kleines Rädchen im Getriebe, Teil eines gigantischen Systems, dem System Hollywood, bei dem es darum ging, die Filme und ihre Macher so gefällig wie möglich zu präsentieren, damit sich die Leute brav berieseln ließen. War das etwa seine Schuld? *Bullshit!* Er hatte im Grunde nichts anderes getan, als diesem kranken, korrupten System einen Spiegel vorzuhalten. Er war kein Betrüger, er war ein Satiriker, der die unechte Scheinwelt zu enttarnen suchte.

Doch Marcel war es flau im Magen bei dem Gedanken,

dass jetzt, in diesem Moment, Didier und die anderen – Roberto, Jenny, Sérgio, sogar der widerwärtige Rudi Müller – in der nächsten Pressekonferenz, beim nächsten Interview saßen, selbstgefällig lachten, die Hors-d'œuvres verputzten und sich glänzend amüsierten. Missmutig starrte er in sein Glas, in dem das Mineralwasser vor sich hin blubberte. *Les bulles du malheur* – die Perlen des Unglücks. Er dachte an die Termine, die heute auf seinem Programm gestanden hätten: eine Pressekonferenz mit Ewan McGregor, danach das Screening einer französischen Romantic Comedy mit Léa Seydoux und Omar Sy, am Abend ein Empfang in der opulenten Villa Babylone in den Bergen hinter Cannes, ein magischer Ort, wo Models halb nackt in den Pool sprangen. All das erlebten nun andere. Sein Leben fand ohne ihn statt.

Héloïse spürte seine Bedrückung, nahm ihm die *Paris Match* aus der Hand und schob sie in ihre Tasche. *»Ce n'est pas important«,* sagte sie, und sie hatte recht. Er trank sein Wasser aus und stand auf.

Sie ließen die engen Gässchen und die Ortschaft hinter sich und folgten dann einer Straße, die, an kleinen Einfamilienhäusern vorbei, zu einer Anhöhe hinaufführte. Nach etwa einem halben Kilometer wurde die Landschaft einsamer und wilder.

Sie hielten an, atmeten durch. In der Ferne sah Marcel drei Pferde auf einer Koppel weiden. Eines hob plötzlich den Kopf, als wittere es etwas, dann stob es nach vorn, über die Wiese. Ein majestätischer Anblick. Marcel musste an den Beginn der Filmgeschichte denken, eine Fotoserie, die ein Pferd im Galopp zeigte, vor weit über hundert Jahren. Héloïse trat neben ihn. Die Szene verzauberte sie beide. Als wäre die Grenze zwischen Illusion und Wahrhaftigkeit auf einmal durchlässig. Héloïse griff nach Marcels Hand.

Als sie weitergingen, geriet Héloïse außer Atem und musste immer wieder eine Pause einlegen. Marcel war besorgt, wollte umkehren, ein Taxi rufen, aber sie ließ es nicht zu, wurde unwirsch, und dann war da auf einmal wieder eine Anspannung zwischen ihnen, wie vor einem Gewitter.

Schließlich, am Ende der Straße, kamen sie zu einem kleinen, halb verfallenen Steinhaus, das hinter einer Hecke aus Lorbeerbüschen verborgen lag. Es war sehr still hier oben. Marcel lugte durch das Eingangstor. Die Ruine sah aus wie ein kleines Märchenschloss inmitten eines verwilderten Gartens, von Olivenbäumen umstanden. Marcels Finger ruhten auf dem gusseisernen Tor. Daran hing ein Schild: *À vendre,* samt Telefonnummer.

Marcel lächelte Héloïse an. »Was denkst du, was es kostet?«

Sie hob die Schultern. »In dem Zustand? Bestimmt nicht viel.«

Marcel rüttelte an dem Tor. Überrascht stellte er fest, dass es offen war. Mit einem Quietschen schwang es auf. Marcel und Héloïse warfen sich einen spitzbübischen Blick zu, dann betraten sie das Grundstück. Ihre Schritte knirschten auf dem Kiesweg. Sie sahen sich um. Sogar einen leeren Swimmingpool gab es, der Betonboden von welkem Laub bedeckt. Im Haus selbst waren die Fenster zerbrochen, eine Wand war eingestürzt, aber Marcel sah sofort das Potenzial – mit kluger Renovation könnte man ein herrliches Nest bauen, ein Versteck vor der Welt.

Er sah das Haus in seiner früheren Pracht vor sich, liebevoll restauriert, mit modernen Akzenten. Seine Vision war so klar wie die Szene eines Films: Héloïse hatte Grégoire verlassen, nun lebten Marcel und sie gemeinsam hier in Südfrankreich. Er hatte sich von dem Skandal erholt, seine ironischen Fakes hatten zu einer allgemeinen Reflexion in der Medienbranche geführt. Er hatte ein Buch darüber geschrieben und die *Spiegel*-Bestsellerliste erobert. Man riss sich um die Filmrechte, und natürlich auch um ihn. Immer wieder flog er zu Lesereisen oder Talkshows nach Deutschland, um im Fernsehen über Borderline-Journalismus zu dozieren – ihm war es stets nur darum gegangen, im satirischen Konstrukt angeblicher ›Lügen‹ auf eine höhere, poetische Wahrheit hinzuweisen. Er hatte etwas ganz Neues wagen wollen! Dabei hatte er stets an den Worten seines Mentors Steven Spielberg festgehalten – dass die menschliche Fantasie eine Gabe und ein Geschenk sei. Ja, so und nicht anders war es nämlich: Marcel Klein hatte ihn noch: den Mut zu träumen.

Das kam an. Er war wieder wer. Das Leben war gut. Héloïse war schwanger. Es roch nach gutem Essen, und auf dem hölzernen Esstisch auf der Veranda stand eine Flasche Wein. Héloïse kam aus dem Pool und begrüßte ihn mit einem leidenschaftlichen Kuss. Sie sagte ihm, dass sie ihn vermisst habe. Marcel war glücklich. Er war angekommen. Endlich lebte er sein echtes Leben.

Die Vision war ebenso schnell vorbei, wie sie begonnen hatte. Aber sie hallte nach. *Warum nicht?*, dachte er sich.

Die Hintertür des Hauses stand offen. Marcel schob sie auf. »Lass das«, rief Héloïse ihm zu, aber sie grinste dabei. Er legte den Finger auf die Lippen und schlich hinein.

Überall Steinbrocken und Gerümpel, Staub und Dreck. Die Küche war anscheinend noch aus den Fünfzigern und völlig vermodert. Marcel spürte Héloïses Hand auf seiner Schulter. Sie flüsterte ihm zu, dass sie jetzt besser gehen sollten.

Aber warum? Was konnte schon passieren? Statt das Haus zu verlassen, drehte er sich zu Héloïse, küsste sie und schob seine Hand unter ihre Bluse. Sie atmete scharf ein, stützte sich an der Wand ab. Sanft ließ er seine Fingerspitzen über ihre Brüste gleiten und spürte, dass sie eine Gänsehaut bekam. Er zog sie an sich, küsste ihren Hals. Sie umschlang ihn gierig. Dann hörte er einen Schrei, der ihm das Blut in den Adern gefrieren ließ. Ruckartig lösten Héloïse und er sich voneinander, starrten in das Halbdunkel des verfallenen Hauses. Jetzt grinste er – es war das Jaulen einer Katze gewesen. Sie kam ängstlich aus ihrem Versteck hervor und schaute ihn mit großen Augen an. Sie hatte ein Glöckchen um den Hals, das jetzt leise bimmelte. Héloïse musste lachen. Marcel stimmte mit ein. Der Katze wurde es zu bunt. Sie lief davon.

32

Als sie wieder in ihrem Hotelzimmer ankamen, war es endlich so weit – Marcel gönnte sich den ersten Whiskey des Tages. Er füllte zwei Gläser mit Oban und stellte sie wortlos auf die Anrichte. Héloïse trank gehorsam, dann ging sie auf den Balkon, um eine Zigarette zu rauchen. Er schloss sich ihr an. Der Himmel war wolkenlos. Héloïse beugte sich seitwärts zu ihm und legte ihren Kopf auf seine Schulter, und er wurde von einem zarten Gefühl ergriffen, dem Wunsch, sie zu schützen, sie zu halten, sie nie gehen zu lassen. Als wäre sie ein kostbares, zerbrechliches Gut, das zu bewahren ihm aufgetragen worden war. Was er für sie empfand, war mehr als nur die erste, überschäumende Anziehung, die so schnell wieder in sich zusammenfiel. Es war etwas Tieferes, Abgründigeres. Fast beängstigte es ihn. Bei ihr hatte er das Gefühl, verstanden zu werden. Héloïse wusste um seine Unvollkommenheit und akzeptierte ihn trotzdem. Doch sie konnte natürlich nicht ahnen, wie tief er in Wirklichkeit gefallen war. Er hatte Verrat begangen an der Wahrheit. Er war ein defekter Mensch, ein Fehler der Schöpfung. Viele Jahre lang hatte er sich selbst getäuscht, vielleicht schon seit seiner Kindheit, als er in die schönen Lügen glitzernder Filmbilder geflohen war. Sein Leben war auf Sand gebaut. Jahrelang war er mit der falschen Frau verheiratet gewesen, in der falschen Stadt, im falschen Beruf. Nun war er sich nicht mehr sicher, ob er überhaupt noch einen wahrhaftigen Kern hatte. Vielleicht war Marcel Klein nur eine Kunstfigur. Er wünschte sich nichts sehnlicher, als dass man ihm verzieh. Aber das war unmöglich. Vergebung brauchen immer nur die, die sie nicht verdienen.

»Was ich dich die ganze Zeit fragen wollte …«, sagte Héloïse plötzlich.

»Ja?«

»Hast du eigentlich … ist da jemand zu Hause? Bei dir? Eine Frau, meine ich? Die auf dich wartet?«

Er wischte die Frage mit einer Handbewegung beiseite. »Ich bin geschieden. Schon seit Jahren.«

»Die Schauspielerin?«

Er nickte.

»Wie habt ihr euch kennengelernt?«

»Beim Studium«, sagte er und erzählte ihr die Geschichte. Sie waren anfangs bloß Kommilitonen gewesen, aber er hatte Allison vom ersten Moment an wunderschön gefunden. Dann hatten sie gemeinsam eine Szene geprobt. Allison hat ihn geküsst. Es war natürlich kein echter Kuss, sondern nur ein Kuss zwischen zwei Figuren. Doch für Marcel hatte es sich echt angefühlt. Er hatte sich in sie verliebt, Hals über Kopf – ein tiefes, süßes Gefühl, das er seitdem nie wieder verspürt und immer wieder gesucht hatte. Ein Gefühl, an dem Allison und er auch in ihrer Ehe nicht hatten festhalten können.

Sie waren wie zwei Reisende gewesen, die einen Teil des Weges miteinander gingen und dann an eine Gabelung kamen. Erst nach ihrer überstürzten Hochzeit war ihnen klar geworden, dass sie völlig andere Vorstellungen vom Leben hatten. »Unüberbrückbare Differenzen«, wie es in der Scheidungsklage hieß, die Marcel vor dem Los Angeles County Superior Court eingereicht hatte. Allison hatte Kinder gewollt, er nicht. Rückblickend bereute er es. Aber vielleicht war er einfach nicht der Typ dafür. Allison musste es wohl gespürt haben. Sie hatte mehr von ihm gebraucht, als er zu geben bereit war. Sie war einsam an seiner Seite. Immer öfter war es zum Streit gekommen.

Die Trennung kam kurz nach der Berlinale, wo er für ein paar Tage hingeflogen war, um, unter anderem, ein Interview mit einer indischen Regisseurin zu führen. Bei dem Film handelte es sich um ein Bollywood-Spektakel mit Shah Rukh Khan und Amitabh Bachchan, zwei Kinolegenden *back together*. Marcel hatte die junge Frau leicht aggressiv zu dem übermäßig kitschigen Happy End des Films gelöchert, aber sie hatte nur gesagt: *»If it's not happy, it's not the end.«*

Dieser scheinbar simple Satz gab Marcel zu denken. Und zwar nicht nur in Bezug aufs Kino. Er rief Allison an. Wie es denn laufe, fragte sie, und Marcel verfiel in das übliche Gejammer: Alles sei so anstrengend, so stressig, Berlin so kalt, der Vorhof Sibiriens, *yada yada*. Auch Allison beklagte sich über dieses und jenes, und als Marcel das Telefonat beendete, hatte er eine Erkenntnis: Allison und er suhlten sich nur noch in Selbstmitleid. In ihrer Ehe ging es vor allem darum, den anderen mit möglichst dramatischen Wehwehchen zu übertrumpfen.

Da entschloss er sich, einen Schlussstrich zu ziehen. Er flog nach L. A. zurück, und als Allison ihn vom Flughafen abholte, sagte er ihr noch im Auto, dass er die Scheidung wolle. Allison kämpfte gegen die Tränen an, erwiderte aber nichts. Wer in diesem Moment der Sieger und wer der Verlierer war, hätte er nicht zu sagen gewusst.

Héloïse schaute ihn an. »Und nicht mal eine Freundin hast du … in Berlin?«

»Dir kann es doch egal sein«, antwortete Marcel.

»Ist es auch. Aber trotzdem …« Sie räusperte sich. »Ich will dich nicht teilen.«

»Und ich? Ich muss dich mit diesem Grégoire teilen. Wenn das hier ein *film noir* wäre«, meinte er, »dann wär's easy, dann könnten wir jetzt einfach deinen Mann umbringen. So wie in *Double Indemnity*.«

»Du bist süß«, sagte sie und gab ihm einen Kuss auf die Wange.

»Und du bist ein diabolisches Weib«, erwiderte er mit einem Grinsen.

Sie rauchten weiter, sprachen weiter. In knappen Worten erzählte Marcel ihr von seiner Kindheit, von seinen Eltern, von seiner Mutter, die nach wie vor in ihrer kleinen Wohnung in Charlottenburg lebte. Sie nervte ihn pausenlos mit ihren guten Ratschlägen. Dabei kam sie in der Welt nicht zurecht, konnte noch nicht mal einen Job behalten. Jahrzehntelang hatte sie vom Unterhalt ihres Exmannes gelebt.

Marcel erzählte Héloïse von seinem Beruf, von seinen Reisen, seinen Aufenthalten an diversen Filmsets, in Vancouver, in Moskau, in Mexiko, in Texas, weiß der Teufel wo.

Héloïse zog an ihrer Zigarette, zupfte sich Tabak vom Mundwinkel. »Ich wünschte, ich wäre wie du«, sagte sie.

Der Gedanke, dass er in irgendeiner Form beneidenswert sein könnte, war Marcel noch nie gekommen. »Wie ich?«

»Du hast was gesehen von der Welt.«

»Du doch auch? Ich dachte, Grégoire und du, ihr verreist so gern?«

»Ja, Pauschalreisen … irgendwelche Touristenfallen. Und dann muss ich immer wieder nach Metz zurück. Nach Metz! In mein Klassenzimmer. Da stehe ich dann. Vor Schülern, die so tun, als würde ich sie quälen. Jeden Tag Grammatik. Akkusativ, Dativ, starke Verben, schwache Verben. Manchmal kommt es mir vor, als hätte ich mein ganzes Leben in diesem miefigen Klassenzimmer zugebracht, mit meinen orthopädischen Schuhen, damit mir am Abend die Füße nicht wehtun.«

Marcel versuchte, ihr zu sagen, dass es doch so schlimm nicht sei, dass sie als Lehrerin eine Inspiration für ihre Schüler sei, junge Menschen forme, ihnen etwas fürs Leben mitgebe. Aber sie wollte das alles nicht hören.

Ohne ihn anzusehen, sagte sie: »Wenn ich eines Tages nicht mehr bin, wird sich niemand an mich erinnern. Ich bin ein Nichts.« Sie zog an ihrer Zigarette und ließ den Rauch zwischen ihren Lippen entweichen. »Ich bereue mein Leben.«

Er fuhr nervös mit den Fingern über das Balkongeländer. »Vielleicht kriege ich bei der Bank noch einen letzten Kredit, dann könnten wir eine Anzahlung leisten …«

»Eine Anzahlung? Wofür?«

Er deutete mit dem Kopf in die ungefähre Richtung von Boulouris. »Das Haus.«

»Dieser alte Steinhaufen?«

»*Pourquoi pas?* Wir könnten es kaufen und es renovieren. Warum nicht hier leben? Hier in Südfrankreich?«

Sie schaute ihn lächelnd an. *»Tu es fou.«*

»Peut-être.«

»Vergiss nicht, ich bin verheiratet.«

»Lass dich scheiden«, sagte er und blickte sie dabei herausfordernd an. »Hab ich auch schon mal gemacht. Tut gut.« Er hatte die Worte im Scherz ausgesprochen. Und doch … Er meinte es ernst, und Héloïse spürte es. Einen Moment lang schauten sie einander an, dann senkte sie plötzlich den Blick.

»Impossible.«

»*Pourquoi?* Du hast gerade gesagt, dass du dein Leben bereust. Es ist noch nicht zu spät.«

»Ich habe meinem Mann ein Versprechen gemacht. Bis dass der Tod uns scheidet.« Sie wandte den Blick ab. »Ich will nicht darüber sprechen.«

»Ich weiß«, meinte Marcel bitter. »Das willst du nie.«

»Du hast gut reden!«

Ihr scharfer Ton überraschte ihn. »Was soll das denn jetzt?«

»Du hast ein Geheimnis, *n'est-ce pas?* Das habe ich von Anfang an gespürt. Schon bei … bei unserem ersten Treffen im Garten.«

Der Garten des Hôtel de Provence. Lieber Gott. Es kam ihm wie eine Ewigkeit vor. Damals hatte er geglaubt, sie würde sich über ihn lustig machen. Er hatte gespürt, dass sie ihn durchschaute. Es war unerträglich. Doch mittlerweile war alles anders. Sie durchschaute ihn nicht, sie erkannte ihn.

Das Geständnis, das vor ihm lag, fiel ihm nicht leicht. Es kratzte in seiner Kehle.

»Bei uns im Judentum«, sagte er schließlich, »bei der *Tahara,* wenn man die Toten wäscht, da fängt man immer am Kopf an. Man nimmt kaltes, klares Wasser und einen Schwamm ... oder ein paar saubere Lappen.«

Er ließ sich ihre Zigarette geben und zog daran, starrte einen Moment in die Glut und gab sie dann wieder zurück. Die Nachmittagssonne stand tief. Héloïses Gesicht lag im Schatten der Markise. Unten, auf der Veranda, nahmen die ersten Gäste zum Abendessen Platz. Am Ende der Terrasse wurden Instrumente aufgebaut, ein junger Mann stellte Boxen auf.

Marcel sprach weiter: »Man reinigt den Körper sorgfältig von Kopf bis Fuß. Man lässt nichts aus, damit der Verstorbene wieder so vor Gott treten kann, wie er zur Welt gekommen ist ... ohne Makel, ohne Schmutz, ohne Scham. Vielleicht auch ohne Sünde.«

»Warum erzählst du mir das?«

Warum? Weil er sich ihr offenbaren wollte. Weil er die Last seiner Lüge nicht länger allein tragen konnte. Weil der Schlüssel zu allem die *Tahara* war. Doch ihr Ton ließ ihn zurückschrecken. Statt weiterzureden, zuckte er die Achseln. »Ich ... Ich weiß es nicht«, sagte er hilflos. »Es fiel mir eben ein.«

»Aber warum?«

Jetzt atmete er tief durch. »Weil ich ein Lügner bin.«

Sie warf ihm einen fragenden Blick zu.

Er nahm einen neuen Anlauf. »Mein erster Artikel, über die *Chewra Kadischa* und die Totenwäsche meines Vaters ...«

Er wollte es ihr sagen, aber es fehlte ihm die Kraft. Er brachte nichts heraus.

Sie drückte die Zigarette im Aschenbecher aus und schaute auf die Terrasse hinunter. Abrupt wechselte sie das Thema: »Es gibt nachher wohl ein Konzert.«

»Ja, sieht so aus.« Ihr sachlicher Tonfall irritierte Marcel. Er suchte ihren Blick, wollte ihren Arm berühren.

Sie wandte sich ab. »*J'ai faim.* Lass uns unten was essen.« Als sie ins Zimmer ging, zog sie einen Lufthauch mit sich, der ihren Geruch trug.

Schweigend zogen sie sich um. Héloïse schminkte sich. Ihr Gesicht im Spiegel wirkte weit entfernt. Dann legte sie die Halskette um, die sie in der Rue d'Antibes hatte mitgehen lassen. Mit einem Blick forderte sie ihn auf, den Verschluss zuzumachen. Er trat hinter sie und tat ihr den Gefallen. Dabei sah er, dass ihr Kruzifix in der halb offenen Schublade des Schminktischs lag. Sie hatte es schon lange nicht mehr getragen. Ob das etwas zu bedeuten hatte? Sie stand auf und wandte sich ihm zu. Umwerfend sah sie aus. Sie trug das schwarze Audrey-Hepburn-Kleid, das sie bereits bei der Premiere von *A Light in the Dark* anhatte. Es war von Givenchy. Eine Lehrerin aus Metz konnte sich kein Givenchy leisten.

»Warum stiehlst du eigentlich?«, fragte er.

»Warum lügst du eigentlich?«, gab sie zurück.

Touché, dachte Marcel und schwieg. Nun gut. Sie war eben so, wie sie war. Sie ging mit Diebesgut durch die Welt. Ein Mensch, der nur so tat. Genau wie er.

Gemeinsam verließen sie das Zimmer und gingen zum Abendessen hinunter.

33

Im Restaurant bekamen sie einen Platz direkt an der Steinbalustrade, mit Blick auf das Meer, das in der trägen Sonne strahlte. Der Sommerabend umfing die Welt. Auf der Bühne tippte der junge Mann gegen ein Mikrofon und machte einen Soundcheck. Dann verschwand er wieder.

Ein Kellner kam mit Speisekarten. Héloïse bestellte Meeresfrüchte, Marcel einen Salade Niçoise, dazu für sie beide Weißwein aus der Region.

Die untergehende Sonne berührte jetzt die Wellen. Marcel schaute zur Bühne, wo die Mitglieder eines Jazztrios ihre Positionen einnahmen: Keyboard, Gitarre und Schlagzeug. Zu vorsichtigem Applaus fing das Trio an, *Bésame mucho* zu spielen. Marcel war erleichtert: Die Band war kompetent und der Geräuschpegel erträglich. Als das Essen kam, stocherten sie beide schweigend in ihren Tellern. Nach ein paar Minuten legte Héloïse ihre Hand auf die seine. »Es tut mir leid«, sagte sie.

»Was?«

»Vorhin, oben. Ich war etwas … Na ja, ein wenig kurz angebunden.«

»Ist schon okay«, sagte er halbherzig.

»Lass uns ein andermal darüber reden, *d'accord*? Ich kann nicht … es tut mir leid.«

»Ich wollte … ich wollte dir nicht zu nahe treten.«

Sie schüttelte den Kopf. »Es ist nur …« Nachdenklich schaute sie auf das Meer. Sie sammelte Mut, das spürte Marcel.

»Ich habe keine Kinder«, sagte sie.

Er nickte. »Ja, so … so was hab ich mir gedacht.«

»Wieso? Sieht man mir das an?«

»Nein, natürlich nicht.«

»Dass ich …« Ihre Stimme zitterte. »Dass ich unfruchtbar bin?«

Er blickte betreten auf die Tischplatte. »Es tut mir leid«, sagte er, einfach weil er das dringende Gefühl hatte, sich entschuldigen zu müssen. Für sein Versagen, für seine Lügen, für alles.

»Die Ärzte mussten …« Sie machte eine hilflose Geste nach unten. »Es musste … alles musste raus. Und seitdem …«

Er nickte, erwiderte aber nichts. Er wünschte, Héloïse würde über etwas anderes sprechen, egal was. Chaplin, Ford, Kurosawa. Selbst Wim Wenders wäre besser als Unfruchtbarkeit.

Also beschloss er, das Thema zu wechseln. »Héloïse, da ist etwas, was ich dir schon lange sagen wollte …«

»Was denn?«

Er rückte nervös auf seinem Stuhl nach vorn. »Ich bin kein Journalist.«

»Nicht? Aber du schreibst doch Artikel, machst Interviews …?«

»Ein Journalist ist jemand, der die Wahrheit sagt.«

Sie nippte an ihrem Wein, hob anerkennend das Glas.

»Der ist herrlich.« Und dann sagte sie plötzlich: »Komm. Ich will tanzen.«

Damit stand sie auf und zog Marcel, der sich zierte, auf die Füße. »Moment«, murmelte er und kippte schnell den Rest seines Weins herunter – wenn er schon zum Tanzen verdammt war, wollte er wenigstens betrunken sein. So ließ er sich von der verführerisch lächelnden Héloïse auf die Tanzfläche ziehen, wo bereits einige Rentnerpärchen gemächlich hin und her schunkelten. Das war, wie Marcel dachte, noch im Bereich des Machbaren. Héloïse nahm seine linke Hand, legte seinen rechten Arm um ihre Taille, dann schmiegte sie sich an ihn und begann, sich im Takt zu bewegen. Nach einigen Sekunden ließ Marcel sich zur Musik treiben. Nun war die Sonne untergegangen und der Himmel azurblau. Héloïse schaute ihn an, und er meinte, die ersten Sterne in ihren Augen zu sehen. Er beugte sich zu ihr, ließ seinen Atem über ihre Haut gleiten wie einen Windhauch. Sie umarmte ihn fester, zog ihn an sich.

Als der Song vorbei war, löste sie die Umarmung. Sie blickte sich um. Neben der Tanzfläche führte eine kleine Steintreppe hinunter an den Strand.

»Komm.« Sie zog ihn die Treppe hinab, deren Stufen vom Mondlicht erhellt wurden, wie in einem Traum.

Héloïse streifte ihre Schuhe ab und nahm sie in die linke Hand, mit der rechten hielt sie sich an Marcel fest. Sie tasteten sich an Felsvorsprüngen entlang.

Unten angekommen gingen sie am Sandstrand spazieren. Das Geräusch der Wellen hatte etwas Beruhigendes, etwas Ursprüngliches.

Was er jetzt sagen wollte, fiel ihm schwer. Er rang um

Atem. Héloïse blickte ihn an, aber er wusste nicht, ob ihr Blick aufmerksam oder feindselig war.

»Ich war neunundzwanzig, als mein Vater gestorben ist.«

Sie erwiderte nichts, was Marcel verunsicherte. Stockend fuhr er fort. »Wir haben uns nie nahegestanden. Wir hatten immer ... ich hatte als Kind immer das Gefühl, dass ich ihm auf die Nerven gehe. Irgendwie hab ich ihm ... Ich hab ihm nie genügt. Aber sein Tod war ein Schock. Er hatte einen Herzinfarkt. In der Reinigung.«

»Reinigung?«

Marcel nickte. »Mein Vater hatte eine Reinigung, in Straßburg ... ein *pressing*. Eine kleine Kette sogar, mit ein paar Filialen. Ich war immer gerne da ... ich fand das spannend, die Gerüche. Da waren so viele komische Maschinen, die gedampft haben. Wie Roboter in einem Film. Für mich als Kind war das ... na ja, bis ich irgendwann gemerkt habe, dass ich ihn einfach nur störe. Er war immer am Arbeiten. Und eines Tages hat er uns verlassen, meine Mutter und mich, und hat seine Sekretärin geheiratet. Und dann ... irgendwann war er tot. Ohne richtig gelebt zu haben, war er auf einmal tot.«

Héloïse ging ein paar Schritte zum Wasser, bis es ihre Füße umspülte. Sie umschlang ihre Taille und schaute hinaus auf das dunkle Meer.

Als er von hinten auf sie zukam und seine Hände auf ihre Schultern legte, merkte er, wie angespannt sie war.

»Was ist denn?«

»Bitte nicht«, sagte sie.

»Was denn?«

Zornig drehte sie sich ihm zu. »Wie oft muss ich es dir

noch sagen? Es interessiert mich nicht! Dein Vater interessiert mich nicht! Ich will ein paar nette Tage mit dir verbringen, mehr nicht, ja? Ich will mit dir ins Bett gehen, aber … *mon dieu*! Verschon mich mit … mit deinem Selbstmitleid. Es ist unerträglich.«

Damit wandte sie sich ab und ging die Treppe hoch.

34

Als er Minuten später ins Hotelzimmer kam, sah er sie auf dem Balkon stehen. Wütend schlug er die Tür hinter sich zu.

»Mein *Selbstmitleid*?«

Sie rauchte eine Gauloise. »Lass mich in Ruhe.« Ihr Make-up war verschmiert. Von der Terrasse unten klang Jazzmusik herauf. Der Himmel war jetzt fast schwarz.

Er zog sein Sakko aus und setzte sich auf die Bettkante. Er schaute sie durch die offene Balkontür an. »Ich verstehe dich nicht.«

Sie drehte sich zu ihm um. »Du glaubst, du bist der Einzige, der Sorgen hat?«

»Und du? Wenn ich es wage, wenn ich dir eine Frage stelle, irgendeine Frage, ganz egal welche, du … du beißt mir den Kopf ab. Ich weiß nichts über dich.«

»Du weißt, dass ich verheiratet bin. Dass ich Lehrerin bin.« Sie schaute ihn an. »Du weißt, dass ich mein Leben hasse. Dass ich mit fremden Männern schlafe.«

»Männern?«

Sie lachte auf. »Glaubst du etwa, du bist der Erste, mit dem ich Grégoire betrüge?«

Verletzt blickte er sie an. Der Gedanke war ihm in der Tat nicht gekommen. Er hatte gedacht, dass das, was er und

Héloïse miteinander teilten, etwas Seltenes war. Etwas Heiliges.

Sie hustete. »Du hast kein Recht …«, fuhr sie fort. »Du hast nicht das *Recht*, eifersüchtig zu sein. Ich gehöre dir nicht. Ich gehöre niemandem.«

»Was ist er für ein Mensch? Dein Mann?«

Sie zuckte die Achseln. »Er ist … Was weiß ich? Ich hab keine Ahnung.«

»Du weißt es nicht?«

»Er ist wie alle anderen auch. Ein Apotheker eben. Wie die so sind … Unfehlbar. Allwissend.« Sie drückte ihre Zigarette aus, trat ins Zimmer und schenkte sich einen Wein ein. Ihm brachte sie auch ein Glas. Dann setzte sie sich neben ihn aufs Bett. Sie nippte an ihrem Wein, stellte das Glas auf dem Nachttisch ab und lehnte ihren Kopf an seine Schulter. Marcel spürte, wie er sich verkrampfte.

»Was willst du über mich wissen?«, meinte sie. »Frag mich was. Egal was. Wie ein Interview.«

»Liebst du ihn?«

Sie lachte kurz auf. »Hab ich dir mal erzählt, wie wir uns kennengelernt haben?«

Er schüttelte den Kopf.

»Ganz normal, auf einer Party«, sagte sie. »Eine Studentenparty, todlangweilig. Ich stand in der Küche und hab mir ein Bier aus dem Kühlschrank geholt. Dann hab ich … ich hab hinter mir eine Stimme gehört, und ich hab mich umgedreht …«

Sie schaute kurz aus dem Fenster, in die Dunkelheit, dann wieder zu Marcel. »Glaubst du an Liebe auf den ersten Blick?«

Marcel nickte. Noch vor wenigen Tagen hätte er vermutlich Nein gesagt. Aber dann war Héloïse in sein Leben getreten. Er hatte sie vom ersten Moment an geliebt.

»Als ich Grégoires Augen gesehen habe«, fuhr sie fort, »war mir plötzlich alles klar. Ich konnte mein Leben vor mir sehen wie … wie eine beleuchtete Straße bei Nacht. Ich wusste auf Anhieb, wo alles hinführen würde. Ich wusste, dass ich ihn liebte. Ich wusste, dass ich ihn heiraten würde. Frag mich nicht, woher diese Gewissheit, woher ich … Aber so war's. Ich wusste es einfach. Ich wusste alles.« Sie schaute Marcel an. »Und ich weiß, dass er mich liebt. Ich kann mich auf ihn verlassen. Er ist ein guter Mann.« Sie starrte auf ihre Fingernägel. »Und ich betrüge ihn.«

Marcel erwiderte nichts.

Dann sagte sie: »Ich hatte einen Vertrag, wusstest du das? Hab ich dir das mal erzählt?«

»Bitte?«

»Mit Gott.«

Er war irritiert. »Einen Vertrag mit Gott?«

Sie nickte.

»Und was steht da drin, in dem … in dem Vertrag?«

Sie nahm einen Schluck Wein und machte eine wegwischende Handbewegung. »Das ist jetzt nicht mehr wichtig. Er hat sich jedenfalls nicht daran gehalten.«

Sie stand vom Bett auf und ging an den Tisch, wo das Tonband in der Schublade lag. Sie öffnete sie und nahm es heraus. *»C'est ça? L'interview avec Eva Vargas?«*

»Leg das sofort zurück!«

Er wollte ihr das Tonband entreißen, aber sie ließ nicht locker, rang mit ihm. Nach ein paar Sekunden gab er auf.

Sie schob das Band in seinen Kassettenrekorder und drückte Play.

Evas Stimme erfüllte den Raum, und die Scham ergriff wieder von Marcel Besitz. Er war wieder in ihrer Suite in Cannes. Schweißtropfen sammelten sich auf seiner Stirn. Als er auf seine Hände schaute, stellte er fest, dass sie zitterten. Gierig trank er sein Glas leer. Der Klang seiner Stimme vom Tonband war ihm unangenehm. Er wünschte, er könnte die Zeit zurückdrehen, das Interview und all seine Taten ungeschehen machen.

Nach ein paar Minuten endete die Tonbandaufnahme.

Héloïse schaute ihn an. »*C'est tout?* Ich dachte, da kommt noch was?«

»Nein«, sagte er mürrisch. »Da kommt nichts.«

»Aber deine Redaktion fand es doch so gut?«

Er rieb sich mit den Händen übers Gesicht.

»Du hast sie erfunden, *n'est-ce pas*? Die Antworten von Eva?«

Er nickte. Er stand auf und begann, im Zimmer auf und ab zu gehen. »Ich hatte nicht genug Material, und es ... es hängt so viel davon ab. Also habe ich beim Abtippen ...« Er hob die Schultern. »Ich weiß nicht, was über mich gekommen ist. Ich hab nur ... ich hab einfach die Antworten getippt, die sie hätte geben sollen.«

Plötzlich brach Héloïse in Lachen aus.

Er schaute sie verwirrt an. »Was ist?«

Héloïse lachte nun aus vollem Hals. Als sie sich wieder gefangen hatte, sagte sie: »*Désolée. C'est drôle.* Ich finde das amüsant.«

»Amüsant? Es ist eine Katastrophe!«

»Du bist doch selbst schuld.« Als sie ihn anblickte, zeichnete sich eine Einsicht in ihren Augen ab. »Es war nicht das erste Mal?«

Seine Kehle war trocken. »Es … es fing mit der Beerdigung an«, sagte er. »Mit der *Tahara,* der Totenwäsche. Als mein Vater … als er gestorben …« Er musste einen Schluck Wein trinken, um weiterzusprechen. »Ich war nicht einmal da. Ich bin nicht … Ich war zu feige. Nicht mal zu seiner Beerdigung habe ich es geschafft! Später habe ich dann den Artikel geschrieben. Ich hab mir vorgestellt, wie es gewesen sein musste. Aber es war …« Er gestikulierte hilflos mit den Händen.

»Es war alles erfunden?«, fragte Héloïse.

Er nickte. »Alle Details, alles … *Tu comprends?* Die Leute, der Rabbi … alles. Seine schmalen Lippen, die Totenwäscher. Ich hab mir alles ausgedacht. Der … der Geruch in der Eingangshalle, und der Teppich … die Regenflecken an der Mauer. Und die Zitate. Alles gelogen. Und niemand hat was gemerkt. Ich hatte Angst, ich hatte solche Angst, die müssen doch was merken? Monatelang. Ich war mir sicher, das fliegt auf. Aber nichts, nichts ist passiert. Es hat niemanden interessiert, ja? Dann haben sie mich für … für irgendwelche *Preise* haben sie mich nominiert. Und kein Mensch hat was geahnt. Nur ich. Ich wusste, was ich bin, dass ich ein … ein Betrüger bin. Schon immer. Schon immer gewesen.«

Er starrte auf den Boden. »Und so … so kam eines zum anderen. Also, es war gar nicht so bewusst, aber ich hab einfach … nicht oft, nur ab und zu … Am Anfang habe ich mir gesagt, jetzt mach ich's richtig, den Job. Ich habe so wenig wie möglich erfunden. Eine Weile ging's gut. Ich habe nur hier und da etwas nachgebessert. Macht ja jeder, *so what*? Und dann … okay, dann kam vielleicht das eine oder andere Wort dazu, ab und zu mal ein Satz. Es war keine böse Absicht, ich wollte einfach … ich wollte eben, dass die Interviews gut sind, dass sie *Struktur* haben, dass da was drinsteckt, dass sie was *sind*. Und irgendwann habe ich dann ganze Fragen und Antworten erfunden. Und ich hab einfach … ich hab das gesagt, was die Leute hätten sagen *sollen*.«

»Aber sie haben es nicht gesagt.«

»Aber sie hätten es *müssen*! So wie ich's gemacht hab, war's besser. Sie waren witziger, klüger.« Er atmete tief durch. »Ich wollte die Welt einfach nur ein bisschen besser machen.«

35

Als sein Vater starb, lebte Marcel noch in einer kleinen, ramponierten Wohnung in Hollywood, östlich der Western Avenue, in einem armenischen Viertel. Eines sonnigen Morgens klingelte das Telefon. Es war Valérie, die unter Tränen anrief und ihm erzählte, dass René im Krankenhaus um sein Leben kämpfe.

Zu dieser Zeit war Marcel bereits einige Jahre mit Allison verheiratet. Das große Glück war ausgeblieben, sie taumelten von einem Streit in den nächsten. Allison war, genau wie er, süchtig nach Bewunderung, deswegen hatte sie Schauspielerin werden wollen. Ständig ging sie zu Castings, ständig wurde sie abgelehnt. Um das nötige Kleingeld zu verdienen, arbeitete sie tagsüber als Sekretärin bei einer Anwaltskanzlei in Downtown. Bei Marcel, der nach wie vor Schauspielstunden nahm, sickerte allmählich die Erkenntnis durch, dass er allerhöchstens mittelmäßig begabt war, was ihn in Depressionen stürzte. Er ließ sich gehen. Den Broterwerb überließ er Allison. Mit den Tennisstunden verdiente er bei Weitem nicht genug. Immerhin bekam er noch einmal im Monat eine bescheidene Geldspritze von seinem Vater, mit der sich der Alte offensichtlich von seinen latenten Schuldgefühlen freikaufen wollte – es durfte nur nicht zu viel kosten. Immer wieder ließ René den Sohnemann wissen, dass er ihn für einen *Batlen* hielt, einen Faulpelz. Einen Schnorrer. Nicht ganz zu Unrecht.

Marcel kiffte viel. Er und Allison stritten sich darüber fast jeden Tag, dann versöhnten sie sich mit dramatischen Gesten und übertriebenem Sex. Einmal riss dabei ein Kondom und Allison wurde schwanger. Marcel hatte Angst – die Angst, durch ein Kind für immer an diese Frau gebunden zu sein. Trotzdem war er bereit, dieses ungeborene Leben als eine Chance aufzufassen. Vielleicht fanden sie dadurch ja wieder zusammen. Doch im Grunde seines Herzens wusste Marcel, dass er sich das nur einredete.

In der zehnten Woche der Schwangerschaft hatte Allison eine Fehlgeburt. Trotz seiner gemischten Gefühle traf es Marcel wie ein Schlag. Als er eines Tages vom Schauspielunterricht nach Hause kam, kauerte Allison auf dem Badezimmerboden in einer Blutlache und weinte. Er brachte sie ins Krankenhaus, wo sich ihre schlimmsten Befürchtungen bestätigten. Es wäre ein Junge gewesen, hätte er überlebt.

Spät in der Nacht waren sie wieder zu Hause. Schlafen konnten sie nicht, weder in dieser noch in den darauffolgenden Nächten. Gemeinsam schluckten sie die Codein-Pillen, die der Arzt gegen die Schmerzen verschrieben hatte. Davon bekamen sie Albträume, schwebten tagelang in einer eigentümlichen, irrealen Zwischenwelt. Dagegen half Kokain. So wurde der Drogenkonsum, der zuvor nur ein Hobby war, bald zu einem ernsthaften Unterfangen. Sie lebten nur noch still nebeneinander her, tranken Whiskey, rauchten Gras, schnieften Koks. Marcel betrauerte seinen ungeborenen Sohn auf eine Art, die er sich vorher niemals hätte vorstellen können.

Dann kam Valéries Anruf aus Straßburg. Sein Vater hatte einen Herzinfarkt erlitten und lag im Hôpital de Hautepierre. Er war in kritischer Verfassung, aber für den Moment war es den Ärzten gelungen, ihn zu stabilisieren. Jetzt ging es darum, Zeit zu gewinnen. Auf jede Stunde, in der sich sein Herz erholen konnte, kam es an. Vor allem hatte der Chefarzt strenge Bettruhe verordnet. René Klein durfte auf keinen Fall aus dem Bett aufstehen, das konnte ihm schon den Rest geben. Man brachte einen Katheter an und schob ihm regelmäßig eine Bettpfanne unter. Die Schwestern kneteten gelegentlich seine Beine und drehten ihn mal auf diese, mal auf jene Seite, wendeten ihn wie einen Pfannkuchen. Er war an ein EKG-Messgerät angeschlossen, das seinen schwachen, arrhythmischen Herzschlag penibel aufzeichnete.

Doch Marcels Vater war schon immer ein rastloser Mensch gewesen. Bereits als junger Mann war er von einem Ort zum anderen gehastet, hatte sich ins Zeug gelegt, alles getan, um sich eine Existenz aufzubauen. Ein »Fickt euch!« an die Deutschen, die ihn und seine Familie hatten vernichten wollen. Seine Rache war sein Erfolg. Eine Weile waren die Geschäfte mit den Reinigungen gut gelaufen, aber René war eine Spielernatur. Er hatte sich oft nur dank Valéries Geschick über Wasser halten können. Dann überreizte er sein Blatt und verlor alles. Plötzlich musste er auf kleinem Fuß leben. Das passte so gar nicht zu ihm. Er ging immer weniger aus, wurde zunehmend eigenbrötlerisch. Gegen Ende lebte er fast nur noch in der Vergangenheit, sprach mit den Schatten und wurde den Lebenden immer fremder.

Kaum hatte Valérie aufgelegt, klingelte Marcel bei der

Intensivstation durch. Er hatte Angst. Der Gedanke, seinen Vater zu verlieren, war unerträglich. Am Telefon gab sich René wie immer grantig und abweisend. Er spielte die Situation herunter. »Alles halb so wild. Was die für einen Aufstand machen.« Er klang fast beleidigt, als sei der Herzinfarkt bloß eine ärgerliche Zumutung.

»Willst du, dass ich komme?«, fragte Marcel verzagt. Kaum hatte er die Worte ausgesprochen, bereute er sie schon. Natürlich würde er kommen! Sein eigener Vater lag im Krankenhaus! Eine idiotische Frage.

Aber René Klein wollte nicht. Auf keinen Fall. Doch nicht wegen so einer Lappalie! Marcel war verwirrt. Vielleicht wollte sein Vater schlicht und einfach so nicht gesehen werden? Als Invalide mit Bettpfanne?

»Ich komme«, beharrte Marcel.

»Einen Teufel wirst du tun«, herrschte René ihn an. »Bleib du nur in deinem sonnigen Kalifornien und lass es dir gut gehen! Was willst du auch bei deinem *Tate*?«

Marcel kam die Galle hoch. Nie konnte man mit dem Alten reden, ohne dass er bissig wurde. Das Telefonat endete im Streit. René warf Marcel vor, ein Versager zu sein, der sich auf seine Kosten ein schönes Leben machte, dabei habe er ja selbst kaum noch was außer der kleinen Rente. Aber mehr als die Hand aufhalten könne Marcel ja nicht …

»Wieso redest du so mit mir?«, fauchte Marcel seinen Vater verletzt an. »Ich bin dein Sohn!«

René seufzte. »Ja, leider. Da macht man was mit!«

Schockiert beendete Marcel den Anruf. Er überlegte, ob er trotzdem ein Flugticket kaufen solle, traute sich aber nicht.

Und wie immer, wenn er verunsichert und unglücklich war, ging er ins Kino. Unweit seiner Wohnung gab es am Hollywood Boulevard ein altes, heruntergekommenes Programmkino, das von einem seltsamen Paar betrieben wurde: Der kleinwüchsige Besitzer war aus dem Iran geflohen, weil die Mullahs keinen Sinn für die Filmkunst hatten. Der Partner des Mannes war ein hünenhafter, vernarbter Vietnamveteran, er sah aus wie Frankensteins Monster. Die beiden zeigten immer nur die Filme, von denen sie gerade eine billige Kopie bekommen konnten, ganz egal, was es war. Das Programm war dementsprechend exzentrisch. An diesem Tag gab es eine Doppelvorstellung: Der koreanische Horrorklassiker *A Tale of Two Sisters* von Kim Jee-woon, gefolgt von Herk Harveys grandiosem *Tanz der toten Seelen* aus dem Jahre 1962. Beides Gespenstergeschichten, in denen die Verstorbenen aus dem Totenreich zurückkehrten. Als Marcel aus dem Kino kam, hatte er eine Nachricht auf der Mailbox. Sein Vater war tot. Er war, entgegen der strikten ärztlichen Anweisung, aus dem Bett aufgestanden.

Typisch, dachte Marcel. Er hätte nur liegen bleiben müssen. Aber der Alte lässt sich eben keine Befehle erteilen.

Nicht »lässt«. Ließ. Präteritum. Marcel taumelte über den Hollywood Boulevard. Es war spät am Abend, die Luft kalt und feucht. Die Neonlichter verschwammen vor seinen Augen. Sein Vater war tot. All das, was er hatte sagen wollen, musste nun für immer ungesagt bleiben. Es war zu spät. René war allein gestorben, voller Scham über seinen Sohn.

Marcel verbrachte den nächsten Tag am Telefon. Unter Tränen erzählte er seiner Mutter von Renés Tod. Untröstlich war sie nicht gerade, aber immerhin bestürzt. Sie sprach ihrem Sohn Mut zu. Dann rief er Valérie an, das elsässische Busenwunder, und half seiner ›Stiefmutter‹ – Gott, wie er diesen Begriff hasste –, das Begräbnis zu organisieren. Als Letztes telefonierte er mit der Lufthansa und bekam wider Erwarten einen Flug. Es blieb ihm kaum Zeit, nach Straßburg zu reisen, denn nach jüdischem Brauch musste der Körper so schnell wie möglich bestattet werden. Außerdem hatte man noch anderes zu tun. Die Show musste weitergehen.

Marcel flog nach Paris und fuhr von dort aus mit dem TGV weiter nach Straßburg. Es war spätnachts, als er ankam. In der Bahn war die ganze Zeit eine leere Bierflasche hin und her gerollt. Ein betrunkener Clochard hatte Marcel in ein Gespräch verwickeln und ihm von seinen spannenden Abenteuern bei der Fremdenlegion erzählen wollen.

In Straßburg mietete er sich ein Zimmer in einer düsteren, muffig riechenden Herberge nahe der Orangerie. Als es am nächsten Morgen an der Zeit war, aufzubrechen und seine Stiefmutter Valérie bei der *Chewra Kadischa* zu treffen, fühlte er sich wie gelähmt. Er trat vor die Tür des Hotels in der Avenue de l'Europe, fest entschlossen, diese schwierige Aufgabe schnell hinter sich zu bringen, doch seine Beine gehorchten ihm nicht. Er stand einfach nur da. Es war kalt und windig. Busse fuhren an ihm vorbei. Gegenüber, am Europarat, wehten Flaggen im Wind. Sekunden verstrichen. Er stand da wie angewurzelt. Dann setzte er sich in Bewegung. Er kaufte sich an einer Tankstelle eine Flasche Whiskey, schaltete sein Handy ab, verzog sich auf sein Hotelzimmer und betrank sich.

Als er am nächsten Tag verkatert erwachte, war die Beerdigung längst vorbei. Valérie hatte ihm acht oder neun Voicemails hinterlassen, dazu ein paar SMS. Er rief zurück und erklärte, dass er krank sei, was in seinem momentanen Zustand auch plausibel klang. Er müsse etwas Schlechtes im Flieger gegessen haben, sagte er, und habe sich die ganze Nacht übergeben. Tränenreich erzählte ihm seine Stiefmutter von der Beerdigung. Er hörte kaum zu.

Marcel blieb noch ein paar Tage im Hotelzimmer und feierte krank. Schließlich ging er mit Valérie auf den Friedhof. Es gab noch keinen Grabstein, also legte er einen Kiesel, den er unterwegs aufgelesen hatte, auf den Erdhaufen. Vielleicht weinte er, daran konnte er sich später nicht mehr erinnern.

Und dann flog er wieder zurück nach Los Angeles. Seiner Frau erzählte er nicht, dass er die Beerdigung verpasst hatte. Als sie ihn nach diesem und jenem fragte, schmückte er seine Geschichte immer mehr aus, fügte Details von der *Chewra Kadischa* hinzu, und von der Totenwäsche. Und dann brachte er seine erfundenen Erinnerungen zu Papier, die ihm mittlerweile wahrhaftiger und besser erschienen als sein wirkliches Leben.

36

Es war kurz nach elf Uhr abends. Héloïse umschlang ihn heftig, er konnte ihren Atem auf seiner Haut spüren. Ihr Stöhnen erregte ihn. Er schob seine Hand zwischen ihre Beine, merkte aber zu seiner Überraschung, dass sie noch nicht so weit war. Er küsste sie leidenschaftlich, ließ seine Hände über ihren Körper gleiten. Aber sie reagierte kaum. Er hielt inne. Sie schaute ihn verwirrt an.

»Was ist?«, wollte sie wissen.

»Das frage ich dich.«

Sie lehnte sich gegen die Kissen. »Wieso hast du einfach aufgehört?«

»Du willst ja nicht.«

»Du hast keine Ahnung, was ich will und was nicht.« Mit diesen Worten stand sie auf. »Ich geh duschen.« Sie ging ins Bad, mit einem Knall fiel die Tür ins Schloss.

Er schenkte sich einen Drink ein und trat hinaus auf den Balkon. Über dem Meer hing ein blasser Mond. Schließlich hielt er es nicht mehr aus und ging zur Badezimmertür. Zaghaft klopfte er an. Er hörte nichts außer dem Rauschen der Dusche. Er klopfte etwas lauter. Keine Reaktion.

Nun war er beunruhigt. Er trommelte an die verschlossene Tür. Endlich ging sie auf. Héloïse trug einen Bademantel und funkelte ihn an.

»Kann ich nicht mal in Ruhe duschen?«

Statt zu antworten, schob er sie ins Bad, packte sie am Genick und zog sie an sich. Als seine Lippen nach den ihren suchten, erwiderte sie den Kuss. Sie öffnete ihren Bademantel, ließ ihn fallen.

»Moment«, sagte sie.

Nackt ging sie zur Dusche, um das Wasser abzustellen, doch er packte sie von hinten und hinderte sie daran. Er drückte sie gegen die gekachelte Wand der Duschkabine und küsste ihren Nacken. Ihr Stöhnen war jetzt echt, nicht gespielt. Ihm war klar, was sie brauchte – es war der Schmerz, der Hauch von Angst.

Das Wasser war heiß auf seiner Haut. Sie drehte sich zu ihm um. Als er sie nahm, biss sie sich auf die Lippen. Während sie sich liebten, meinte er, eine Art Verzweiflung in ihrem Gesicht zu sehen, wie ein Schatten, der ebenso plötzlich wieder verschwunden war. Beim Höhepunkt krallte sie die Nägel in seinen Rücken und schrie auf.

So verharrten sie einige Sekunden, dann sanken sie gemeinsam auf den Boden der Dusche. Es dauerte einen Moment, bis ihm klar wurde, dass es nicht nur Wassertropfen waren, die ihr über das Gesicht rannen. Es waren Tränen.

»Was ist los?«, flüsterte er, aber Héloïse antwortete nicht. Er hielt sie fest, während sie still weinte. Keiner von beiden rührte sich.

Irgendwann stützte sie sich von ihm ab und richtete sich auf. *»J'ai peur«*, sagte sie.

»Angst? Wovor?«

Sie schüttelte nur den Kopf. *»Pas de questions, tu te souviens?«*

Das sei doch langsam absurd, protestierte er, dieses Ausweichen, diese Geheimnistuerei. Warum das alles? »Sag's mir doch einfach.«

Doch sie weigerte sich. Es gebe Dinge, die er nicht verstehen, über die sie niemals sprechen könne.

Sein Blick fiel auf das orangefarbene Pillenröhrchen, das aus ihrem Necessaire herauslugte. Sofort stand sie auf und zog mit einer herrischen Geste den Reißverschluss zu. »Das geht dich nichts an!«

»Dass du vor deinem Mann Geheimnisse hast, ist normal«, sagte er. »So ist das nun mal in der Ehe. Aber ich bin dein Liebhaber, da muss man ehrlich sein ...«

»Bist du das? Mein Liebhaber?«

»Was sonst? Was sind wir füreinander?«

»Nichts.«

Er spürte einen Stich im Herzen. »Nichts?« Er stand ebenfalls auf, ging aus der Dusche und zog einen Bademantel über.

»Versteh mich nicht falsch, bitte. Ich bin gerne mit dir zusammen. Aber wir haben keine Zukunft. Wir sind Fremde ...«

»Und wessen Schuld ist das?«

Sie hob die Schultern. »Wenn das alles vorbei ist, fliegst du wieder nach Berlin, und ich gehe zurück zu meinem Mann nach Metz.«

Er schaute sie wütend an. Dann ging er ins Schlafzimmer und zog sich an.

Sie stand in der Tür. »Wohin willst du?«

»Runter, an den Strand. Ich brauche Luft.«

37

Unruhig ging Marcel den nächtlichen Strand entlang und lauschte der Brandung. Insgeheim hatte er gehofft, Héloïse würde ihm folgen. Gelegentlich schaute er in Richtung des erleuchteten Zimmerfensters. Doch nach einer halben Stunde ging das Licht aus, und er wurde von einem Gefühl der Einsamkeit ergriffen. Immer, wenn er mit ihr zusammen war, sagte er das Falsche. Er hätte ihr klarmachen müssen, dass sie sehr wohl eine Zukunft haben könnten. Wenn sie sich nur dafür entscheiden würde.

Als er ins Hotelzimmer zurückkehrte, schlief sie bereits. Er goss sich einen Whiskey ein, setzte sich in den Sessel und schaute ihr beim Schlafen zu. Ihr Gesicht war abgewandt, die dunklen Locken auf dem Kissen ausgebreitet. Ihre Brust hob und senkte sich sanft. Die Intensität dessen, was er für sie empfand, blendete ihn. Oder vielleicht war er zuvor blind gewesen und Héloïse hatte ihm die Beschaffenheit der Welt gezeigt.

Er nippte an dem Whiskey. Es gab kein Leben mehr, zu dem er zurückkehren konnte. Er hatte verbrannte Erde hinterlassen. Nichts würde sein wie vorher. Er würde von vorne anfangen müssen, vielleicht in einer anderen Stadt oder einem anderen Land. Einen anderen Beruf würde er sich suchen müssen. Vielleicht einen anderen Namen. In den letzten Tagen war ihm klar geworden, was für eine Last er die ganzen Jahre mit sich herumgetragen hatte. Die ständige innere Anspannung, die Angst vor der Enttarnung. Die Übelkeit in seiner Magengrube war für ihn zum Normalzustand geworden. Nun war er aufgeflogen, und so schrecklich das war, es barg auch eine kleine Gnade. Er konnte neu anfangen, reinen Tisch machen. Er hatte in diesen Tagen mit Héloïse etwas gekostet, von dem er vermutete, dass es manch anderen Menschen für immer vorenthalten blieb. Er begehrte sie auf eine Art, die ihn vollkommen verzehrte, und hätte man ihn gefragt, was er brauche, so hätte er geantwortet: nichts außer ihr, weder Schlaf noch Wasser, ich will nur bei ihr sein, in ihr sein, mit ihr sein.

Irgendwann, ein paar Stunden vor Sonnenaufgang, fiel ihm das leere Whiskeyglas aus der Hand und rollte lautlos über den dicken Teppichboden. Marcel war im Sessel eingeschlafen.

Er wachte erst auf, als die Morgensonne zaghaft über sein Gesicht strich. Er gähnte, streckte sich. Sein Genick war verspannt, sein Kopf pochte vom Alkohol. Héloïse schlief noch. Er stand auf und schleppte sich ins Bad, das Schlachtfeld des gestrigen Abends. Noch immer brannte das Licht, noch immer lag ihr nasser Bademantel auf dem Boden. Er pinkelte, wusch sich Oberkörper und Gesicht mit kaltem Wasser, dann putzte er sich die Zähne. Als er wieder ins Schlafzimmer kam, sah er, dass Héloïse sich im Schlaf in eine unbequeme Position gedreht hatte, die ihr aber nichts auszumachen schien. Ihre Augen waren geschlossen, aber ihr schöner Mund stand halb offen, und sie schnarchte ein wenig.

Marcel schrieb ihr eine kurze Mitteilung auf einen Zettel, den legte er auf den Nachttisch neben ihr, dazu ein frisches Glas Wasser und ein Aspirin.

Dann zog er sich an – Jeans und ein T-Shirt – und verließ leise das Schlafzimmer. Im Erdgeschoss nahm er sich zwei Zeitungen vom Marmortresen des Empfangs, *Le Monde* und die FAZ. Er ging in den Frühstücksraum. Die Kellnerin, *»a saftig maidele«*, wie seine Mutter gesagt hätte, brachte ihm Kaffee. Er bestellte Toast und Orangensaft. Sein Kopf schmerzte noch immer.

Bei der FAZ-Lektüre wurde es nicht besser. Im Feuilleton war ein Artikel über ihn – ausgerechnet von Rudi Müller. Im Grunde nicht weiter überraschend. Für Müller war Marcels Sturz ein gefundenes Fressen. Mit einem flauen Gefühl im Magen las er die Überschrift: »Star-Journalist der Fälschung bezichtigt.« Soso. Ein »Star-Journalist« war er jetzt also. Die Medien bauten ihn vermutlich auf, damit die Fallhöhe umso größer wurde. Dennoch fühlte er sich ein bisschen geschmeichelt – ein solches Kompliment, ausgerechnet von Müller, dem *Nudnik*!

Die Kellnerin brachte Marcel das Frühstück. Er biss in das Croissant und las den Artikel. Bei seiner Redaktion habe man »Bedenken bezüglich einiger nicht verifizierter Aussagen im Rahmen eines Interviews mit dem Hollywood-Star Eva Vargas, deren Wahrheitsgehalt von Vargas und ihrem Publicity-Team bestritten« werde. Thilo Sondermann wurde zitiert – man werde der Sache auf den Grund gehen, er versprach »vollständige Aufklärung«. Die Redaktion durchforste gerade alle Interviews und Artikel von Marcel Klein auf weitere Ungereimtheiten. Man habe Klein um Stellungnahme gebeten, aber der sei unauffindbar, offensichtlich abgetaucht. Marcels plötzliches Verschwinden verlieh dem Skandal eine besonders pikante Note. Müller erging sich noch ein paar Sätze lang in Spekulationen, deutete sogar einen möglichen Suizid an. Wütend warf Marcel die Zeitung auf den Tisch. Das könnte ihm so passen, dem *Schmock*! Aber nun war es amtlich – er war entehrt. Alle wussten, dass er ein Betrüger war. Er dachte an seine Mutter in Berlin, und ihm wurde heiß vor Scham. Er musste mit ihr reden, musste ihr die Sache erklären. Er stand auf, ging an die Rezeption und fragte, wo er hier telefonieren könne. Er lehnte an den Marmortresen, wandte den Angestellten den Rücken zu und wählte ihre Nummer. Ihm graute vor dem Gespräch.

Nach der Scheidung hatte Miriam das alleinige Sorgerecht bekommen und war mit ihrem Sohn nach West-Berlin gezogen. Marcel war die Stadt wie ein Gefängnis vorgekommen. Man konnte sie nicht verlassen, außer über die Transitstrecke, wo es an den Autobahnraststätten nur kratziges DDR-Klopapier gab. Eine deprimierende Zeit. Seine Mutter trank jeden Tag. Sie bemühte sich um Theaterengagements, bekam aber nur hier und da winzige Rollen und wurde im Laufe der Jahre immer bitterer. Den Großteil ihrer Tage verbrachte sie in der Schildkröte an der Uhlandstraße, ihrer Stammkneipe. Marcels Entschluss, nach Amerika zu ziehen, sah sie als einen Verrat an, auch wenn sie gleichzeitig hoffte, ihr Sohn könne es im Gegensatz zu ihr als Schauspieler »zu was bringen«.

Nach seiner ruhmlosen Rückkehr aus Kalifornien hielt er Abstand zu ihr. Ein gelegentlicher Besuch, Küsschen auf die Wange, ein paar Einkäufe mitbringen und sich Geschichten über Leute anhören, die er nicht kannte. Seine Mutter redete immer. Sie hatte Angst vor der Stille, daher redete sie. Im Theater hatte man sie nicht gewollt, also hatte sie die ganze Welt zu ihrer Bühne gemacht. Oder zumindest ganz Berlin, was ja dasselbe war.

Jetzt musste Marcel nicht lange warten. Seine Mutter ging gleich an den Apparat. »Marcel?«

Er brachte erst kein Wort heraus. Ein Gefühl hilfloser Wehmut wallte auf. »Mama?«, fragte er mit zerbrechlicher Stimme, als wäre er wieder ein Kind.

Seine Mutter schniefte am anderen Ende der Leitung. »Was ist denn passiert? Ich schaue gerade das *Morgenmagazin,* da geht's um Cannes, und die reden auch über dich …«

»Ja, es …« Die Stimme versagte ihm.

»Was ist denn los?«

Als er sich gefangen hatte, erklärte er ihr in knappen Worten die Situation. Dass er einige seiner Interviews »nachgebessert« hatte und dass man ihm nun Fälschungen vorwarf. Sogleich prangerte er aber auch die »kaputte Medienkultur« an, die ihn dazu verleitet, ja geradezu gezwungen habe … Der ungeheure Druck, dem er Tag und Nacht ausgesetzt sei, die unmöglichen Erwartungen, ganz zu schweigen von den ewig hungrigen Algorithmen der sozialen Netzwerke, die mit Promi-News gefüttert werden mussten, damit er im Spiel bleiben und die Miete zahlen konnte. Er versprach Läuterung. Er versicherte ihr, dass er im Grunde seines Herzens immer noch derselbe war. Er wollte, dass sie ihn so sah, wie er in seiner Kindheit gewesen war: unschuldig. Doch da stand etwas zwischen Mutter und

Sohn, über das Marcel nie zu sprechen wagte. Denn insgeheim machte er sie verantwortlich für den Defekt in seinem Herzen. Also log er wieder: »Alles wird gut«, sagte er am Ende des Telefonats mit geheuchelter Fröhlichkeit. »Mach dir keine Sorgen. Das kommt alles wieder ins Lot.«

Da überraschte ihn Miriam. Sie bot ihm ihre Hilfe an. »Ich komme nach Cannes«, sagte sie entschlossen. »Du brauchst deine *Mame.*«

Wider Willen war er gerührt.

Sie wollte sofort einen Flug buchen, sprach mit einer bedingungslosen Zärtlichkeit auf ihn ein, nach der er sich oft gesehnt hatte und die sie ihm meist vorenthielt. Doch er lehnte ab. Er müsse das allein hinkriegen, sagte er. Héloïse erwähnte er nicht. »Übrigens bin ich nicht in Cannes«, fügte er hinzu. »Ich bin in einem Hotel außerhalb der Stadt, an der Küste. Eine kurze Auszeit. Mach dir bitte keine Sorgen, in ein paar Tagen bin ich wieder in Berlin, dann sehen wir uns und reden über alles.«

Sie schien einigermaßen beruhigt zu sein. »Ich hab dich lieb«, sagte sie zum Abschied, und er verspürte plötzlich einen Kloß im Hals.

38

Marcel hängte ein und schaute auf seine Armbanduhr. Halb zehn. Er wollte heute Morgen noch zur Werkstatt und sich nach Héloïses Peugeot erkundigen. Krankenbesuch bei einem Auto. Als er zum Ausgang ging, lauerte ihm die hübsche, strenge Empfangschefin auf und fragte, ob alles zu Monsieurs Zufriedenheit sei. Wo er denn hingehe? Saint-Raphaël? Ob er da nicht lieber ein Taxi nehmen wolle? Marcel wimmelte Mademoiselle Ferrer höflich ab, setzte Hut und Sonnenbrille auf und trat ins Freie. Er ging die Küstenstraße entlang, die in der Sonne glühte. Gelegentlich konnte er hinter Mauern oder Sträuchern einen Blick auf ockerfarbene Wände und rote Dachziegel erhaschen, wie auf einem Gemälde von Cézanne.

Nach etwa einer halben Stunde kam er in der Werkstatt an. Der Chef, der mollige Monsieur Duong, kam im Rollstuhl angeschwirrt, begrüßte Marcel freundlich und bot ihm einen Kaffee an. Marcel lehnte dankend ab. Aber Duong beharrte – einen so guten Kaffee bekomme er sonst nirgends. Duong rollte in eine kleine Küche und kam mit einem Glas Kaffee zurück, an dessen Boden sich eine Schicht Kondensmilch befand. Marcel ließ sich ein Löffelchen Zucker einrühren und probierte – der Kaffee war nussig, vollmundig und süß. Großartig. Eine solche Köstlichkeit, ausgerechnet hier, in einer Werkstatt? Der Chef war geschmeichelt. Er braue den Kaffee nach einem Rezept seiner Tante aus Saigon. Oder Ho-Chi-Minh-Stadt, wie es ja heute heiße.

Marcel ließ sich Héloïses Wagen zeigen. Er empfand dabei ein seltsames Gefühl von Wehmut. An dieses Auto gelehnt, hatten er und Héloïse sich das erste Mal geliebt. Er war eine Reliquie ihrer Leidenschaft. Doch der Sex-Peugeot war nach wie vor fahruntauglich, die Ölwanne noch nicht ausgewechselt. Duong wartete auf ein Ersatzteil, das von einem Großhändler in Aix-en-Provence geliefert werden musste. Bald, sehr bald würde es kommen. Heute Nachmittag, allerspätestens morgen früh. *Encore un café?*

Marcel saß im Büro des Chefs und hörte zu, wie dieser von Vietnam erzählte, einem Land, das Marcel nie besucht und in das es ihn bislang auch nicht gezogen hatte. Duong malte ein üppiges Bild: das pulsierende Leben der Großstadt, chaotisch, lebendig, wild, die futuristischen Hochhäuser, der Markt von Ben Thanh, das Opernhaus, die leckeren Banh-Mi-Sandwiches, der Sonnenaufgang über der Bucht von Halong … Marcel bekam gleich Lust, dort hinzureisen. Warum nicht? Vielleicht sollte er Europa verlassen und als Weltenbummler durch Asien tingeln. In Vietnam kannte ihn keiner. Dort könnte er sich neu erfinden, irgendeinen Job suchen, vielleicht als Englischlehrer. In Vietnam war das Leben billig und der Kaffee göttlich. Alles war möglich!

Er fragte den Chef, ob er von seinem Telefon aus ein Ortsgespräch führen dürfe. Duong hatte nichts dagegen.

Kaum ertönte das Klingelzeichen, ging Héloïse auch

schon an den Apparat. Ihre Stimme klang fröhlich und gelöst.

»Chéri!«, sagte sie. *»J'ai faim.«*

»Moi aussi.«

Sie verabredeten, sich in Saint Raphaël zu treffen. Als Marcel von Monsieur Duong Abschied nahm, fühlte er sich sorglos und tapfer, und in seinem Herzen trug er ein süßes Gefühl. *»Chéri«* hatte ihn Héloïse genannt. Die Welt strahlte.

39

Das Bistro Chez Manou hatte immerhin einen Stern im Guide Michelin. Es befand sich an einem kleinen Platz im Herzen der Stadt, gleich bei der Église Saint-Raphaël. Das Bistro war nur vierzig Meter von der mittelalterlichen Kirche aus grauem Gestein entfernt, in einem leicht schief stehenden Haus, dem der Geruch der Jahrhunderte anhaftete. Als Héloïse und Marcel in den Gastraum eintraten, ein Gewölbe wie in einem Weinkeller, wurden sie von angenehmer Kühle und einer stämmigen, rothaarigen Frau mittleren Alters empfangen. Manou kam um den Tresen herum, wischte sich die Hände an einer Kittelschürze ab und wies ihnen fröhlich einen Holztisch am Fenster zu. Es gab kein Tischtuch, nur eine Kerze in einer bauchigen Weinflasche. Hinter dem Tresen hing ein Porträt von Napoleon. Der Franzosenkaiser starrte grimmig vor sich hin. Marcel bat um eine Speisekarte. Es gab keine – stattdessen waren die Tagesgerichte mit Kreide auf einer Tafel angeschrieben. Bei Chez Manou wurde gegessen, was auf den Tisch kam.

Heute kam ein Salat mit Mandarinenscheibchen und Birnen an einer Vinaigrette auf den Tisch, das Rezept hatte Manou aus Marokko, wo sie ein paar Jahre gelebt hatte. Dazu etwas Couscous mit gebratenem Thunfisch.

Marcel und Héloïse bestellten Campari mit Grapefruitsaft. Und eine Flasche Champagner.

Als die Wirtin mit der Flasche kam, sprach Marcel sie auf das Porträt an der Wand an. Manou erklärte, dass sie eine direkte Nachfahrin sei. Bonaparte habe mal eine Nacht in Saint-Raphaël verbracht und sich dabei mit Manous Urahnin verlustiert, einer einfachen Stallmagd. Genau hier, wo jetzt der Tisch mit der bauchigen Weinflasche stand, vor den Augen der Kühe. Für die Stallmagd war es eine Nacht unvergesslicher Leidenschaft gewesen, für die Kühe vielleicht auch, für Bonaparte hingegen nur ein Boxenstopp.

Marcel lachte und hob das Glas. »Auf Bonaparte!«

»Vive la France!«, sagte Héloïse.

Die Wirtin lachte mit und ließ sie dann allein.

»Kennst du Vietnam, warst du da mal?«, wollte Marcel wissen.

»Non, jamais.«

»Vielleicht sollten wir da mal hinfahren, du und ich?«

Lächelnd schüttelte sie den Kopf.

»Warum nicht?«, fragte Marcel. »Duong hat mir davon erzählt. Muss toll sein. Oder wir ziehen in die Provence?« Er blickte in die Sonnenflecken, die sich in seinem Champagnerglas spiegelten. »Ich kaufe das Haus, das wir gesehen haben. Dort könnten wir leben, du und ich. Ich baue Wein an.«

»Das ist doch absurd.«

»Warum?«, fragte er. »Coppola hat das auch gemacht.« Doch er wusste, dass all das nur ein Fiebertraum war. Nicht nur, weil Marcel pleite war und kein Mensch ihm einen Kredit geben würde. Er lächelte ihr zu, hob das Glas.

»Auf die Zukunft«, sagte er mit fröhlicher Stimme, denn er wollte seine Melancholie vertreiben.

»Auf die Zukunft«, stimmte Héloïse ein. Sie stießen an, die Gläser gaben einen hellen, himmlischen Glockenklang von sich.

Als Héloïse ihr Glas absetzte, sah Marcel, dass der Champagner darin eine rosa Färbung hatte, und wunderte sich. Er hatte doch keinen Rosé bestellt? Dann sah er, dass die Farbe von einer Art flüssigem, rotem Streifen zu kommen schien, der sich im Glas langsam zersetzte. Anfangs wusste er dieses eigenartige Bild nicht einzuordnen. Dann wurde es ihm klar. Blut. Er hob den Blick zu Héloïse und sah, dass auch ihre Lippen rot waren. Sie schien es nicht zu merken. Doch Marcels Blick beunruhigte sie.

»Tu saignes«, sagte er schockiert.

Sofort senkte sie den Kopf, brachte die Serviette an ihre Lippen. Das weiße Baumwolltuch verfärbte sich.

Dann schien ihre Kraft sie zu verlassen. Sie klammerte sich an der Tischplatte fest, dabei stieß sie mit dem Ellbogen das Champagnerglas um, das mit einem unangenehmen Klirren auf dem Boden zerbarst, ein Glockenklang, der diesmal etwas Unheimliches einzuläuten schien. Marcel verstand nicht, was es war. Aber es machte ihm Angst.

40

Als das Taxi, das Manou für sie gerufen hatte, vor dem Bistro vorfuhr, war Héloïse noch immer sehr schwach. Sie stützte sich auf seine Schulter. Marcel, außer sich vor Sorge, wollte ins Krankenhaus fahren, doch Héloïse weigerte sich mit einer Vehemenz, die ihn verblüffte und entwaffnete. Gemeinsam mit Manou half er Héloïse in den Wagen. Er wollte noch die Rechnung begleichen, aber Manou winkte ab. Erst solle er sich um Madame kümmern, sagte sie, alles andere könne warten: *»On réglera ça une autre fois.«*

Unterwegs wollte Marcel mit Héloïse über den Vorfall sprechen, aber sie antwortete nicht, starrte nur wortlos aus dem Fenster. Die Stadt zog an ihnen vorbei, bis das Taxi schließlich vor der Villa Mauresque hielt.

Auf dem Zimmer schloss sich Héloïse eine geschlagene halbe Stunde im Bad ein. Als sie endlich wieder herauskam, war sie schwach. Sie müsse schlafen, sagte sie. Marcel nickte und zog sich ins Wohnzimmer zurück. Er überlegte, ob er rausgehen sollte, irgendwohin, egal wo. Aber die Welt da draußen war ihm jetzt zu bedrohlich. Er schaltete den Fernseher ein, griff nach der Fernbedienung und zappte rastlos durch verschiedene Sender. Als er sein Sakko auszog, ertasteten seine Finger das Flugblatt, das er beim Einchecken am Empfang mitgenommen hatte – für die Aufführung des Chaplin-Films. Er hob die Augenbrauen und rief die angegebene Nummer an. Dann ließ er sich in den Sessel sinken und vom französischen Fernsehen berieseln.

Er musste eingeschlafen sein, denn es waren Geräusche aus dem Schlafzimmer, die ihn plötzlich weckten. Er klopfte an und ging hinein. Héloïse saß auf der Bettkante und griff nach einer Whiskeyflasche.

»Geht es dir wieder besser?«, fragte er.

Sie nickte.

»Was ist eigentlich passiert? Vorhin?«

Sie hob kurz die Schultern, stand auf, füllte ein Glas. »Lass gut sein.«

»Ich mache mir Sorgen.«

Sie schüttelte den Kopf. Es war, als interessiere sie das Thema nicht.

Er schaute sie an. »Bitte! Du … du musst mir sagen, was los ist.«

»*Vraiment?* Muss ich das?«

Er wollte ihr erklären, was er für sie empfand, aber als könne sie seine Gedanken lesen, zuckte sie abweisend mit den Achseln.

»Es ist völlig egal«, sagte sie. »Hat doch alles keinen Sinn.« Sie trank abrupt aus. »Ich will schwimmen gehen. Bevor es zu spät ist.«

Also gingen Héloïse und Marcel hinunter zum Pool. Die Hitze des Tages hatte nachgelassen, aber die Terrakottafliesen waren noch immer warm. Zu dieser Nachmittagsstunde waren sie die einzigen Gäste hier. Die Schatten wurden länger, das Licht war goldfarben.

Héloïse breitete ihr Handtuch auf einem Liegestuhl aus, streifte ihr Kleid ab, legte sich hin und setzte eine große Sonnenbrille auf, die ihr Gesicht katzenhaft wirken ließ. Den schlichten schwarzen Bikini hatte sie in der sündhaft teuren Boutique in der Hotellobby gekauft. Marcel lehnte sich in seinem Liegestuhl zurück, von hier aus hatte er einen guten Blick über die Landschaft hinter dem Hotel.

Auf der anderen Seite des Swimmingpools tauchte ein Ehepaar aus England auf und stritt sich leise mit spitzen, britischen Stimmen. Sie warfen Marcel und Héloïse einen misstrauischen Blick zu, der sie für einen Moment schweigend vereinte. Die Frau zeigte auf einen Tisch auf der Terrasse, und der Mann huschte ihr gehorsam hinterher. Bald waren sie aus Marcels Blickfeld verschwunden.

Marcel hütete sich, etwas zu sagen. So viel hatte er mittlerweile gelernt. Eine Weile lang schauten sie in die Sonne. Auf den Wellen des Pools funkelte das Licht des Nachmittags.

Ohne ihn anzusehen, sagte Héloïse: »Du wirst mir fehlen.«

Marcels Kehle schnürte sich zusammen. »Du mir auch«, erwiderte er.

Sie stand auf. »Ich gehe ins Wasser. Kommst du?«

Sie hielt ihm ihre Hand hin, und er griff danach. Spielerisch zog sie ihn auf die Füße, dann gingen sie gemeinsam zum Rand des Schwimmbeckens. Er schaute zu, wie sie sprang und im Wasser versank.

Wenige Sekunden später tauchte sie wieder auf, prustete und fuhr sich mit den Händen durchs nasse Haar.

»Viens«, sagte sie.

Er zögerte. Aber warum, das konnte er nicht sagen. Er hatte das Gefühl, an einer Schwelle zu stehen. Héloïse schwamm zu ihm und hielt sich am Rand fest. Er setzte sich an den Rand des Schwimmbeckens, ließ die Beine ins Wasser sinken. Er beugte sich zu ihr und küsste ihre nasse Schulter. Sie brachte ihre Lippen an sein Ohr: »Komm rein. Ich will dir was sagen.«

Damit stieß sie sich vom Rand ab und schwamm weg, bis ans flache Ende des Beckens, wo sie stehen konnte. Marcel sprang. Von der Kälte stockte ihm der Atem. Dann tauchte er ab. Das Sonnenlicht fiel in diffusen Streifen durch das blaue Wasser. Alle Klänge waren hohl und verzerrt. Er fühlte sich schwerelos, als wäre er nicht mehr Teil der Wirklichkeit. Er tauchte auf Héloïse zu und zog sie nach unten, an sich heran. Sie schrie auf, ließ es aber geschehen. Einige Sekunden blieben sie unterhalb der Oberfläche, ihre Hände hungrig nach dem Körper des anderen.

Dann ging ihnen die Luft aus, und sie tauchten wieder auf, rangen beide um Atem. Sie umarmte ihn. Nein, sie umklammerte ihn mit einer Heftigkeit, die ihn überraschte. Er atmete gegen ihre nasse Haut. Sie brachte ihre Lippen an sein Ohr und flüsterte ihm etwas zu.

Mehrere Sekunden lang standen sie so da. Sie sprach in leisen, eindringlichen, klaren Worten. Marcel hörte zu. Sein Körper war wie versteinert. Als Héloïse fertig gesprochen hatte, stieß sie sich abrupt von ihm ab und schwamm wieder zurück. Sie stieg aus dem Pool und ging zu ihrem Liegestuhl. Ein Wasserfleck breitete sich auf dem Terrakottaboden aus, sie griff nach ihrem Handtuch und sah sich zu Marcel um, der noch immer im Pool stand, wie eine Statue.

Der Wind wehte ein paar verwelkte Blütenblätter herbei. Sie drifteten auf dem Wasser vor und zurück, wie von einer unsichtbaren Macht getrieben, die ihnen nicht gestattete, zur Ruhe zu kommen.

41

Héloïse war bester Laune. Sie hatte von Saint-Raphaël noch kaum etwas gesehen und Marcel überredet, mit ihr dort zu Abend zu essen. Sie schlenderten am Jachthafen Santa Lucia vorbei, von dem aus man einen herrlichen Blick auf die kleine Île d'Or im Sonnenuntergang hatte. Auf der Promenade flanierten die Menschen. Marcel und Héloïse gelangten zu der imposanten Basilika, die laut einer Broschüre gegen Ende des 19. Jahrhunderts von einem größenwahnsinnigen Bürgermeister errichtet worden war. Er wollte aus dem kleinen Fischerdorf eine Touristenattraktion machen und brauchte dazu eine überdimensionierte Kirche, als Käse für die Falle. Die Rechnung war aufgegangen.

Beim Spaziergang durch die Altstadt stießen Héloïse und Marcel auf einen kleinen Jazzclub, in dem es auch etwas zu essen gab. Der Raum war im Stil der Zwanzigerjahre gehalten: abgerundete Ecken, gedämpfte Beleuchtung, Mahagoniholz und rote Vorhänge. Héloïse fühlte sich wie Ingrid Bergman in *Casablanca* an der Seite von Humphrey Bogart. Sie bekamen einen Tisch in der Nähe der Bühne. Héloïse bestellte einen exotischen Cocktail, der mit einem Wachtelei und einer Orangenscheibe serviert wurde, eine Spezialität des Hauses. Marcel blieb bei Whiskey. Vorsichtshalber, wie er sagte.

Auf der Bühne sang eine junge Jazzsängerin, eine Entdeckung aus Kigali. Mit gehauchter Stimme verlieh sie Chansons von Édith Piaf, Jacques Brel und Serge Gainsbourg neues Leben. Héloïse war begeistert.

Marcel aß ein Thunfischtartar mit Avocado und Koriander, Héloïse hatte sich für den *Loup de mer* entschieden, mit Gemüse, in Olivenöl gebraten. Eine Weile lang taten beide so, als wäre alles in Ordnung. Doch dann ging ihnen der Smalltalk aus.

Marcel legte Gabel und Messer auf den Teller. »Willst du nicht lieber darüber reden?«

»Worüber?«

»Ich … *Come on!* Lass die Spielchen.«

Sie hob die Schultern und wich seinem Blick aus, schaute stattdessen zu der Sängerin auf der Bühne. Sie trank einen Schluck von ihrem Cocktail.

»Tut's … tut dir was weh?«, fragte er.

»Im Moment?«

»Ja. Aber auch … so generell?«

Héloïse schüttelte den Kopf. »Nicht sehr oft. Das ist das Gute daran. Ich habe fast keine Schmerzen … zumindest noch nicht. Ab und zu vielleicht. Meistens ist es eher …« Sie ließ die Gabel sinken und suchte nach dem richtigen Wort. »Ich bin oft erschöpft. *Sans force.* Kraftlos.« Dann führte sie einen Bissen zum Mund. *»C'est délicieux, ça.«*

»Warum hast du mir nichts davon gesagt?«

Sie hob die Schultern. »Warum sollte ich das?«

»Weil ich dich …« Er brachte den Satz nicht zu Ende. Im letzten Moment griff er nach seinem Glas Perrier. Er trank nervös. »Hast du eine zweite Meinung eingeholt?«

Sie lachte kurz auf. »Machst du … Soll das ein Witz sein?«

»Also?«

»Ja, was denkst du? *Bien sûr.* Eine zweite, eine dritte.«

»Ein Bekannter von mir … Ich kenn da jemand, Stefan, der ist Onkologe. In Berlin. Einer der Besten. Ich kann ihn anrufen …«

»Ich war schon beim Besten. Ich war bei allen.«

»Ich rufe ihn an …«

»Laisse-moi tranquille!«, herrschte sie ihn plötzlich an. Von den Nebentischen warf man ihnen irritierte Blicke zu. Auch die Augen der Jazzsängerin flackerten kurz zu den Störenfrieden. Héloïse tupfte sich mit der Serviette an den Augenrändern. »Lass mich bitte!«, zischte sie. »Ich hab doch gesagt, ich will nicht darüber reden!«

»Ich wollte nur …«

»Ich war bei unzähligen Ärzten, in Metz, in Straßburg, in Luxemburg.« Mit der linken Hand griff sie nach ihrem Glas. Dabei spürte sie eine unbestimmte Taubheit, mit der sie mittlerweile vertraut war. Denn so hatte es angefangen, mit dem tauben Gefühl im Arm.

In den ersten Wochen hatte sie es kaum wahrgenommen. Und dann maß sie der Sache wenig Bedeutung zu. Es war der Stress, dachte sie, der ewige Stress in der Schule. Nach dem Unterricht war sie vollkommen ausgelaugt, immer musste sie präsent sein für die Kinder in ihrer Klasse, die offenbar unbegrenzt Kraft hatten. Im Gegensatz zu ihr.

Die Taubheit ließ nicht nach. Die Erschöpfung auch nicht. Ganz im Gegenteil. Es war eine bleierne, fast schmerzhafte Schwere. Morgens hatte sie Mühe, aus dem Bett zu kommen. In der Schule war sie lustlos. Ihr Verhalten fiel auf. Bei einem ihrer Schüler reagierte sie schnippisch und musste sich vor den Eltern und dem Direktor verantworten. Sie entschuldigte sich, redete sich heraus – sie sei einfach nur überlastet, brauche Urlaub.

Dann kamen die Osterferien. Grégoire und sie fuhren ein paar Tage in die Vogesen, mieteten eine Ferienwohnung, aber auch das half nicht. Sie schlief viel und wanderte wenig, was ungewöhnlich war. Allein schon eine Treppe hochzugehen brachte sie aus der Puste. Die meiste Zeit wollte sie einfach nur schlafen. Grégoire konnte sich ihr Verhalten nicht erklären. Er wollte helfen, wusste aber nicht, wie. Zurück in Metz fühlte sie sich überhaupt nicht ausgeruht.

Als sie dann wenige Tage später in den Spiegel schaute, sah sie rote Flecken an ihren Lippen. Zahnfleischbluten. Auch das beunruhigte sie nicht weiter. Vielleicht hatte sie sich mit der Zahnseide verletzt?

Doch irgendwann wurde sie stutzig. Ständig überfielen sie stechende Kopfschmerzen, und das Zahnfleischbluten häufte sich. Sie ging zu ihrem Hausarzt, aber er hielt sie bloß für zu »emotional«, die klassische Malaise der Frauen, zumindest nach Ansicht der Männer. Doch Héloïse war sich mittlerweile sicher, dass etwas nicht stimmte. Sie wandte sich an einen Spezialisten in Luxemburg, der ihr von einer Kollegin empfohlen worden war.

Sie musste die Konsultation aus eigener Tasche bezahlen, der Arzt nahm nur Privatpatienten. Die Praxis lag im vierten Stock eines eleganten Apartmenthauses der Gründerzeit. Ein moderner Glasaufzug brachte sie nach oben. Der Arzt war ein gutaussehender und selbstgefälliger Mann mit einer aus der Mode gekommenen Gelfrisur. Er versicherte ihr, dass er ihr helfen könne. Eine Krankenschwester nahm eine Blutprobe, dann war es wieder vorbei. Der Glasaufzug brachte Héloïse nach unten, der Peugeot brachte sie zurück ins heimische Metz, und der graue Alltag hatte sie wieder. Sie begann in diesen Tagen, wieder in die Kirche zu gehen, was sie schon seit ihrer Jugend nicht mehr getan hatte.

Innerlich schloss sie einen Vertrag mit Gott: Wenn du mich vor dem Schlimmsten bewahrst, werde ich dir mein Leben widmen, werde meine Tage in Ehrfurcht und Demut verbringen, werde dich lieben und preisen und alle Gebote einhalten.

Doch das Wort »Krebs« ging ihr nicht mehr aus dem Kopf. Jedes Mal, wenn sie einen Spaziergang durch den Parc du Grand Pâtural machte, fragte sie sich, wann sie die Bäume und Blumen zum letzten Mal sehen würde.

Bereits in ihren Zwanzigern hatte man eine Schwellung einiger Lymphknoten festgestellt, es gab damals Verdacht auf Unterleibskrebs. Man hatte ihr die Gebärmutter entfernt. Als sie aus der Narkose erwacht war, war ihr Traum, Mutter zu werden, für immer dahin. War es möglich, dass der Krebs noch immer irgendwo in ihrem Körper lauerte? Dass er sich nur zurückgezogen und abgewartet hatte?

Umso größer war ihre Erleichterung, als die Luxemburger Privatklinik schließlich Entwarnung gab – ihre Finger zitterten, als sie den Brief aufriss: Eine Epstein-Barr-Markierung ließ auf chronische Erschöpfung schließen, weiter nichts. Erleichtert presste sie den Brief an ihre Brust und kämpfte gegen die Tränen.

Sofort schickte sie sich an, ihren Teil der Abmachung

einzuhalten: Sie ging wieder regelmäßig zur Messe und betete jeden Abend vor dem Einschlafen. Sie hörte auf zu stehlen. Sie lebte demütig, gottesfürchtig und bescheiden, worüber Grégoire sich wunderte. Der neue Glaubenseifer seiner Frau schien ihn zu irritieren. Auch sonst gab es nach all den Jahren der Ehe nur noch wenig, was sie miteinander verband. Ihre Leidenschaft fürs Kino hatte Grégoire ohnehin nie teilen können. Héloïse hatte das immer mit Fassung ertragen. Sie liebte ihn auf ihre Weise. Nur wenige Tage nachdem sie ihn kennengelernt hatte, in der Küche bei der Studentenparty, hatte er sie angerufen und zum Abendessen ausgeführt, in ein gutes Restaurant. Er hatte sich Mühe gegeben. Und er hatte etwas Verschmitztes, was ihr gefiel. Als Pharmaziestudent kannte er sich mit giftigen Substanzen aus. Bei jedem Gang, der serviert wurde, erklärte er ihr, welches tödliche Gift man jetzt am wenigsten schmecken würde, und brachte sie zum Lachen. An diesem Abend lag ein Zauber in der Luft.

Auf dem Heimweg war sie mit ihren hohen Absätzen auf dem Kopfsteinpflaster gestolpert und hatte sich den Knöchel verstaucht. Grégoire hatte ihr aufgeholfen und sich fürsorglich um sie gekümmert. Das hatte ihr imponiert. Er war als Mensch ganz anders als sie, aber es gab durchaus gemeinsame Interessen. Sie reisten beide gerne, sie wanderten, sie interessierten sich für fremde Kulturen. Und sie waren beide anständige Katholiken, das war ihr wichtig. Nach einigen Monaten hatte er um ihre Hand angehalten, bei einem Wochenendausflug in einem Hotel an der Mosel, mit traumhaftem Blick über die Weinberge. Er hatte vor ihr gekniet, und ihr waren vor Rührung die Tränen gekommen.

Sie hatte ihm die Antwort gegeben, die er hören wollte, und dabei ihr Bauchgefühl ignoriert. Was kann man auch schon sagen außer Ja? Ein Heiratsantrag ist immer auch eine Art von Erpressung. Die Ehe wurde ein halbes Jahr später ganz in der Nähe geschlossen, in der hübschen Église Saint-Genest, außerhalb von Metz.

Das Leben mit Grégoire war nicht immer einfach und nicht immer prickelnd. So wie jede Ehe eben. Es gab gute Tage und schlechte Tage. Héloïse war eigentlich immer zufrieden gewesen. Zumindest bist jetzt. Die Angst, todkrank zu sein, hatte sie aufgerüttelt. Sie hatte an ihrem Leben gezweifelt. Und an ihrer Liebe zu Grégoire. Doch nun, so sagte sie sich, war alles wieder im Lot.

Dann kehrte die Angst wieder. Wenn Héloïse wirklich an chronischer Erschöpfung litt, warum hatten die Symptome erst in den letzten Monaten angefangen? Und warum wurde es immer schlimmer? Die Entkräftung nahm zu. Ihre Haut wurde blasser. Sie verlor Gewicht. Zu dem gelegentlichen Zahnfleischbluten kam jetzt auch Nasenbluten.

Als sie eines Tages beim Unterricht zusammenbrach, brachte sie der Krankenwagen in die Klinik, wo man neue Tests machte und weitere Blutproben abnahm. Da sie zwei Stunden später wieder bei Kräften war, bestand sie darauf, nach Hause zu gehen.

Am nächsten Morgen rief eine Krankenschwester aus der Klinik an – man würde gerne noch einen weiteren Bluttest machen, ob sie vielleicht für eine zweite Entnahme zur Verfügung stünde?

»Bien sûr«, sagte sie. *»Quand ça?«*

»Maintenant, si vous voulez.«

»Maintenant?«

»Oui, pourquoi pas?«

Na gut, warum nicht?, dachte Héloïse. Dann eben sofort. Die Dame hatte recht: Warum die Dinge warten lassen? Die erste Unterrichtsstunde war an diesem Tag um zehn, das würde sie gewiss vorher schaffen.

Also fuhr sie zur Klinik und ließ sich das Blut abnehmen, wobei sie sich angeregt mit der Krankenschwester unterhielt. Es hätte sie stutzig machen sollen, dass so schnell ein Termin für sie frei war.

Die Wahrheit erfuhr sie durch einen Fauxpas der Krankenschwester. Diese fand es erstaunlich, dass eine Patientin wie Héloïse einfach wieder nach Hause geschickt werde.

»Pourquoi?«, fragte Héloïse.

Die Krankenschwester plapperte fröhlich vor sich hin: Nun, es sei halt einfach ungewöhnlich, jemanden mit Leukämie nicht sofort einzuweisen.

»Leucémie?«, fragte Héloïse verdutzt.

Die Schwester lief rot an und schlug die Hände vors Gesicht. *»Mon dieu.«* Sie habe zu viel gesagt.

Das arme Ding war den Tränen nahe, und Héloïse, die Todgeweihte, musste sie trösten.

Die Schwester rannte aus dem Zimmer, kurz darauf kam ein Arzt und setzte sich zu Héloïse. Er erklärte alles in minutiösen medizinischen Details – die Diagnose, die tödliche Krankheit in ihrem Blut, der Befall der Lymphknoten, der besagte, dass der Krebs bereits metastasierte. Ihre schlimmsten Befürchtungen hatten sich bewahrheitet. Der Unterleibskrebs seinerzeit war lediglich der Auftakt gewesen.

Und hätte man, so der wohlmeinende Arzt, die Sache

nur ein paar Monate früher diagnostiziert, dann hätte Héloïse jetzt bessere Chancen.

Und wie standen sie denn, die Chancen?

»Pas si mal«, sagte der Arzt – nicht so schlecht, aber bei Franzosen konnte das auch das Gegenteil bedeuten.

42

Héloïse schaute wie verzaubert zur Bühne. Sie nahm außer der Musik kaum etwas wahr. Die Sängerin gab eine bluesige Coverversion von Jacques Dutroncs *Le responsable* zum Besten, einem Song, den Héloïse schon immer gemocht hatte. Er erinnerte sie daran, wie sie als Teenagerin mit ihren Freundinnen in die Disco in … und in dem Moment fiel ihr wieder ein, dass sie sterben würde.

»Alles in Ordnung?«, fragte Marcel mit besorgtem Blick.

Als er ihre Hand berührte, zwang sie sich zu einem Lächeln.

»Möchtest du einen Kaffee?«, wollte er wissen.

Sie schüttelte den Kopf. »Lass uns gehen.«

Der Hafen war mit Lichterketten dekoriert, die im Abendlicht funkelten. In der Ferne sahen sie ein Riesenrad und gingen darauf zu. Es war Teil eines Vergnügungsparks, in dem es auch ein altes Karussell gab, mit handgeschnitzten Holzpferdchen und Drehorgelmusik.

Marcel zog Héloïse fester an sich. Sie schaute ihn an und strich mit ihren Fingerkuppen über seine Lippen. Er küsste ihre Hand.

»Regarde!«, sagte Héloïse und deutete auf die Leuchtschrift über einem breiten Eingang: Casino Barrière. Sie zog Marcel mit sich. Eine Steintreppe führte ins Innere des fla-

chen weißen Gebäudes, das Héloïse an einen Flughafen erinnerte. Doch die stylische Architektur verbarg lediglich den wahren Kern der Sache, nämlich das schamlose Ausnutzen von Spielsucht. Héloïse schlenderte durch die Gänge von einarmigen Banditen, die blinkten und piepten, warf hier und da ein paar Münzen ein.

Ihr entging nicht, wie Marcel an einen Geldautomaten trat und seine Karte in den Schlitz steckte. Mit sichtlicher Nervosität wartete er auf sein Geld. Héloïse ging zu ihm und legte ihm die Hand auf die Schulter. Er zuckte zusammen und wandte sich ihr lächelnd zu. Der Automat spuckte tatsächlich Bargeld aus, das er am Schalter gleich neben dem Automaten in Jetons umtauschte.

»Viens jouer avec moi.« Héloïse fasste Marcel an den Händen und zog ihn in Richtung der grünen Spieltische. Sie kam sich vor wie in einem James-Bond-Film, umringt von eleganten, gut gekleideten Menschen. Das war etwas anderes als die gammeligen *salles de jeux* in ihrer Heimatstadt. Als sie Platz genommen hatten, bestellte Marcel Mineralwasser. Auf Héloïses fragenden Blick hin sagte er, dass man am Spieltisch einen kühlen Kopf bewahren müsse. Das hatte er in Las Vegas gelernt, wo der Alkohol in den Casinos gratis war, aus gutem Grund.

»Hast du Geld verloren, in Las Vegas?«, fragte Héloïse.

Marcels helles, schönes Lächeln ließ sie innerlich erglühen.

»Ja. Alles, was ich damals hatte«, sagte er lapidar und reihte die Jetons vor sich auf.

Neben ihnen saß ein Rentner aus den Niederlanden, der sich vorstellte: Joost war sein Name. Man schüttelte einander die Hand. Joost entpuppte sich als ein Profi, der durch ganz Europa reiste, um in den Casinos seine Pension aufzubessern. Eigentlich war er Pokerspieler, aber heute Abend war er außer Dienst, sozusagen, und wollte sich nur ein wenig entspannen. Er gab Héloïse und Marcel einen Tipp: Beim Roulette solle man am besten auf Rot oder Schwarz setzen, dann stünden die Chancen fünfzig-fünfzig, also gar nicht so übel. *Pas si mal,* dachte Héloïse. Sie hasste diesen Ausdruck.

Das System funktionierte, Héloïse häufte langsam, aber sicher kleinere Gewinne an. Doch bald waren sie so ausgelassen, dass sich Marcel dazu verleiten ließ, all seine Chips auf eine einzige Zahl zu setzen – Héloïses Geburtstag.

»Rien ne va plus«, sagte der Croupier mit dem haarfeinen Schnurrbart.

Angespannt schaute Héloïse zu, wie das Kügelchen gemächlich ausrollte und auf der falschen Zahl landete. Marcel stöhnte auf, aber Héloïse musste lachen. Sie brachte niemandem Glück, das wusste sie, weder sich selbst noch den Männern in ihrem Leben.

Als Héloïse und Marcel spät in der Nacht aufs Zimmer kamen, liebten sie sich wieder. Héloïse forderte ihn auf, sie zu fesseln. Zunächst schien es ihm peinlich zu sein, aber dann wickelte er ihre Handgelenke mit einem Seidenschal an den Bettpfosten.

»Et les yeux«, flüsterte Héloïse erregt.

Er verband ihr die Augen, sodass sie ihm in köstlicher Hilflosigkeit ausgeliefert war. Sie erbebte, als er sie überall küsste, am Bauch, an der Hüfte, zwischen den Beinen. Jede Berührung ließ sie aufstöhnen. So quälte er sie einige süße

Minuten lang. Als er endlich in sie eindrang, ließ sie sich gehen, schrie vor Lust.

Am Morgen, sie waren erst kurz vor Sonnenaufgang eingeschlafen und schon nach wenigen Stunden wieder erwacht, rauchten sie, ließen sich Frühstück und Wein kommen. Im Fernsehen schauten sie *Les choses de la vie* mit Romy Schneider und Michel Piccoli, bis Héloïse angewidert zur Fernbedienung griff. Es war eigentlich ein herrlicher Film, besonders das schockierende Ende vor der Île de Ré, aber Héloïse schien sich davor zu fürchten. Sie schaltete den Fernseher ab, der Bildschirm wurde schwarz, dann kuschelte sie sich an ihn. So blieben sie liegen, gelöst und zärtlich. Die Zeit existierte nicht mehr. Der Vergänglichkeit war Einhalt geboten, sie hatte keinen Zutritt zu diesem Zimmer.

43

Am frühen Nachmittag wurde Héloïse vom Klingeln des Telefons aus ihrem trägen Halbschlaf gerissen: Es war Monsieur Duong – die neue Ölwanne aus Aix sei endlich gekommen, der Wagen wäre in etwa einer Stunde fertig. Héloïse stellte auf Lautsprecher. Duong fragte, wann sie das Auto abholen wollten.

Héloïse blickte Marcel an. Nie, wollten sie sagen. Niemals.

Doch der Zauber war verflogen. Marcel nahm ihr den Hörer ab und sagte, er werde im Lauf des Nachmittags in die Werkstatt kommen. Er klang dabei wie betäubt.

Héloïse stand auf und begann, sich anzuziehen. Sie hielt gerade ihre Ohrringe in der Hand, als sie von einer unerklärlichen Wut gepackt wurde. Sie schaute zu Marcel. In diesem Moment wurde ihr klar, wie sehr sie ihn hasste. Er war ein schwacher, eitler Mann, ein Lügner, ein Feigling. Unter normalen Umständen hätte sie sich mit so jemandem nie eingelassen. Es beschämte sie, das getan zu haben. Vor allem aber verstand sie eines nicht: Warum musste sie sterben und er nicht? Wie kam es, dass er leben durfte? Was war an ihm so besonders, so viel besser?

Nichts. Absolut nichts. Es war einfach ein Zufall, oder ein böser Streich Gottes, der über ihren vermeintlichen Vertrag mit ihm nur lachte, der sich lustig machte über sie: Siehe, sagte der Herr, dir, mein Kind, nehme ich das Leben, obwohl du ein gottesfürchtiges Weib bist. Doch ihn, den weichen, charakterlosen Juden, ihn lasse ich leben.

Sie zitterte vor Wut. Als Marcel den Hörer einhängte und sich ihr freundlich zuwandte, hätte sie ihn am liebsten angespuckt.

»*Voilà*«, sagte er. »Ich geh dann nachher mal los, ja?«

Sie nickte nur. Er schien ihren finsteren Blick zu bemerken.

»Alles in Ordnung?« Er lehnte sich zu ihr, um sie zu küssen, doch sie schlug seine Hand weg.

»Lass mich«, sagte sie. »Geh einfach.«

Er erstarrte, verwirrt. Sie griff nach dem Weinglas, das auf dem Nachttisch stand und schleuderte es in Marcels Richtung. Er duckte sich weg, das Glas zerschmetterte an der Wand und hinterließ einen Rotweinfleck. Marcel schaute zuerst erschrocken, dann sah sie Mitleid in seinen Augen. Das konnte sie am wenigsten ertragen – Mitleid! Sie brüllte ihn an. Später konnte sie sich nicht mehr erinnern, was sie ihm alles an den Kopf geworfen hatte, aber er schien es mit Gleichmut zu ertragen. Er las die Scherben auf, dann ging er auf sie zu und nahm sie, trotz ihrer Gegenwehr, in die Arme. Sie gab den Kampf auf und ließ sich gegen seine Brust sinken, heiße Tränen auf den Wangen.

»*Je te déteste*«, sagte sie, immer und immer wieder – ich hasse dich.

Marcel lockerte seine Umarmung. Er nahm die Autoschlüssel. Beim Gehen schlug er die Tür hinter sich zu.

Mit einem Schluchzen sank Héloïse auf das Bett.

44

Héloïse trug vor dem Badezimmerspiegel ihr Make-up auf. Es war ihr letzter Abend in der Villa Mauresque. Marcel hatte den Peugeot von der Werkstatt abgeholt und auf dem Hotelparkplatz abgestellt. Morgen früh würden sie nach Cannes zurückfahren. Und dann? Marcel würde seine Sachen abholen und am darauffolgenden Morgen von Nizza aus nach Berlin fliegen. Sie war neidisch auf ihn. Für ihn gab es immerhin eine Zukunft.

Ohne darüber zu sprechen, ohne Worte hatten Héloïse und Marcel eine Übereinkunft getroffen. Für die nächsten Stunden würden sie ihre flammende Wut auf das Leben beiseitelegen. Beide wollten sich Mühe geben, diesen letzten Abend zu genießen.

Als Héloïse die Schwelle überschritt und aus dem Bad kam, war die Sonne untergegangen, der Himmel färbte sich tiefblau. Sie wusste um die Endlichkeit der Dinge, der schönen und der schlechten. Sie begrüßte das Kommen der Nacht mit ehrfürchtigem Schweigen.

Marcel sah gut aus in seinem Anzug. Er war frisch geduscht und rasiert. Er trug keinen Herrenduft, was Héloïse zu schätzen wusste. Sie hasste das, und wenn das Parfum noch so teuer oder subtil war. Ein Mann, so fand sie, hatte nur nach sich selbst zu riechen, nach einem sauberen Körper und sonst nichts. Auch Héloïse war elegant gekleidet, sie trug ein langes, cremefarbenes Abendkleid, das wie angegossen saß. Das Kleid von Azzedine Alaïa hatte sie bei einer Reise nach Paris spontan gekauft, es war ausnahmsweise nicht gestohlen. Sie hätte darin fast nackt gewirkt ohne den dunkelblauen Seidenschal, den sie über ihre Schultern drapiert hatte – derselbe Schal, mit dem ihr Marcel letzte Nacht die Augen verbunden hatte. Er nahm sie in die Arme und küsste sie vorsichtig auf die Wange. Sie gab ein kleines, glasklares Lachen von sich.

»Keine Sorge«, sagte sie. »Ich zerbreche schon nicht.«

»Wollen wir?«

Gemeinsam gingen sie hinunter zum Hotelparkplatz.

»Was machen wir heute?«, fragte Héloïse.

»Das ist eine Überraschung.«

»Ich hasse Überraschungen.«

»Also gut«, sagte er. »Wir gehen ins Kino.«

Sie blickte ihn an. »Welcher Film?«

»Mehr kann ich nicht verraten.«

Sie fuhren einige Kilometer Serpentinen. Héloïse, die am Steuer saß, musste an den Zwischenfall mit dem Lkw auf der Hinfahrt denken. Sie spürte den Impuls schon wieder. Er war ihr ständiger Begleiter.

»Marcel?«, sagte sie zaghaft.

»Oui, ma chérie?«

In stockenden Worten erzählte sie ihm von ihrer Todessehnsucht. Dass sie sich ihr Ende immer wieder ausmalte, einen erwünschten, selbst herbeigeführten Tod, in lebhaften, starken Bildern. War es wirklich so falsch, diese Entscheidung selbst treffen zu wollen?

Ihre Finger klammerten sich am Lenkrad fest. Noch nie hatte sie ihre dunklen Gedanken mit jemandem geteilt, erst recht nicht mit Grégoire. Doch in dem Moment, da sie sie aussprach, schämte sie sich bereits. Sie kam sich lächerlich vor. Kindisch. Aber Marcel lächelte ruhig und legte ihr seine Hand auf den Oberschenkel.

»Je comprends«, sagte er nur. Mehr nicht. Sie griff nach seinen Fingern und drückte sie.

In der Innenstadt von Saint-Raphaël waren Parkplätze hart umkämpft. Héloïse fuhr fast zwanzig Minuten lang durch die engen Straßen, bis sie endlich in einem Parkhaus fündig wurden. In wenigen Minuten würde der Film anfangen. Hand in Hand stiegen sie mit hastigen Schritten die steile Straße hinauf zum Espace Victor Hugo, einem Kulturzentrum nahe dem Stadtkern. Doch bevor sie es erreichten, hielt Marcel plötzlich an einer Ecke an. »Mach die Augen zu.«

»Beim Laufen? Ich falle hin.«

Er küsste sie sanft auf die Lippen. »Vertrau mir.«

Mit einem unsicheren Lächeln schloss sie die Augen und legte ihre Hände darüber – ein kleines Kind, das Verstecken spielt. Marcel führte sie, einen Arm um ihre Hüfte, vorsichtig um eine Ecke und zum Eingang. Héloïse war noch ein wenig nervös, aber sie fühlte sich sicher in seinem Arm. Auch wusste sie, dass sie keine Angst haben musste vor der Dunkelheit, dass diese ihr nichts mehr anhaben konnte. Im Grunde war sie ihr ganzes Leben in Finsternis gewandelt. Die Nachricht ihres nahenden Todes hatte ihr die Augen geöffnet. Erst jetzt war alles erhellt. Klares Licht ergoss sich über ihr mutloses Leben.

Marcel nahm ihre Hände und geleitete sie einige letzte Schritte nach vorn. Sie hörte Stimmen, das Knistern und Rascheln von Kleidern, Atemgeräusche. Sie roch Parfüms, Zigarettenrauch.

Dann spürte sie, wie Marcel sie sanft positionierte.

»Jetzt«, sagte er. *»Ouvre les yeux.«*

Als sie wie geheißen die Augen öffnete, atmete sie scharf ein. Sie hob verzückt die Hände zum Mund. Sie standen direkt vor einem klotzartigen Bauwerk, umringt von Filmfans. Eine Betontreppe führte zu den Glastüren des Espace Victor Hugo. Über dem Eingang hing ein Banner:

Ce soir
Charlie Chaplin
Les temps modernes

Auf dem überdimensionalen Poster war Chaplin als der kleine Tramp zu sehen, der unter einem riesigen Zahnrad gefangen ist. In der Hand hält er einen kleinen Schraubenschlüssel, mit dem er vergebens versucht, die gigantische Maschinerie anzuhalten.

Als sie im Kinosaal Platz nahmen, drückte Héloïse Marcels Hand. Sie war froh, hier zu sein. In diesem Kino, an diesem Abend, mit diesem Mann. Sie lebte. Hier und jetzt lebte sie, mit ganzer Kraft. Im Halbdunkel des Saals schaute sie zu ihm. Sie fragte sich, nicht zum ersten Mal, was genau sie eigentlich für ihn empfand. An das Wort ›Liebe‹ wagte sie dabei kaum zu denken. Es war Grégoire vorbehalten. Das nämlich war es, so dachte Héloïse, was die wahre Liebe ausmachte: Hingabe. Vertrauen. Loyalität. Die Liebe war eine Kathedrale in der Zeit, die man Stunde um Stunde, Tag um Tag errichtete. Sie war nicht einfach so da, sie entstand langsam, sie enthüllte sich in Jahren und Jahrzehnten. Grégoire liebte sie, und sie liebte ihn. Aber Marcel? Diese fast krankhafte Leidenschaft passte nicht zu ihr. Der Mann war ihr ein Rätsel, das sie nicht lösen konnte, und ebenso unerklärlich waren ihre Gefühle für ihn. Er war wie ein Feuer, zu dem sie sich hingezogen fühlte, obwohl sie genau wusste, dass die Flammen sie verzehren würden. Doch die Anziehung war größer als sie selbst. Größer als die Vergänglichkeit.

Dann ging langsam der Vorhang auf und gab den Blick auf die Leinwand frei. Innerlich forderte sie den Tod heraus: Zeig, was du kannst!

45

Als sie das Kino verließen, fröstelte Héloïse. Sie zog den Seidenschal enger um ihren Oberkörper und schmiegte sich an Marcel. Gemeinsam gingen sie durch die kühle Nachtluft, bis sie bei einem kleinen Restaurant ankamen, abseits der Innenstadt, Le Ceviche. Es bestand aus einem rustikalen Schankraum, der in eine große Terrasse mit herrlicher Aussicht über den nächtlichen Hafen überging. Sie bekamen einen Tisch im Inneren, aber mit einem guten Blick nach draußen, wo die Lichter funkelten. Perlen auf schwarzem Samt.

Héloïse wollte eiskalten Rosé, den der Kellner nach einiger Zeit auch brachte. Er öffnete die Flasche mit theatralischen Gesten, die Héloïse an den Chaplin-Film erinnerten. Sie prostete Marcel zu. Ein Räuspern ließ sie aufblicken: Der Chef persönlich war an den Tisch gekommen, um sich nach dem Wohlbefinden der Gäste zu erkundigen, ein schlanker Mann mit zurückgekämmtem schwarzem Haar und olivfarbener Haut, der in herablassendem Ton sprach. Sein Händedruck war schlaff. Héloïse war erleichtert, als er wieder weg war.

Dann kam der Kellner mit den Tellern. Als Vorspeise gab es einen Salat mit Feigen, dann bekam jeder ein frisches Ceviche, bestehend aus Thunfisch, Lachs und Heilbutt. Der

Chef arbeitete bevorzugt mit Zitronensaft und Knoblauch, schreckte aber auch vor ein paar Spritzern Sojasoße nicht zurück – ein Hauch von Asien. Héloïse war noch immer ganz verträumt, die Bilder des Films hallten nach. Geistesabwesend schob sie mit der Gabel das Essen hin und her, wie ein Kind. Als sie aufblickte, hatten ihre Augen einen Schimmer. »Weißt du, was mir am meisten fehlen wird?«

»Was?«

»Das Kino.« Sie schaute in die flackernde Kerze, die zwischen ihnen stand, suchte nach den richtigen Worten. »Es gibt so viele Filme … Chaplin hat … wie viele? Über achtzig Kurzfilme, glaube ich, hat er gedreht, stimmt's? Ich kenne höchstens … *mon dieu* … zehn davon. Zehn! Und ich hätte gerne noch viel mehr von Sidney Poitier gesehen. *Dans la chaleur de la nuit,* das ist … das war einer meiner Lieblingsfilme, wusstest du das? Und *The Misfits,* mit Marilyn Monroe, das war … ich glaube, das war ihr letzter Film, oder? Arthur Miller? Er hat das Drehbuch geschrieben, *n'est-ce pas?* Jedenfalls, den kenne ich auch nicht.« Sie schaute auf ihren Teller. »Und wenn Eva Vargas ihr nächstes Projekt vorstellt, bin ich vermutlich schon tot.«

Marcel griff nach ihrer Hand und drückte sie. Er sagte nichts.

Sie schaute ihn an. »Ich hatte immer davon geträumt, das Festival zu sehen … nur ein einziges Mal. Deswegen bin ich von zu Hause weggerannt. Bevor es zu spät ist.«

»Warum?«, fragte Marcel plötzlich. »Warum nicht … keine Ahnung … nach Bali reisen? Oder Bungee springen? Mein Vater hat immer gesagt, warum das Leben in muffigen Kinosälen vergeuden?«

Sie hob kurz die Schultern. »Ich bin immer schon ins Kino gegangen. Schon als Kind. Mein ganzes Leben lang. Mein erster Kuss war auch im Kino, übrigens. Damals war ich … *mon dieu!* Vierzehn war ich!«

»Ziemlich spät für einen ersten Kuss, meinst du nicht?«

»Was soll ich dir sagen, wir sind Katholiken, *toute la famille*. Meine Großmutter hat immer gesagt, dass man einen Mann, den man küsst, auch heiraten muss.«

»Gott behüte!«, sagte Marcel.

Héloïse lachte auf. Dann spielten ihre Finger mit den Wachstropfen auf der Tischdecke. »Ich war in der Normandie, im Urlaub, mit meinen Eltern, aber … na ja, die haben sich kaum gekümmert um mich. Da war ein Typ, ein Maurer aus Dieppe, etwas älter als ich. Er war süß. Ein Erwachsener! Ich hab ihn in einem Bistro kennengelernt. Blond war er und sehr groß. Mit großen Händen. Er hat mich ins Kino eingeladen, in Cherbourg, und wir haben … na ja, du weißt schon.« Sie war jetzt schüchtern, als wären ihre Lippen noch warm von dem Kuss. Im Kerzenlicht tanzten auf ihrem Gesicht die Schatten des jungen Mädchens von damals.

Und dann musste sie auf einmal lächeln, ein breites, freies, freches Grinsen: »Und der Film … es war *Green Card* von Peter Weir!«

»Nicht schlecht!«, rief Marcel. »Gérard Depardieu und Andie MacDowell. Perfekt zum Küssen. Was ist aus dem Maurer geworden?«

»Ich habe ihn nie wieder gesehen. Ich hatte auf einmal … ich wurde nervös. Vergiss nicht, ich war erst vierzehn. Ich bin also noch vor dem Abspann aus dem Kino gerannt.

Stundenlang bin ich durch die Straßen getigert. Und dann, am nächsten Tag, kam ich mir so albern vor ... Ich bin zu dem Bistro, aber er war nicht da. Niemand wusste, wo er war. Einfach weg.« Sie schwieg kurz, nippte an ihrem Wein. »Aber egal.«

»Denkst du manchmal noch an ihn?«

Sie schüttelte den Kopf. »Nein, das ist seit Ewigkeiten das erste Mal, dass er mir wieder einfällt«, log sie. »Das ist so lange her ... Und überhaupt, mir bleibt das Kino. *Le cinéma toujours.*«

Marcel nickte. »Und wie kamst du auf Cannes?«

»Ich hab immer so gerne die Preisverleihung im Fernsehen geschaut. Die Oscars, das durfte ich nicht, das war zu spät nachts ... mein Vater hat es mir nicht erlaubt. Aber Cannes ... Ich hatte irgendwie das Gefühl, dass ich das eines Tages machen werde. Eine Art Urlaub vom Leben.«

»Und?«, fragte Marcel. »Wie war der Urlaub?«

»Herrlich! Ich war so aufgeregt, ich hatte keine Ahnung, was mich erwartet. Die Filme, die Menschen ... Die Kleider, *mon dieu*! Der ganze Rummel ...«

»So ging's mir früher auch«, sagte Marcel.

»Wie meinst du?«

»Ich war nicht immer so wie jetzt. So abgebrüht. Es gab mal eine Zeit, da habe ich den Job geliebt.«

»Und? Was ist passiert?«, fragte Héloïse.

»Ich habe gelogen, das wird's gewesen sein. Ich habe mich selbst verraten.«

Sie griff nach seiner Hand. »Du musst dir verzeihen. Sonst zerbrichst du.«

»Aber wie? Nach all dem, was ich ... was ich getan habe?«

»Du glaubst, du hast etwas verloren. Aber das stimmt nicht.« Sie lehnte sich zurück und nippte an ihrem Wein. »Vorhin, als wir vor dem Kino standen, und ich die Augen zu hatte …«

»Ja?«

»Da hatte ich so einen Gedanken … Ich musste … Ich habe an den Dokumentarfilm neulich gedacht. Weißt du noch?«

»Den über Dilip Kumar?«

Héloïse nickte. »Ich stand da, mit geschlossenen Augen, und dachte an die Blinden, die in ihrer Blindheit mehr sehen als die Sehenden.« Sie drehte ihr Glas in den Händen. »Kino ist mehr als das, was man sieht. Es ist auch das, was man nicht sieht. Und nur weil man etwas nicht sehen kann, heißt das noch nicht, dass es nicht da ist.«

Ein paar Sekunden schwiegen sie. Dann küsste Marcel ihre Hand. »Danke«, flüsterte er.

»Nicht doch! Ich danke *dir*. Ich hatte eine herrliche Zeit.«

»Wirklich? Wir haben uns fast nur gestritten.«

»Das gehört dazu. Aber wir haben uns auch geliebt, und wir haben Filme gesehen, und das kann mir niemand mehr nehmen.«

Er nickte und wandte kurz den Blick ab. Héloïse sah, dass er etwas vor ihr zu verbergen suchte. Als er wieder sprach, klang seine Stimme erstickt, fast verzweifelt. »Du solltest ihn anrufen.«

»Grégoire?«

»Ja, natürlich … Grégoire hat seit Tagen nichts von dir gehört. Er weiß, wie krank du bist, und …«

Sie schwieg. Es gefiel ihr nicht, dass Marcel seinen Namen aussprach. Sie presste die Lippen zusammen. »Du bist mein Liebhaber, da will ich nicht mit dir über meinen Mann reden.«

»Bin ich das?«

»Im Moment schon.« Jetzt schenkte sie ihm ein trauriges Lächeln. »Du bist genau der Mann, den ich in den letzten Tagen gebraucht habe.« Bei diesen Worten spürte sie einen Lufthauch von draußen. Sie zupfte geistesabwesend an ihrem Seidenschal und berührte dabei mit den Fingerkuppen die gestohlene Halskette. Marcel hatte sie gefragt, warum sie stehle. Darauf hatte sie keine Antwort. Grégoire war das immer fürchterlich unangenehm gewesen, er wollte sie heilen, hatte sie sogar zum Psychiater geschickt. Genützt hatte es nichts. Es war jedes Mal wie ein Zwang, sie konnte nicht anders. Sie stahl nicht, weil sie die Beute so unbedingt wollte, sondern weil sie unvollendet war und weil sie sich in diesen kleinen Momenten der Sünde lebendig fühlte. Weil sie die meiste Zeit im Schatten lebte, vor ihrem Mann stand sie im Schatten, vor ihren Schülern stand sie im Schatten, und dabei wollte sie doch einfach nur ans Licht, ans warme Licht des Tages, aber das schien unerreichbar, zumindest für den Augenblick, also musste sie durchhalten, die nächste Schulstunde überstehen, die nächste Woche, das nächste Jahr, sie musste sich gedulden, und vielleicht schaute sie deswegen immer auf die Uhr, ständig schaute sie auf die Uhr, denn sie konnte es kaum erwarten, das Morgen, aber jetzt gab es kein Morgen mehr, und alles, was ihr blieb, war das Jetzt.

46

Was denkst du gerade?«, fragte Marcel.

Als würde sie aus einem tiefen Schaf erwachen, schaute Héloïse sich um. Sie saß Marcel gegenüber in dem kleinen Restaurant.

»Nichts«, sagte Héloïse. Es war ihr, als hätte sie kurz ihren Körper verlassen, als hätte sie über allem geschwebt. Nun nahm die Welt wieder Konturen an. Der Kellner trat an den Tisch, Marcel musste ihn herbeigewinkt haben: *»L'addition, s'il vous plaît.«*

Marcel gab ihm seine Kreditkarte, doch der Mann kam nur wenige Minuten später wieder zurück und flüsterte Marcel etwas zu. Marcel wirkte auf einmal nervös und suchte diese Nervosität mit einem selbstgefälligen Grinsen zu überspielen. Er bat den Kellner, es noch einmal zu probieren. Dieser nickte zaghaft und ging. Héloïse schaute in ihren kleinen Schminkspiegel und zog ihren Lippenstift nach, aber ihr entging nichts. Als sie den Spiegel zuklappte, beugte sich Marcel zu ihr.

»Wir müssen abhauen«, flüsterte er.

Sie war verblüfft. »Wie bitte?«

»Wir zahlen nicht. Wir gehen einfach.«

Einen kurzen Augenblick war sie wie versteinert, dann spürte sie ihr Herz schlagen. Sie lächelte Marcel zu.

»Tu so, als würdest du zur Toilette gehen«, sagte er. »Lass deine Handtasche hier, damit der Kerl nichts ahnt. Ich lenke ihn ab. Wir treffen uns draußen, ich bringe die Handtasche mit.«

Héloïse wollte etwas fragen, aber er ließ ihr keine Zeit.

»Los!«, zischte er. *»Ocean's Eleven!«*

Sie nickte, dann stand sie auf. Sie stellte ihre Handtasche gut sichtbar auf den Tisch und ging nach hinten in Richtung der Toiletten. Ein schmaler, dunkelblau bemalter Gang. Rechts von ihr war die Tür zur Damentoilette. Direkt vor ihr war der Notausgang. Den musste sie nehmen.

Ihr Herz raste jetzt. Sie fühlte einen leichten Schwindel, aber das lag vermutlich am Wein. Sie zog ihre Heels aus und nahm sie in die Hand. Mit der anderen lehnte sie sich an die Wand, wollte sich kurz sammeln. Da hörte sie Rufe aus dem Schankraum, Stühlerücken. Das war der Startschuss. Sie drückte die Tür auf und trat in eine schmale Hintergasse. Rechts von ihr standen Müllcontainer. Und ein junger, kahlgeschorener Mann in weißem Kittel, der gerade mit einem Schlauch Essensreste wegspritzte. Er wandte sich ihr verblüfft zu. Sie lächelte ihn strahlend an.

»Bonsoir, Monsieur«, flötete sie, als sei es das Selbstverständlichste der Welt. Der junge Mann nickte verdutzt. Dann rannte sie.

Wie lange sie gerannt war, daran konnte sie sich später nicht erinnern. Am Ende der kleinen Gasse, das wusste sie noch, hatte Marcel sie an der Hand genommen und hinter sich hergezogen. Dann war alles verschwommen. Sie waren durch enge Straßen gerannt, waren mal hier, mal da abgebogen, um Verfolger abzuschütteln. Dabei ahnte Héloïse, dass niemand hinter ihnen her war. Sie waren nicht gerade Bonnie und Clyde.

Irgendwann kamen sie am Strand an. Auch Marcel zog die Schuhe aus, Hand in Hand gingen sie durch die kalte Brandung.

Héloïse blieb stehen und schaute ihn an. »Du bist völlig pleite, was?«

Zuerst wirkte er beschämt, dann grinste er und nickte. Sie musste lachen. Dann ließ sie sich in den Sand sinken. Marcel setzte sich neben sie.

»Ruiné, complètement«, sagte er. »Nix mehr da. Ich habe immer über meine Verhältnisse gelebt, und jetzt …« Er sprach den Satz nicht zu Ende.

Sie schmiegte sich an ihn. Sie hörte die Wellen rauschen. »Es gibt so viel Schönheit«, sagte sie und blickte auf das dunkle Meer. »So viel Schönheit, die ich nie mehr sehen werde.«

47

Als Marcel mit Héloïse wieder im Hotel ankam, fiel ihm ein, dass in Cannes gerade die Preisverleihung stattfand. Er schaltete den Fernseher ein und zappte durch die Kanäle: TF1, France 2, TMC Monte Carlo, Eurosport, Arte … Endlich. Auf Arte gab es eine Live-Übertragung.

Héloïse ging ins Bad, um ihr Make-up zu entfernen. Marcel starrte im Stehen auf den Bildschirm. Der letzte Abend des Festivals. *A Light in the Dark* hatte die Palme d'Or gewonnen.

Es gab Aufnahmen von der Croisette, die Palmenwedel, die Scheinwerfer, der Glamour, die Stars auf dem roten Teppich … all das erfüllte Marcel mit einer Wehmut, deren Heftigkeit ihn überraschte. Er schenkte sich ein Glas Whiskey ein und setzte sich auf das Sofa.

Eine Sprecherin gab die üblichen Floskeln von sich – wieder einmal richte die Welt den Blick auf Cannes, wo sich auch dieses Jahr die Stars ein Stelldichein … und so weiter. Eva Vargas winkte tapfer lächelnd ins Blitzlichtgewitter im Auditorium Louis Lumière. Es war ekelhaft. Marcel trank sein Whiskeyglas leer. Sie stand auf der Bühne und nahm von Martin Scorsese eine klobige goldene Skulptur entgegen. Tosender Applaus: Eva hatte den Preis als beste Schauspielerin gewonnen. Immer und immer wieder verbeugte sie sich unter »Brava«-Rufen. Blumensträuße flogen auf die Bühne. Marcel blickte bitter in sein leeres Whiskeyglas. Er war nicht mehr beim Film. Also war er ein Niemand.

Dann sah er am Bildschirm etwas, was ihn stutzen ließ: Die Kamera zoomte auf Eva Vargas' Gesicht, und etwas glitzerte in ihren Augenwinkeln. Es waren keine Tränen der Freude. Ihr Make-up war verschmiert. Als James McKay mit seiner Goldenen Palme auf die Bühne kam und ihr den Arm um die Schulter legte, zuckte sie zusammen. Auch im Publikum fiel das offensichtlich auf. Die Arte-Sprecherin erklärte aus dem Off die Lage: Nachdem der »renommierte Enthüllungsjournalist« Rudolf Müller über eine angebliche Affäre ihres Lebensgefährten Jimmy McKay gepostet hatte, seien auf den sozialen Netzwerken Fotos aufgetaucht, auf denen McKays Personal Trainer – ein kraushaariger, muskelbepackter Hüne namens Chad – dem Regisseur bei einem innigen Kuss unter den Schottenrock griff. Damit sei die Verlobung wohl erst mal auf Eis. Marcel starrte fassungslos auf den Bildschirm. Rudi Müller. Ihm fiel wieder ein, dass er Müller und Roberto in der Lobby des Hôtel de Provence von seiner Theorie mit der Affäre erzählt hatte. Nun hatte Müller damit Kasse gemacht. Marcel stieß einen kehligen Urschrei aus und schleuderte sein Whiskeyglas gegen den Flachbildschirm, der von der Anrichte fiel, krachend auf dem Boden landete und zerbrach. Es knisterte, dann stieg ein übel riechendendes Rauchwölkchen auf. Ein paar Funken zuckten durch die Trümmer, dann war es aus.

Die Badezimmertür ging auf, Héloïse kam herausgeeilt.

»Was ist los?«, fragte sie. »Ist was passiert?«

Marcel stand beschämt da, wie ein ungezogener Schuljunge. Mit einer hilflosen Geste deutete er auf die Überreste des Flachbildschirms. »Der … äh … der Fernseher geht nicht mehr.«

Héloïses Blick huschte von Marcel zum Elektroschrott auf den Boden, dann wieder zurück zu Marcel. Dann brach sie in helles Gelächter aus. Einen Moment schaute Marcel sie verdutzt an, dann musste er grinsen, und schließlich lachte er auch.

48

Als er mitten in der Nacht aufwachte, war er allein. Zuerst dachte er, Héloïse sei im Bad. Fehlanzeige. Auch auf dem Balkon war sie nicht. Immerhin waren ihre Sachen noch hier. Mit dem Zimmertelefon rief er ihr Handy an, aber es war abgeschaltet. Jetzt stieg Angst in ihm auf. Vielleicht hatte sie sich doch …? Er konnte den Gedanken nicht zu Ende führen.

Er zog sich hastig an und verließ das Zimmer. In der Lobby klingelte er nach dem Nachtportier, der gähnend hinter den Empfangsschalter trat. Marcel fragte ihn, ob seine Frau vorbeigekommen sei. Der Portier nickte. *Oui, Monsieur*, da sei jemand gewesen. Eine Dame, sie habe eilig das Hotel verlassen. Aber wohin? *Désolé, Monsieur*, er wisse es nicht.

Marcel rannte hinaus, rief ihren Namen. Er erhielt keine Antwort. Er suchte auf der Terrasse, am Pool, in den Gärten. Nichts. Die Angst lag wie ein Klumpen in seinem Magen, wurde größer und schwerer. Vor seinem inneren Auge sah er das Ende von *A Star is Born*, als Judy Garland an den Strand rennt, um nach James Mason zu suchen, der zu diesem Zeitpunkt bereits tot im Meer treibt.

Mit schnellen Schritten rannte er die Steintreppe zum Ufer hinab. Er hatte keine Taschenlampe, doch immerhin leuchtete der Mond. Der Strand war menschenleer. Eine halbe Stunde lang rannte er an der Brandung entlang. Trotz der kalten Nachtluft spürte er Schweiß unter seinem T-Shirt.

Ihm kam ein Gedanke. Er ging wieder aufs Zimmer, um nach dem Autoschlüssel zu suchen, aber er konnte ihn nicht finden. Sein hektischer Blick tastete jeden Winkel des Zimmers ab. Dann fiel es ihm wieder ein! Der Schlüssel lag in einem Bambusschälchen auf der Anrichte im Eingangsbereich, er hatte ihn heute beim Reinkommen dort hineingelegt. Voller Erleichterung umklammerte er ihn. Immerhin wusste er jetzt, dass Héloïse zu Fuß unterwegs war. Sehr weit konnte sie nicht gekommen sein. Er rannte hinunter zum Hotelparkplatz, nahm zwei Stufen auf einmal. Bei dem Versuch, die Tür des Peugeots aufzuschließen, fiel ihm der Schlüssel aus den kalten Fingern. Fluchend beugte er sich vor, um ihn aufzuheben. Endlich bekam er die Tür auf und setzte sich hinters Steuer. Er startete den Wagen und raste mit wahnwitziger Geschwindigkeit über die Küstenstraße. Das Heulen des Motors zerschnitt die Stille der Nacht.

Als er das verfallene Haus nördlich von Boulouris erreichte, bremste er, zog die Handbremse an und rannte auf das halb offen stehende Tor zu. Er zwängte sich hindurch und betrat den nächtlichen Garten. Er blieb stehen, außer Atem. Sein Blick wanderte über das dunkle Blattwerk. Dann sah er sie. Héloïse kauerte am Rand des leeren Schwimmbeckens.

»Héloïse!«

Sie reagierte nicht. Er rannte auf sie zu, berührte ihren Rücken, doch sie schien ihn nicht wahrzunehmen. Beruhigende Worte flüsternd, hockte er sich neben sie, legte seine Arme um ihre Schultern. Er war entsetzt, als er ihr Gesicht sah: Héloïse war blutverschmiert. Das Blut rann aus ihrer Nase und ihrem Mund. Sie schaute ihn verzweifelt an.

Dann lehnte sie sich an ihn. Er spürte, dass sie weinte, ihre Schultern zitterten. Die einzigen Geräusche waren die Zikaden und ihr ungleichmäßiger Atem. Mit stockender Stimme begann sie zu erzählen, was vorgefallen war. Sie war mit Blutungen erwacht. Sie hatte den Tod gespürt, er umkreiste sie. Sie hatte davon geträumt, von einem Schatten, den sie nicht sehen konnte, und der immer näher kam. Egal, wie schnell sie rannte, sie kam nicht von der Stelle, und der Schatten rückte näher und näher.

Jetzt presste sie ihr Gesicht fest gegen seine Schulter. Sie wollte nicht sterben, flüsterte sie ihm zu. Sie hatte Angst, solche Angst!

Marcel half ihr beim Aufstehen und führte sie zurück zum Wagen. Ihre bloßen Füße waren geschunden. Auch ihr halb nackter Körper – sie trug nur ein Nachthemd – war schmutzig, Staub und Blut klebten an ihr.

Behutsam setzte er sie auf den Beifahrersitz. »Alles wird gut«, flüsterte er ihr zu und wischte ihre verschmierten Haare aus der Stirn. »Alles wird gut.«

49

Im Hotelzimmer ließ sich Héloïse von Marcel ins Badezimmer führen. Gehorsam setzte sie sich auf den Badewannenrand.

»Lass mal sehen«, sagte er und betastete vorsichtig ihr blutverkrustetes Gesicht. Sie legte den Kopf zurück. Sanft tupfte er mit einem kleinen Handtuch die Haut um ihre Nase ab. Er gab ihr ein paar Taschentücher, die sie zusammenrollte und daranpresste.

»Es tut mir so leid«, sagte sie. »Es tut mir so leid.«

Er versuchte, sie zu beruhigen, hielt sie fest. Doch sie war untröstlich. »Es tut mir so leid«, sagte sie immer wieder. Sie flehte eine höhere Macht um Gnade an. Ihre Krankheit war eine Strafe, also musste sie etwas getan haben, um diese Strafe zu verdienen. Darum entschuldigte sie sich. Und auch, weil sie sich schämte, denn wieder einmal verriet ihr Körper sie. Doch der größte Verrat stand noch bevor, nämlich der, dass ihr Herz zu schlagen aufhörte. Mit jedem Tag kam sie dem Ende näher. Es war unerträglich, und so wiederholte sie immer wieder manisch: »Es tut mir so leid.«

Als die Blutung aufhörte, bemühte sich Marcel, ihr zuliebe zu lächeln, aber das kaufte sie ihm nicht ab. Ihm, dem Betrüger.

Vorsichtig half er ihr, das Nachthemd auszuziehen. Ihr

ganzer Körper war verschmiert, ihr Gesicht, sogar in ihren Haaren klebte Blut. Sie wollte etwas sagen, aber sie war zu schwach, zu erschöpft. Er drehte den Wasserhahn nun ganz auf und ließ das heiße Wasser einfließen. Sie stieg in die Wanne.

Er legte saubere Handtücher bereit, dazu Seife, dann benetzte er einen Waschlappen und fing an, ihr das Blut aus dem Gesicht zu wischen. Sie ließ es geschehen, dankbar. Zärtlich fuhr er mit dem nassen Tuch über ihr Gesicht, ihre Brüste, ihren Rücken, ihre Achselhöhlen, ihre Arme und Beine, ihren Bauch, ihr Geschlecht, ihre Knie, ihre Füße. Auch ihr verkrustetes Haar wusch er. Er ging langsam und gewissenhaft vor, säuberte ihren geschundenen Körper, damit sie gereinigt war. So, wie Gott sie einst erschaffen hatte – ohne Makel. Ohne Reue. Ohne Sünde.

Héloïse und Marcel sprachen kein Wort. Das mussten sie auch nicht. Sie verstand, was er für sie tat. Sie wusste, dass sie bereits zu den Toten gehörte. Obwohl ihr Herz noch schlug, hatte sie keinen Platz mehr in dieser Welt. Es war Zeit zu gehen. Andere würden nachrücken. Das Leben würde weitergehen. Ohne sie. All ihre Erinnerungen, ihre Ängste, Freuden, Enttäuschungen und Träume, all diese Momente würden bald verloren sein.

»Comme les larmes dans la pluie«, flüsterte sie: *Wie Tränen im Regen.* Auch ein Filmzitat, fiel ihr plötzlich ein.

»Comment?«, fragte Marcel.

»Rien«, sagte sie leise.

Sie schloss die Augen und malte sich den Tod aus, vor dem sie sich in den letzten Monaten so sehr gefürchtet hatte. Was, wenn er keine Strafe war, sondern eine Belohnung?

Eine Erlösung? Die Befreiung von der Welt. Als würde man im Gras liegen, in einem friedvollen Garten, in dem es kein Leid, keine Wut und keine Schuld gibt. Vielleicht erwartete sie einfach nur die Lossagung von allem Irdischen. *Jetzt kommt das Ende,* dachte Héloïse. *Jetzt kommt die Stille. Ein Windhauch im Gras.*

Es würde auch keinen Unterschied machen, ob sie richtig oder falsch gelebt hatte. Es war bedeutungslos – sie hatte das gehabt, was einem jeden Menschen zusteht: ein Leben. Nicht mehr, nicht weniger.

Sie lehnte sich zurück, und eine tiefe, erschöpfte Entspannung kam über sie. Sie atmete ruhig, und sie konnte ihr Herz hören. Immerhin, noch schlug es.

50

Am nächsten Morgen wachte Héloïse bei zartem Licht auf. Vor dem Fenster färbten die ersten Streifen der Sonne den Horizont. Über der Küste hing noch ein feiner Nebel, der die Büsche und Bäume einhüllte.

Marcel lag nicht neben ihr. Sie rief seinen Namen, aber sie hörte nur Stille. Als sie aufstand, fühlte sie noch immer die Schwäche der Nacht. Sie hatte in den letzten Tagen nur gelegentlich Schmerzen verspürt, daher hatte sie den nahenden Tod aus ihren Gedanken verbannen können. Damit war es nun vorbei. Die Erschöpfung, die Gliederschmerzen, alles war so stark wie noch nie. Langsam ging sie durch das Zimmer, eine alte Frau. Dann sah sie ein Blatt Papier in der Olivetti – eine kurze, getippte Mitteilung, Marcel wartete im Frühstücksraum auf sie. Ihr Blick fiel auf das Zimmertelefon, das neben der Olivetti auf dem Tisch stand.

Sie konnte es nicht länger aufschieben. Sie griff nach dem Hörer und wählte Grégoires Nummer. Als es in der Leitung klingelte, verkrampfte sich ihr Körper. Dann hörte sie seine Stimme.

Etwa fünfzehn Minuten später zog sie sich an und ging hinunter. Es war jetzt kurz vor halb sieben. Marcel saß an einem runden Marmortisch mit Blick übers Meer und trank einen Espresso. Als er Héloïse sah, erhellte sich sein Gesicht. Er war frisch rasiert und trug ein helles Leinensakko, dazu dunkle Jeans und Derby-Schuhe. Bei seinem Anblick verspürte Héloïse einen süßen, schmerzhaften Stich im Herzen. Sie nahm ihm gegenüber Platz.

»Ich wollte dich nicht wecken«, sagte er. »Wie fühlst du dich?«

»Besser«, sagte sie. »Konntest du nicht schlafen?«

»Nur … ein paar Stunden.«

Vor dem Fenster erhob sich die Sonne erst langsam aus dem Dunst, und Marcel und Héloïse schauten mit einer geradezu kindlichen Verzückung dabei zu. Der Morgen glänzte wie Silber.

Spontan griff Marcel nach ihrer Hand. Er schaute ihr in die Augen. *»Je t'aime«,* sagte er leise.

Sie zog ihre Hand weg. »Mach dich nicht lächerlich.«

Verletzt wandte er den Blick ab.

»Versteh mich nicht falsch«, sagte sie schnell. »Ich bereue nichts. Es waren schöne Tage mit dir. Aber sie sind vorbei.«

Seine Finger tippten nervös auf die Tischplatte. Das klare Licht erhellte den Marmor und ließ das Besteck funkeln. Alles wirkte wie verzaubert, jedes noch so kleine Detail schien eine tiefere Bedeutung zu haben. »Hast du mit ihm gesprochen?«, fragte er.

Héloïse nickte.

»Und?«

»Na ja, er war … Ich würde mal sagen, im Grunde war er erleichtert, von mir zu hören.«

»War er wütend?«

»Und wie! Natürlich … Ich … Er hat sich Sorgen gemacht. Er kam nach Hause an dem Tag, und ich war … ich war einfach weg … Es war …« Héloïse räusperte sich. »Das war nicht richtig von mir … Er hat mit der Schule gesprochen, sogar die Polizei angerufen.« Nicht ohne Stolz fügte sie hinzu: »Ich gelte als vermisst.«

Marcel grinste.

»Ich denke, er wird mir verzeihen«, sagte Héloïse.

»Es bleibt ihm auch nichts anderes übrig«, meinte Marcel in bemüht ironischem Tonfall. »Und jetzt?«

»Jetzt? *Alors,* er kommt morgen nach Cannes, er bucht gerade einen Flug. Ich hole ihn in Nizza ab.«

»Gut.« Mehr wusste Marcel nicht zu sagen. Ihm war auf einmal übel vor Trauer und Eifersucht. Er stand auf. »Wir sollten los.«

»Ja.« Sie setzte ihre Sonnenbrille auf und erhob sich.

Doch zuerst mussten sie noch auschecken. Zu Marcels Erleichterung bot Héloïse an, sich um die Rechnung zu kümmern.

»Als wärst du mein *American Gigolo*«, sagte sie grinsend. »Mein Richard Gere.«

Er küsste sie, dann ging sie zum Empfang, um das Zimmer zu bezahlen. Und auch den zerstörten Fernseher.

Marcel wartete in ein paar Metern Entfernung auf sie, ging langsam auf dem Marmorboden auf und ab, blätterte in Prospekten. Als er aufblickte, sah er zwei *gendarmes* die Hotellobby betreten. Sein Herz stockte. Die Beamten marschierten auf den Empfang zu. Marcels Gedanken rasten. Was hatten die hier zu suchen? Héloïse galt ja als vermisst, vielleicht glaubte man, er habe sie entführt und mit Drogen gefügig gemacht, um sich an ihr zu vergehen? Gar nicht so weit von der Wahrheit.

Eigentlich müsste er die beiden irgendwie ablenken oder aufhalten. Aber wie? Alain Delon als der talentierte Mister Ripley hätte sie mit einem cleveren Kniff in eine öffentliche Toilette gelockt und ermordet. Marcel hingegen hatte Angst vor der Polizei, wie jeder normale Mensch. Besorgt schaute er zu, wie sich die beiden Uniformierten – ein junger, schlanker Mann und sein älterer, beleibterer Kollege – an den Tresen direkt neben Héloïse stellten. Héloïse warf den beiden einen gleichgültigen Blick zu. Sie ließ sich nichts anmerken. Dabei wurde vielleicht in ganz Frankreich nach ihr gefahndet: Héloïse Becker, die berüchtigte Kleptomanin. Und er? Ein Betrüger, Fälscher, Zechpreller. Drohte ihm Knast?

Aber nichts geschah. Gar nichts. Héloïse lächelte den *gendarmes* höflich zu. Die beiden tippten zum Gruß an ihre Hüte, dann wandten sie sich der Empfangschefin zu.

Héloïse ging zu Marcel und hakte sich bei ihm ein. Dann hörte er plötzlich eine Stimme hinter sich.

»Monsieur! Madame!«

Er drehte sich um. Einer der beiden *gendarmes*, der jüngere, kam auf sie zu. Marcels Ohren glühten. Die Schritte des Mannes hallten durch die Lobby. Dann sah er, dass der Polizist Héloïses Sonnenbrille in der Hand hielt.

»C'est à vous?« Héloïse hatte die Sonnenbrille offenbar am Empfang vergessen.

»Oui, merci«, sagte Héloïse und nahm die Brille in Empfang. Marcel bedankte sich mit übermäßiger Höflichkeit, dann verließen sie das Hotel. Und zwar schnell.

51

Bevor Marcel und Héloïse nach Cannes zurückfuhren, machten sie in Saint-Raphaël halt und gingen ins Chez Manou, bei der alten Kirche. Sie hatten hier noch eine Rechnung offen.

Wie beim ersten Mal wurden sie freundlich von Manou begrüßt. Diese freute sich, dass es Madame offensichtlich besser gehe. Sie setzten sich raus, an einen Tisch im Schatten der Markise. Marcel aß einen Salat, Héloïse ein *steak frites*. Es war bereits sehr warm, doch eine Brise vom Meer brachte Linderung. Sie sprachen nicht. Sie lauschten dem Stimmengewirr der anderen Gäste. Sie hatten sich in den letzten Tagen alles gesagt, was es zu sagen gab. Ihr Schweigen war keineswegs unangenehm. Im Gegenteil. Die Stille zwischen ihnen war ein heiliger Raum, ein hart erkämpfter und nunmehr wunderbar vertrauter Ort.

Nach dem Essen suchten Héloïses Augen immer wieder die Église Saint-Raphaël am anderen Ende des Platzes.

Marcel folgte ihrem Blick zu der mittelalterlichen Kirche. Ein Postkartenmotiv. Hübsch, aber … *so what?* »Alles in Ordnung?«, fragte er.

Héloïse fing zögerlich an zu sprechen, als ob sie sich genierte. »Was würdest du sagen, wenn ich kurz … wenn ich in die Kirche gehe?«

»Jetzt? In Cannes gibt's keine Kirchen? Oder in Metz?«

Sie schaute ihn direkt an. »Ich möchte aber in diese gehen.«

»Wieso denn?«

Sie schulterte ihre Handtasche: »Um zu … ich will beichten.«

»Beichten? Was denn?«

»Meine Sünden«, sagte sie.

»Welche Sünden denn?«

»Das weißt du ganz genau. Du warst ja dabei.«

Damit stand sie auf und legte einen Fünfzig-Euro-Schein unter die Wasserflasche. Bevor sie ging, warf sie ihm über die Schulter noch einen Blick zu: »Du solltest es auch mal probieren.«

»Nein, danke«, rief er ihr nach, irritiert, dass Héloïse ihn einfach hier sitzenließ.

Am Nebentisch räumte Manou gerade ab. Marcel fragte sie, ob er noch einen Kaffee bekommen könne und die Rechnung. Und vielleicht dazu noch einen Campari?

Er fächelte sich mit seinem Hut etwas Luft zu. Er konnte diese plötzliche religiöse Anwandlung nicht nachvollziehen. Aber wer weiß? Vielleicht war es normal, dass man vor Einbruch der Nacht nach Licht sucht. Ihm fiel wieder die Frage ein, die Héloïse ihm vor ein paar Tagen in Cannes gestellt hatte: *Glaubst du an Gott?*

Mit derselben Frage war Marcel als Kind seinem Vater einmal auf die Nerven gegangen. René Klein hatte entrüstet geschnaubt. Falls es wirklich einen Gott gäbe, meinte er, habe der das jüdische Volk verraten und den Deutschen ausgeliefert. Er habe bei der Shoah nicht eingegriffen und damit in seiner Verantwortung versagt. Ob es nicht unmoralisch sei, einen solchen Gott anzubeten? Einen Gott des Verrats? Und ob es nicht wahrscheinlicher sei, dass wir allein waren in unserer kleinen, kaputten Welt? René hatte seinen Sohn angeblickt: »Ich glaube nicht an Gott, aber ich glaube an die Juden. Ich glaube an *uns*.«

Jetzt kam Manou mit seinem Kaffee, dem Campari und der Rechnung. Marcel reichte ihr nach einem Blick darauf den Schein und dankte ihr. Er nippte an dem Espresso und behielt das schwere Holztor der Kirche im Auge. Er fragte sich, was dahinter vorgehen mochte. Vermutlich zündete Héloïse eine Kerze an, murmelte ein Gebet, spielte die Riten ihrer Kindheit nach. Ein Akt der Nostalgie. Ob zu dieser Zeit wirklich ein Priester in der Kirche war? Oder lag er mit einem Messdiener im Bett?

Marcel wurde von einer Beklemmung ergriffen, die er sich nicht erklären konnte. *Du solltest es auch mal probieren.*

Er stand auf und betrat das Bistro. Manou putzte hinter dem Tresen Gläser. Sonnenlicht fiel träge durch die Fenster, Marcel fühlte sich wie im Saloon eines Sergio-Leone-Films. Dazu passend saßen nur ein paar verknitterte Franzosen im Raum, versunken über ihren Pastis.

Als Manou merkte, dass Marcel sie anschaute, warf sie ihm einen fragenden Blick zu. Er erkundigte sich, ob sie ein Telefon habe, das er benutzen könne.

Sie verschwand in einem Hinterzimmer und kam einige Sekunden später mit einem drahtlosen Hörer wieder. Marcel schaute in seinem Notizbuch nach und wählte eine Handynummer. Sein Chef ging sofort an den Apparat.

»Thilo?«

»Marcel, verdammt, wo steckst du? Mein Gott, hier ist die Kacke am Dampfen, und ich hör kein Wort von dir!«

»Ich muss dir etwas sagen.«

Er atmete durch, dann fing er an. Er erzählte Thilo alles. Er sagte die Wahrheit. Zum allerersten Mal.

Schweigend hörte Thilo zu. Marcel redete mehrere Minuten lang. Er sprach langsam und präzise. Es fiel ihm nicht leicht, seine Sünden zu bekennen. Dennoch verspürte er dabei eine Erleichterung, die er nicht für möglich gehalten hätte.

Als er endete, schwieg Thilo am anderen Ende der Leitung.

»Bist du noch da?«, fragte Marcel vorsichtig.

»Ja.« Thilos Stimme klang erstickt.

Marcel fuhr sich mit der linken Hand über das Gesicht, als wolle er einen bösen Traum wegwischen. Das Sonnenlicht schien fast horizontal in den Raum und warf Schatten an die Wand, wie die Projektion in einem Kino. Jede Bewegung der Gäste war in dem goldgelben Licht schemenhaft verzerrt. Marcel starrte auf den Tresen.

Thilo sog hörbar Luft ein und befahl ihm, umgehend nach Berlin zurückzukommen. Seine Stimme war kalt und sachlich. »Wir treffen uns mit Rüdiger vom Vorstand. Du wirst ihm das sagen, was du mir gesagt hast.«

»Okay«, sagte Marcel kleinlaut.

»Es gibt rechtliche Fragen, dazu brauchen wir deine Unterschrift. Du musst dich darauf einstellen, dass du entlassen wirst. Unter den gegebenen Umständen führt kein Weg daran vorbei. Und ehrlich gesagt finde ich das auch richtig.

Es tut mir leid, aber … du hast mein Vertrauen missbraucht. Ich kann es nicht verstehen.«

Marcel atmete tief durch.

»Warum?« fragte Thilo. »Warum hast du das alles … ich meine … *Warum?*«

Marcel hatte keine Antwort. Weil es einfacher war? Weil es schöner war, knallige Zitate zu erfinden, als langweiliges Gerede abzutippen? Weil er Angst hatte, abgehängt zu werden in dem Job? Weil er um jeden Preis gefallen wollte? Weil er geliebt werden musste?

Vermutlich war die Antwort viel simpler: Er war ein Lügner. Mehr nicht. Das Lügen fiel ihm leicht. Wenn die Wahrheit nicht genügte, dann erfand er eben eine andere, eine bessere. Er musste an sein letztes Gespräch mit seinem Vater denken: *Da macht man was mit,* hatte der Alte gesagt, und Marcel hatte die Scham mitschwingen hören, die Scham über den Sohn.

Plötzlich brach Thilos Stimme. Sein Chef klang auf einmal verwundbar: »Wie … Wie konntest du mir das antun?«

»Es tut mir so leid.«

»Ich hab dir vertraut. Wie lange kennen wir uns schon? Ich … Wir waren Freunde.«

Marcel fühlte sich, als hätte er Fieber. »Bitte verzeih mir«, flüsterte er.

Thilo sagte nichts, und es dauerte einen Moment, bis Marcel begriff, dass er aufgelegt hatte.

Marcel starrte noch einige Sekunden auf den Hörer in seiner Hand. Dann verabschiedete er sich von Manou und verließ das Bistro.

An der Straße stand Héloïse und lehnte an die Kühlerhaube des Peugeot. Sie rauchte eine Zigarette. Ihren Blick konnte er hinter der Sonnenbrille nicht deuten.

Sie ließ den Rauch zwischen ihren Lippen entweichen. »Wo warst du?«

Er zuckte mit den Achseln. »Telefonieren.« Dann sagte er mit einem forcierten Lächeln: »Und? Befreit von deinen Sünden?«

»Hoffentlich.« Sie warf ihre Zigarette auf den Boden und trat sie mit der Hacke ihres Schuhs aus.

52

In Cannes war das Festival vorbei, daher fanden sie ohne Mühe einen Parkplatz an der Rue Rouaze, nur wenige hundert Meter vom Hôtel de Provence entfernt. Marcel und Héloïse schulterten ihre Taschen, schlossen den Wagen ab und gingen ein Stück auf der Croisette Richtung Rue Molière. Sie war fast menschenleer. Auf der Strandpromenade, die mit Papierschnipseln, Essensresten, zerrissenen Postern und Konfetti übersät war, stakten Möwen entspannt umher und suchten nach Essbarem. Die Zelte vor dem Palais wurden abgebaut, die Absperrungen auch. Taxis brachten die letzten Nachzügler weg, und vor den Hotels wurden Koffer in Ferraris und Porsches geladen. Als Marcel die Hand in seine Jackentasche steckte, stieß er auf sein Badge, den mittlerweile nutzlosen Presseausweis. Schwermütig stopfte er ihn in einen überfüllten Papierkorb. Aus und vorbei, dachte er.

Auch im Hôtel de Provence herrschte Katerstimmung. Am Empfang standen einige übernächtigte Festivalgäste und checkten aus.

Der Mann am Schalter winkte Marcel herbei und erklärte, man habe ein Problem. Nun ja, die Firma von Monsieur Klein habe sich geweigert, das Zimmer zu bezahlen. Jetzt habe man es anderweitig vermietet. Marcels Sachen stünden im Gepäckraum – sobald er seine Rechnung zahle, könne er sie wiederhaben.

Wieder kam ihm Héloïse zur Rettung. Sie gab dem Portier ihre Kreditkarte, beglich Marcels Schulden und sagte dem Mann, dass Monsieur Klein die Nacht bei ihr verbringen werde. Als Marcel sein Gepäck wiederhatte, ging er mit Héloïse auf ihr Zimmer, um zu duschen und sich umzuziehen. Über allem, was sie taten, lag eine bleierne Wehmut. Morgen würden sich ihre Wege für immer trennen. Marcel faltete mit mechanischen, zwanghaften Bewegungen seine Hemden und Anzüge, um diese daraufhin wieder ordentlich in der offenen Reisetasche zu verstauen. Héloïse war bereits fertig mit Packen und trat auf den Balkon. Sie zündete sich eine Zigarette an, rauchte schweigend und schaute ihm bei der Arbeit zu.

Gegen acht Uhr abends verließen sie das Zimmer und gingen hinunter ins Bistro des Hotels, wo sie sich vor knapp einer Woche beim Frühstück kennengelernt hatten. Marcel bestellte gegrillten Thunfisch mit Safranrisotto, Héloïse entschied sich für Linguine mit Trüffeln und Artischocken, dazu einen leichten Weißwein. Sie prosteten einander zu, doch es wollte sich keine Heiterkeit einstellen. Sie waren am Ende ihrer Reise angelangt. »Was wirst du tun, wenn du wieder in Berlin bist?«, fragte Héloïse.

»*Who knows?* Erst mal gehe ich in die Paris-Bar und bestelle mir einen großen Whiskey, und dann? *Je ne sais pas.*«

»Es gibt immer Hoffnung«, sagte Héloïse.

»Das sagst ausgerechnet du?«

»*Mais oui.* Ich muss es ja wissen. Für mich bleibt nichts als Hoffnung.«

»Worauf?«

Sie nahm einen Schluck Weißwein. »Auf alles.« Sie schaute ihn an, doch ihre Augen lagen im Dunkeln. »Sie muss auch nicht groß sein. Man kann auch auf kleine Dinge hoffen, das reicht schon. Ein Tag ohne Schmerzen. Ein paar schöne Stunden. Einen guten Film. Einen Moment der Liebe.« Sie legte ihre Hand auf die seine. »Du hast mir die Hoffnung wiedergegeben.«

Er sah sie zweifelnd an. »Ach was …«

»Doch.« Sie nickte. »Das werde ich dir nie vergessen.«

Sie tauschten einen langen, stillen Blick aus.

Dann hörte er eine Stimme: »Marcel!«

Er drehte sich um und sah Roberto Croci auf sie zueilen. ›La Bestia‹! Es gab kein Entkommen.

»Permesso!«, rief Roberto, dann war er auch schon da. Er begrüßte Héloïse mit einem Küsschen – sie hatten sich ja schon kennengelernt, sagte er, am roten Teppich? Vor ein paar Tagen?

Marcel lächelte seinen Kollegen gequält an. Ungefragt holte der einen Stuhl und gesellte sich dazu. »Ich habe gehört, was passiert ist«, flüsterte er. »Mit deinen Interviews?«

»O Gott …«, stöhnte Marcel.

»Stimmt das?«

»Bitte versteh mich nicht falsch, aber ich kann darüber nicht reden.«

»Warum denn nicht?«

»*Come on.* Du bist doch auch Journalist. Alles, was ich sage, kann und wird gegen mich verwendet werden.«

»Off the record«, sagte Roberto. »Ehrenwort. Interessiert mich nur!«

Marcel nickte. Er nahm einen großen Schluck Wein und erzählte dann in knappen Worten, was er alles so angestellt hatte.

»*Pazzo!*«, sagte Roberto.

Marcel sprach über die Angst, die ihn jahrelang verfolgt hatte. Er habe kaum mehr schlafen können.

»Das kenn ich«, meinte Roberto. »Schuldgefühle.«

Marcel starrte in sein Glas. »Es war eher … ich hatte total Panik, dass ich auffliege, klar. Aber ob ich mich schuldig gefühlt habe?« Marcel schüttelte den Kopf. Dann hob er die Hände, als wolle er die richtigen Worte aus der Luft greifen. »*I had the time of my life!* Meine Interviews waren super! Ich war noch nie so stolz auf meine Arbeit!«

Roberto lachte und schlug Marcel auf die Schulter. »Siehst du? Ich wollte so was schon immer mal machen.«

»Wie bitte? Echt?«

»*Come on!* Den Deppen bessere Worte in den Mund legen? Endlich mal sagen, was Sache ist?«, meinte Roberto. »Das wollen wir doch alle in dem Job. Nur hat keiner den Mut dazu. Aber du …! Du hast *coglioni.*«

»*Grazie*«, erwiderte Marcel.

Héloïse lachte und nippte an ihrem Cocktail.

»*Big coglioni!*«, sagte Roberto.

»Schon klar. Ein guter Titel für meine Autobiografie: Dicke Eier.«

»Aber hallo! *Coglioni* aus Kruppstahl, wie *Il Duce* sagen würde.«

»Sind wir schon bei *Il Duce*? Schon beim ersten Drink?«

»*À propos*«, sagte Héloïse, hob die Hand und bestellte eine Flasche Wein. Roberto klemmte sich hinters Handy und simste ein paar Kollegen an, von denen einige auch tatsächlich kamen, darunter Jenny Wong und der blinde Sérgio – sie wollten es leibhaftig miterleben, wollten teilhaben am Aufstieg und Fall des »Großen Klein«. Marcel überlegte, ob Micha Sokolow vielleicht noch in der Stadt war? Er bat Héloïse um ihr Handy und rief an. Tatsächlich: Micha war noch nicht abgereist und versprach vorbeizuschauen.

Marcel ließ sich nur zu gern treiben durch diesen letzten Abend mit seinen Kumpeln, jenen liebenswerten Freaks, mit denen er so viele Jahre lang auf allen fünf Kontinenten Abenteuer erlebt hatte. Er hatte sie alle betrogen, hatte die Zunft betrogen. Doch seltsamerweise schien ihm das niemand übelzunehmen. Im Gegenteil. Jenny hatte, wenn sie ihn ansah, einen nahezu lüsternen Glanz in den Augen.

Aber da musste sie Schlange stehen, dachte Marcel und legte seinen Arm um Héloïses Schulter. Jenny hob eine Augenbraue und fragte Héloïse, woher sie Marcel kenne. Beruflich oder …?

Mit einem kleinen Lachen schüttelte Héloïse den Kopf. *»He's my lover«*, sagte sie.

»Really?«, fragte Jenny erstaunt.

Héloïse nickte. »*But* … Pst!«, sagte sie und brachte ihren Zeigefinger an die Lippen. *»Don't tell my husband.«*

Roberto grinste. *»Non c'è problema«*, sagte er. *»Sono italiano!«*

Marcel fiel auf, dass dies das erste Mal war, dass er und Héloïse mit anderen Leuten zusammensaßen. *Wie ein echtes Paar*, dachte Marcel mit einem Hauch von Trauer und ließ seine Finger sanft über ihren Vorderarm gleiten. Sie schenkte ihm ein Lächeln. Es gefiel ihm, wie unbeschwert sich Héloïse in die Gruppe einbrachte. Und warum auch nicht? Hier war sie in ihrem Element, umgeben von Filmfans. Hier sprachen alle ihre Sprache. Sie war charmant, witzig, sie glänzte. Man sprach natürlich vor allem über das Kino. Über das Festival. Und über den Skandal um Eva Vargas, den untreuen James McKay und seinen Personal Trainer.

Auf einmal stand Micha an ihrem Tisch. Er umarmte Marcel. Er schien keineswegs schockiert von seinen Untaten. Zwei Weinflaschen später zog er Marcel beiseite und kramte einen Schlüssel aus seiner Hosentasche.

»Hier, ein Ersatzschlüssel … für das neue Gästehaus«, sagte er mit einem Augenzwinkern. »Da kannst du jederzeit wohnen, falls du mal abtauchen musst.«

»Danke«, sagte Marcel gerührt.

Die Nacht wurde noch lang. Sie war Marcels Schwanengesang, sein Abschied vom alten Leben, den alten Kumpanen. Verblüfft stellte er fest, dass er glücklich war. Er fühlte sich vom Wohlwollen seiner Freunde beschützt, als könnte ihm das Unbill der Welt nichts mehr anhaben.

53

Es war kurz vor drei Uhr morgens, als Marcel und Héloïse endlich ins Bett fielen und sich volltrunken und tapsig zum letzten Mal liebten. In wenigen Stunden schon wollten sie gemeinsam nach Nizza zum Flughafen fahren. Héloïse würde ihren Mann abholen und Marcel in den Flieger nach Berlin steigen, Thilo hatte das Ticket klargemacht.

Marcel wurde wach, weil ihn jemand schüttelte. Er taumelte aus dem Bett. Héloïse stand neben ihm. Sie schloss gerade ihren BH.

»Steh auf! Wir kommen zu spät!«

»Wie bitte?«

»Dein Flug!«, sagte sie hektisch.

Er schaute auf ihre Uhr und sah, dass sein Flieger nach Berlin bereits in zwei Stunden abflog. Ob sie das schaffen würden? Allein schon die Fahrt nach Nizza! Wenn es jetzt einen Stau gab, hatte er ein Problem.

»Verdammt!« Er drehte sich um und fing verzweifelt an, Kleider vom Boden aufzuheben und in den Koffer zu stopfen. Héloïse ihrerseits brauchte nur wenige Minuten, um ihre Habseligkeiten in ihrer Tasche zu verstauen.

»Du bist noch betrunken«, sagte sie.

»Quatsch!«

Aber sie hatte recht. Im Bad räumte er Zahnbürste und

Zahnpasta ab, tat alles in sein Necessaire. Er bewegte sich mit der schlafwandlerischen Sicherheit eines erfahrenen Trinkers. Er war Chaplin. Er gurgelte mit Mundwasser, weil ihm klar war, dass er nach Whiskey stank. Er griff nach seiner Schreibmaschine, schob sie in seinen Aktenkoffer, packte sein Diktiergerät und seinen Laptop ein.

Er stutzte, als ihm plötzlich das Tonband mit dem Eva-Vargas-Interview in die Hände fiel. Héloïse sah es und nahm es ihm ab. Dann öffnete sie das Fenster und warf es hinaus. Marcel schaute zu, wie die Kassette unten zerschmetterte. Der Wind trieb die Plastiksplitter und den Bandsalat weg.

Er grinste sie an. Sie hob die Schultern.

Kaum war er fertig angezogen, nahm er Héloïse an der Hand, und sie rannten gemeinsam die Treppe hinab.

Doch als Marcel die Tür zum Hotelgarten öffnete, erwartete ihn ein Blitzlichtgewitter. Marcel erstarrte. Es war schockierend, überwältigend. Einige Sekunden lang war er geblendet, taub von den johlenden Stimmen. Instinktiv griff er nach Héloïses Hand. Sie waren von Journalisten umringt. Schrille Fragen prasselten auf sie ein. Die Kamerablitze wollten einfach nicht aufhören.

Dutzende Kollegen – angeführt von Rudi Müller – richteten ihre Kameras auf ihn. Marcel umklammerte Héloïses Hand, die andere Hand hielt er vors Gesicht. Er konnte spüren, wie sich sein Atem und sein Herzschlag beschleunigten. Panik. Aber da war noch etwas anderes. Ein unbestimmtes Prickeln. War es nicht genau das, wonach er sich sein Leben lang gesehnt hatte? Der Blick der anderen?

Er traf einen Entschluss. Er atmete ein und nahm Haltung ein. Es war, als wäre er auf einmal ein anderer. Er war mutiger, souveräner, selbstbewusster. Kurz: Er war ein Star. Er schaute zu Héloïse, die ebenfalls Spaß daran hatte, sich im Mittelpunkt des Geschehens wiederzufinden. Marcel schaute sich um, sah Didier zwischen den zahllosen Fotografen. Rudi Müller trat zu ihm und hielt ihm ein Diktiergerät ins Gesicht.

»Was sagen Sie zu den Vorwürfen …«

Marcel grinste breit, setzte sich gelassen die Ray Ban auf und sagte: »Ich habe nur einen Kommentar …«

»Ja?«

»Je ne regrette rien!«

»Bravo!«, rief Héloïse und lächelte für die Kameras.

»Komm!«, flüsterte Marcel ihr zu.

Dann stürmten sie los, verfolgt von der Journalistenmeute, die ihnen weiterhin Fragen hinterherrief. Marcel rannte mit Héloïse zum Auto. Er spürte nichts außer dem wilden Hämmern seines Herzens. Sie warfen das Gepäck auf die Rückbank und stiegen ein.

Héloïse tauschte mit Marcel einen Blick, dann startete sie den Motor und trat aufs Gaspedal. Bald hatten sie ihre Verfolger hinter sich gelassen. Der Wagen raste durch die leeren Straßen von Cannes. Die wunderschönen, sonnenbeschienenen Fassaden zogen an ihnen vorbei wie in einem Traum. Er schloss kurz die Augen, ließ sich innerlich treiben. Dunkelheit umfing ihn. Schwarzblende. Schnitt.

54

Sie ließen die Stadt hinter sich und bogen auf die Küstenstraße in Richtung Nizza. Zum Flughafen würden sie etwa eine halbe Stunde brauchen. Marcel schaute auf die Uhr. Sie lagen jetzt gut in der Zeit.

Er sah zum Meer, das still und majestätisch vor ihnen lag, und dann zu Héloïse im Fahrersitz. Aus dem Autoradio drang ein Song von den Rolling Stones: *Till the Next Goodbye*. Schmerzhaft wurde Marcel klar, wie sehr er Héloïse vermissen würde. Es beschämte ihn, dass sie sterben musste und er selbst leben durfte. Er wandte den Blick ab. Alles wirkte schal. Die Sonne, die herrliche Landschaft, die Gerüche des Sommers, das Meer – es war ein Affront.

»Alles okay?«, fragte sie.

Marcel sah ein Schild näherkommen – eine Autobahnausfahrt. Er musste an die Worte der Bollywood-Regisseurin denken, die er vor ein paar Jahren in Berlin interviewt hatte: *If it's not happy, it's not the end!*

»Lass uns wenden«, sagte er. »Komm! Wir fahren nach Boulouris. In das Haus.«

»*Comment?*«, meinte Héloïse mit einem Lächeln.

»Wir bleiben einfach hier. Wir tauchen ein paar Wochen ab. Warum nicht?«

Die Formalitäten der Entlassung könnten Thilo und Rüdiger auch per E-Mail regeln. Wer will schon bei seiner eigenen Hinrichtung dabei sein?

Und Héloïse? Sie würden Stefan in Berlin aufsuchen, den Onkologen. Es musste doch eine Lösung geben! Heutzutage waren die Möglichkeiten der Medizin nahezu unbegrenzt. Sie durften nur die Hoffnung nicht aufgeben. Es würde schon alles wieder gut werden. Und dann könnten sie das Haus in Boulouris kaufen.

»Komm mit mir«, flüsterte er.

»Wohin?«

»Egal. Irgendwohin. Boulouris. Vietnam.«

»Vietnam?«

»Oder woanders. Irgendwo. Hier, wenn du willst.«

Sie biss sich auf die Unterlippe. Er sah, dass sie gegen die Tränen ankämpfte. »Ich kann nicht.«

»Die Anzahlung kriegen wir schon hin, glaubst du nicht? Ich suche mir irgendeinen Job, vielleicht in der Werkstatt von Monsieur Duong. Oder als Barkeeper, bei Manou. Ich wollte schon immer mal Barkeeper sein, mit Flaschen jonglieren und so.«

»Trinken ist nicht dasselbe wie ausschenken«, gab Héloïse zu bedenken.

»Und du, du kannst hier unterrichten. Hier gibt's auch Schulen.«

»Ich will aber nicht mehr unterrichten. Ich hasse Unterrichten!«

»Dann mach was anderes! Fang neu an!« Marcel war von einer fieberhaften Begeisterung ergriffen: »Ich hole meine Möbel aus Berlin. Ich hab so einen Sessel aus den Siebzigern, knallrot, ein Unding, aber irgendwie geil, so Mid-Century…«

Sie nickte.

»Ruf deinen Mann an«, sagte Marcel. »Sag ihm, was du wirklich fühlst.«

»Ich habe ihm mein Wort gegeben. Bis dass der Tod uns scheidet.«

»Er wird das verstehen, er muss!«

Mit angehaltenem Atem sah Marcel die Ausfahrt näherkommen. Wenn sie nach Boulouris wollten, dann musste sie jetzt rausfahren und wenden. Sofort!

Einen Augenblick schien es Marcel, als würde sie nun abbiegen, doch dann fuhr der Peugeot an der Ausfahrt vorbei. »Héloïse …«, sagte Marcel mit einem heiseren Flüstern.

Sie schüttelte den Kopf. »Du wirst das alles eines Tages tun«, sagte sie. »Aber nicht mit mir.«

Er wandte den Kopf ab und starrte aus dem Fenster. Er hatte das Gefühl, keine Luft zu bekommen. Seine Hand klammerte sich an der Mittelkonsole fest. Héloïse schaltete einen Gang höher. Dann spürte er, wie ihre Finger die seinen ertasteten. Er spürte die Wärme ihrer Haut.

»Sei nicht traurig«, sagte sie. »Ich bin es auch nicht.«

Sie setzte ihre Sonnenbrille auf, dann stellte sie die Musik laut und trat aufs Gas. Das Licht fing sich in der gestohlenen Halskette und ließ sie silbern aufglänzen. Als Marcel den Blick hob, lächelte Héloïse ihn an und blies ihm mit ihren dunkelroten Lippen einen Kuss zu, wie ein Filmstar.

ENDE

Dank

Das Filmmagazin *Widescreen,* für das ich knapp achtzehn Jahre als Hollywood-Korrespondent tätig war, wurde 2021, während der Pandemie, eingestellt. Kurz darauf kamen meine Zwillinge Mara und Ari zur Welt, und plötzlich waren da zwei süße, kleine Babys, die allerlei Bedürfnisse hatten – auch bei Nacht mussten Fläschchen gegeben und Windeln gewechselt werden. Meine Frau und ich wechselten uns nachts ab: Ich übernahm die erste Schicht, sie löste mich gegen drei Uhr morgens ab. In diesen stillen Stunden schrieb ich, am Küchentisch unserer kleinen Wohnung in Los Angeles, *Tahara.* Es war ein bittersüßer Abschied von meinem alten Leben, von Hollywood, vom Journalismus. Vieles in dem Roman hat einen wahren Kern, aber die Charaktere und die Geschichte sind frei erfunden. So gilt mein Dank vor allem meinen damaligen Mitstreitern, denen ich meine Inspirationen verdanke: Jürgen Fröhlich, Christian Müller, Thomas Raab, Steve Buchta, Fabian Hübner, und natürlich meinem ehemaligen Chefredakteur und guten Freund Tim Sünderhauf. Auch bei meinen Kumpels und den Kolleginnen in L. A. möchte ich mich bedanken, besonders bei Roberto Croci, dessen Namen ich benutzen durfte. Alle anderen Figuren in dem Buch sind Figuren, also fiktiv. Bis auf die Gaststars, wie etwa John Travolta oder

Steven Spielberg. Es war ein Privileg, so viele Jahre lang Filmschaffende ihres Formats interviewen zu dürfen, ich habe dabei viel über das Geschichtenerzählen gelernt. Und dass aus dieser Geschichte ein richtiges Buch wurde, verdanke ich vor allem meinem feinfühligen Verleger Philipp Keel, dem ich herzlich verbunden bin. Ein großes *merci beaucoup* meinem Agenten und Freund Marc Koralnik wie auch meiner wunderbaren Lektorin Margaux de Weck und dem liebevollen, unermüdlichen Team im Verlag. Aber mein größter Dank gilt euch, die ihr dieses Buch gelesen habt. Danke für eure Geduld und euer Vertrauen. Ich hoffe, die Geschichte hat euch Spaß gemacht.

»Der Diogenes Verlag will durch lesbare Literatur unterhalten, durch Neues vor den Kopf stoßen, aber auch Altes neu entdecken; das ›Neue um des Neuen willen‹ übersehen und so das Modische vom Modernen unterscheiden. So viel wirklich Neues kann es gar nicht geben. Echte Avantgarde, sagt Karl Kraus, ist nichts anderes als der mutige Rückschritt zur Vernunft – und an das Neue, das nur aussieht wie das Alte, muss man sich erst gewöhnen.«

DANIEL KEEL

Roman
400 Seiten
Auch erhältlich als eBook, Hörbuch und Hörbuch-Download

Einst war er der »Große Zabbatini«, der 1939 in Berlin als Bühnenzauberer Erfolge feierte, heute ist er ein mürrischer alter Mann in Los Angeles, der den Glauben an die Magie des Lebens verloren hat. Bis ihn ein kleiner Junge aufsucht, der mit Zauberei die Scheidung seiner Eltern verhindern will. Ein bewegender und aberwitziger Roman über verlorene und wiedergewonnene Illusionen.

Roman
Aus dem Amerikanischen von Renate Orth-Guttmann.
Mit einem Nachwort von Verena Lueken
240 Seiten
Auch erhältlich als Hörbuch

Er ist der letzte Hollywood-Produzent, der Mittelmaß und Klischees nicht duldet: Monroe Stahr verbringt Tag und Nacht in den Aufnahmestudios, Vorführräumen und Drehbuchschreiber-Büros, um die Arbeit an seinen Filmen zu überwachen. Als ein Gewitter nachts die Kulisse für eine Burma-Szene unter Wasser setzt, ist er sofort zur Stelle – und entdeckt dabei zwei Frauen, die sich unerlaubt auf das Gelände geschlichen haben. Eine davon ist Kathleen Moore – deren natürlicher Charme Monroe Stahr vom ersten Augenblick an in den Bann zieht.